DU MÊME AUTEUR

Aux Éditions Gallimard

LE CRAYON DU CHARPENTIER
LA LANGUE DES PAPILLONS ET AUTRES NOUVELLES
L'ÉCLAT DANS L'ABÎME. MÉMOIRES D'UN AUTODAFÉ

Du monde entier

MANUEL RIVAS

TOUT EST SILENCE

roman

*Traduit du galicien
par Serge Mestre*

GALLIMARD

Titre original :
TODO É SILENCIO

© Manuel Rivas, 2010, publié en accord avec la Literarische Agentur Mertin Inh.
Nicole Witt e. K., Francfort, Allemagne.
© Éditions Gallimard, 2014, pour la traduction française.

LE SILENCE AMI

I

La bouche ne sert pas à parler. Elle sert à se taire.
C'était une maxime de Mariscal que son père répétait comme une litanie et dont Víctor Rumbo, *Brinco*, se souvint lorsque l'autre garçon, atterré, découvrit le contenu de l'emballage bizarre qu'il venait de tirer du panier de pêcheur, et demanda ce qu'il ne fallait pas demander :
« Et ça, c'est quoi ? Qu'est-ce que tu vas faire ?
— Ils ont une bouche et ne parlent pas », répondit laconiquement Víctor Rumbo.
La marée était basse ou en train de songer à remonter, d'un calme ahurissant et éblouissant, qui dans ce lieu semblait étrange. Ils étaient là, tous les deux, Brinco et Fins, parmi les rochers proches des brisants, au pied du phare du cap de Cons, et pas très loin des croix de pierre qui rappellent des naufragés et des pêcheurs morts.
Dans le ciel, ayant choisi pour épicentre la lanterne du phare, les mouettes becquetaient le silence. Il y avait un savoir moqueur dans cette alarme des oiseaux de mer. Un murmure de malfaiteurs. Elles s'éloignaient pour revenir ensuite, plus près, en cercles de plus en plus insolents. Elles prenaient cette liberté en partageant avec loquacité un secret que le reste de l'existence préférait ignorer. Brinco

regarda du coin de l'œil, amusé par le scandale des oiseaux de mer. Il savait qu'il était à l'origine de cette excitation. Et que les volatiles étaient à l'affût.

Qu'ils attendaient le signal décisif.

« Mon père connaît le nom de tous ces cailloux, dit Fins en tentant de se détacher du cours des choses. De ceux qu'on voit et de ceux qu'on ne voit pas. »

Brinco avait déjà appris à être dédaigneux. Il aimait la saveur des phrases urticantes sur le palais.

« Les cailloux ne sont que des cailloux. »

Il empoigna le bâton de dynamite, déjà doté d'une mèche. Avec le style de qui sait comment s'en servir.

« Ton père est peut-être un vrai loup de mer, je ne le nie pas. Mais tu vas voir comment on pêche pour de vrai. »

Il finit par allumer la mèche. Il eut le sang-froid de conserver le bâton un instant en l'air, devant le regard effrayé de Fins. Puis il le lança de toutes ses forces, avec une habileté répétée, par-dessus les croix de pierre. Un instant plus tard, on entendit l'écho de l'explosion sur la mer.

Ils attendaient. Les mouettes s'agitaient davantage, en meute volante, elles avaient une façon complice de hurler, suivant chaque saut de Brinco parmi les rochers. Le regard de Fins est rivé sur la mer.

« À présent, l'endroit va devenir une marque de peur.

— Quoi ?

— Les poissons ne reviennent pas. Là où la dynamite explose, ils ne reviennent plus.

— Pourquoi ? Parce que c'est ton père qui dit ça ?

— Ça, tout le monde le sait. C'est une extermination, un point c'est tout.

— Oui, mon vieux, bien sûr », se moqua Brinco.

À l'Ultramar, il avait entendu des conversations semblables et connaissait donc la réplique pour les faire cesser :

« Bientôt on va entendre dire que les poissons ont de la mémoire ! »

Il se mit soudain à sourire. Une force prend le dessus sur une autre à l'intérieur de soi et c'est justement elle qui articule le sourire. Une maxime de Mariscal lui revint en mémoire. Une de ces phrases qui assurent un triomphe, tandis que Fins Malpica est de plus en plus intimidé pendant l'attente, muet et pâle comme un pénitent. Le fils du Bois de la Sainte Croix.

« Si tu es pauvre très longtemps, lança Brinco avec une violence contenue, tu finis par chier tout blanc comme les mouettes. »

Il sait que chaque maxime de Mariscal permet de dégager le terrain. Elles ne ratent jamais. Il est par ailleurs ennuyé d'avoir cette source d'inspiration. Mais il ressent une chose curieuse avec le langage de Mariscal. Même s'il tente de l'éviter, celui-ci se bouscule dans sa bouche, prend possession de lui. C'est comme planter une queue à une cerise. Encore une. Encore une phrase qui s'est accrochée. Ça ne rate jamais.

Brinco et Fins s'assirent sur un rocher et plongèrent les pieds nus dans une de ces flaques que laisse la marée basse. Dans ce trou à poissons, la seule vie apparente était un jardin d'anémones. Ils jouèrent à serrer les orteils. Ce simple mouvement faisait que la fausse floraison agitait ses tentacules.

« Ces grosses salopes ! lança Brinco. Elles font semblant d'être des fleurs et ce sont des sangsues.

— Leur bouche est aussi leur cul, renchérit Fins. Chez les anémones, c'est le même trou. »

L'autre le regarda, incrédule. Il allait lâcher un bon mot, mais réfléchit un instant et se tut. Fins Malpica savait bien plus de choses que lui en matière de poissons et d'animaux. Et de tout le reste. En tout cas à l'école. Alors Brinco se contenta de se baisser, d'attraper quelque chose dans la mare et de le porter à sa bouche. Il la referma et maintint ses joues gonflées comme un jabot. Lorsqu'il l'ouvrit à nouveau, il tira la langue avec un petit crabe vivant dessus.

« Combien de temps tu peux tenir sans respirer ?
— Je ne sais pas. Une demi-heure à peu près. »

Fins demeura pensif. Il rit sous cape. Avec Brinco, il faut faire comme ça : le laisser gagner pour qu'il soit content. Faire l'imbécile.

« Une demi-heure ? répéta Fins. Merde alors ! »

Depuis qu'ils étaient arrivés au cap de Cons, c'était la première fois qu'ils riaient ensemble. Brinco se leva et scruta la mer. Dans le ciel, l'agitation s'intensifia en même temps que son mouvement, que sa façon de placer la main en visière. Un hurlement torve becqueta l'atmosphère sur son point le plus faible. Parmi des plaques d'écume, comme bouillis par la mer, les premiers poissons morts apparurent. Brinco se pressa de les capturer à l'épuisette. Ils avaient le ventre crevé. Le reflet argenté de la peau et le sang des ouïes béantes contrastaient encore plus, sur la paume attristée de la main.

« Tu vois ? C'est un miracle ou pas ? »

II

C'était le fils de Jésus-Christ. Le fils de Lucho Malpica. On disait : C'est le fils de Lucho. Ou : C'est le fils d'Amparo. Mais il était bien plus connu par son père. Car, entre autres choses, ce dernier faisait le Christ depuis plusieurs années, le jour de la Passion, le vendredi saint. Lorsqu'il était plus jeune, Lucho avait joué un soldat romain. Il avait même eu un fouet pour flageller le dos d'Edmundo Sirgal, le Christ précédent, qui était également un marin. Le problème est qu'un beau jour Edmundo était parti pour les plateformes pétrolières, en mer du Nord. Et la première année, il avait tout de même réussi à revenir pour se faire crucifier. Mais ensuite il avait rencontré des difficultés. Les gens s'en vont et voilà ce qui se passe parfois, tout d'un coup on perd leur adresse. Ainsi, il fallait bien trouver un autre Christ, et pour cela il suffisait d'observer Lucho Malpica. Car il y avait bien un autre barbu qui aurait pu le faire, Moimenta, oui, mais il avait un bon quintal de graisse en trop. Et comme l'avait parfaitement expliqué le curé, le Christ... N'importe qui peut faire le Christ, à condition de ne pas avoir autant de lard. Un bon Christ n'a pas de lard, il n'a que de la fibre. Et ils se mirent d'accord sur Lucho Malpica. Solide et mince comme un fuseau. Du même bois que celui de la croix qu'il porte sur le dos.

«Mais il est à demi païen, don Marcelo, s'offusqua un boutonneux de la confrérie.

— Comme tous les autres. Mais il va faire un Christ impeccable. Un Christ de Zurbarán!»

Malpica était un type inquiet. Il bouillait d'impatience. Et il était courageux, il avait la rage au ventre. Son fils Félix, Fins pour nous, tirait davantage du côté de sa mère. Plus timoré. Il avait ses jours, bien entendu. Ici, chacun a plus ou moins ses eaux vives et ses eaux mortes. Et Fins, lui, avait ses jours de momification, de quiétude. S'absorbant alors dans son silence.

Le fait est qu'il ne tutoyait pas son père, mais qu'il avait cette complicité avec lui. Il ne l'appelait pas père ou papa. Il demandait toujours où se trouvait Lucho Malpica. Le marin, hors de chez lui, devenait une sorte de troisième homme, en marge des rapports père et fils. Le gamin devait le protéger. Il devait prendre soin de lui. Lorsqu'il le voyait arriver complètement soûl, il allait vite ouvrir la porte, le guidait tout le long de l'escalier, et le couchait dans son lit comme s'il s'agissait d'un clandestin, pour qu'il n'y ait pas d'histoires à la maison, car sa mère ne supportait pas ce genre de naufrages. Une fois, à l'occasion de la procession du Calvaire, sa mère lui dit: «Ne l'appelle pas Lucho, lorsqu'il porte la croix.» Car pour lui, depuis qu'il était petit, c'était un honneur que son père soit le Crucifié, avec la couronne d'épines, la traînée de sang sur le front, cette barbe blonde, la tunique avec le cordon doré, les sandales. Il était très attiré par les sandales, car à l'époque les hommes n'en portaient pas à Noitía. Certaines femmes, oui, en été. Notamment une estivante qui descendait avec son mari à l'auberge Ultramar. Les ongles de ses orteils étaient vernis. Des orteils qui étincelaient comme la nacre d'une huître. Des orteils nickelés. Tous les mioches autour d'elle, comme s'ils cherchaient des pièces de monnaie par terre. Il n'y en avait que pour la Madrilène avec les ongles de ses orteils vernis.

Les orteils du Christ possédaient des touffes de poils, des ongles comme des berniques, et ils se recroquevillaient, y compris dans les sandales, pour s'accrocher au sol, comme s'ils s'agrippaient aux aspérités des rochers. Il le prit à part juste avant la procession. « Cours jusqu'à l'Ultramar et demande à Rumbo de te donner une bouteille d'eau bénite. » Et il savait très bien que ce n'était pas de l'eau du bénitier. Non, il ne dirait rien à sa mère. Elle n'avait surtout pas besoin de le savoir. Il avait déjà reproduit d'autres fois le travail de Cana. Il était donc parti à toute vitesse pour aller et venir en un tournemain. Et en chemin, il décida d'en goûter une petite lampée. Juste une petite goulée. Un minuscule gorgeon. Si cela faisait du bien aux autres, il devait bien y avoir une raison. Pour lui aussi, prendre un petit remontant tombait à pic. Il sentit non seulement ses tripes se mettre à flamber, mais aussi la face cachée de ses globes oculaires. Il respira à fond. Lorsque l'air frais finit par éteindre l'incendie de ses boyaux, il reboucha et enveloppa soigneusement la bouteille dans le papier de soie, puis il fit appel à ses pieds pour rejoindre son père avant que celui-ci ne chargeât la sainte croix sur son dos.

Au cours de la procession, il cria tout joyeux :
« Père, père ! »
Et cette fois, sa mère lui murmura à l'oreille : « Ne l'appelle pas non plus père lorsqu'il porte la croix. »

Comme il l'imitait bien, il mettait tout son cœur dans cette affliction.

« C'est un sacré Christ, étonnamment vraisemblable ! » disait El Desterrado au docteur Fonseca. À Noitía, tout le monde avait un deuxième nom. Quelque chose de plus qu'un simple surnom. C'était comme avoir deux visages, deux identités. Ou trois. Car El Desterrado s'appelait aussi parfois El Cojo. Et tous les deux n'étaient autre que le maître d'école, Basilio Barbeito.

Lucho Malpica l'imitait bien. Le visage souffrant, mais dignement, avec « la distance historique », déclara El Desterrado, avec le regard de celui qui sait que ceux qui encensaient hier seront ceux qui renieront le plus demain. Et en plus, il titubait en marchant.

Il portait un poids qui était lourd. L'un des coups de fouet, à cause de l'enthousiasme théâtral des bourreaux, finit par lui faire vraiment mal. Et puis, sur certains tronçons du trajet, ce fameux cantique des femmes : « Pardonne à ton peuple, Seigneur! Pardonne à ton peuple, pardonne-lui, Seigneur! Ne sombre pas dans une fureur éternelle! » El Desterrado fit remarquer que la scénographie céleste était aussi de la partie. Au moment de dire cette strophe, il y avait toujours un gros nuage à portée pour venir éclipser le soleil.

« Étonnamment vraisemblable! Il ne manquerait plus qu'on le tue.

— Et quel cantique effrayant! ajouta le docteur Fonseca. Tout un peuple abattu, croulant sous les fautes, en train de supplier que Dieu lui adresse un sourire. Une miette de joie.

— Oui. Cependant méfiez-vous. Ces attitudes du peuple cachent toujours un peu de sournoiserie, dit El Desterrado. Vous avez remarqué que seules les femmes chantent. »

L'Ecce Homo regarda son fils à la dérobée et lui fit un clin d'œil. Cette image demeura gravée pour toujours dans la tête du gamin. Mais aussi cette expression admirative du maître d'école. Étonnamment vraisemblable! Il avait l'intuition de ce qu'elle signifiait, mais pas tout à fait. Cela devait avoir un rapport avec la vérité, mais il se dit que c'était plus fort que la vérité. Un cran au-dessus du vrai. Il s'était approprié cette expression pour définir les choses qui le surprenaient le plus, qui l'émerveillaient, qu'il désirait. Lorsqu'il était enfin parvenu à embrasser Leda, lorsqu'il avait été capable de faire ce pas en avant et de quitter les îles, et d'avancer vers elle, vers cette espèce de corps qui venait de la Mer Ténébreuse, il pensa soudain que cela pouvait ne pas être la vérité. Si étonnante, si libre, si vraisemblable.

III

Fins perçut sa propre respiration haletante, dans le balancement du cercueil, de l'espace fermé et sombre.

En effet, l'espace n'était autre que celui d'un vrai cercueil flottant sur la mer, tout près de la côte, là où les vagues se rompent et se transforment en écume. À la façon d'un abreuvoir, celui-ci était attaché à une corde que Brinco tenait à l'autre extrémité. Il tirait dessus pour l'amener à lui, puis le laissait repartir dans le reflux des eaux. Près de lui, sur le sable, il y avait d'autres cercueils, certains intacts, d'autres cassés, formant d'étranges embarcations moribondes, leur capitonnage de tissu rouge apparent, les restes perplexes d'un naufrage de l'au-delà.

Le jeu commençait à l'angoisser. Pour se calmer, et comme il le faisait lors de certaines suffocations, Fins tenta d'accorder le rythme de sa respiration agitée au son et au tempo du carillon des vagues.

Il compta dix inspirations. Il commença à crier.

« Brinco ! Brinco ! Sors-moi de là, connard ! »

Il attendit. Il n'entendit aucune voix et ne remarqua aucun mouvement spécial indiquant que l'appel allait être suivi d'effet. Parfois, il se surprenait à parler tout seul. Il se dit que c'était une autre de ses bizarreries, encore une conséquence de son petit mal. Mais lorsque quelqu'un a un trouble physique, il tente de vérifier à quel point celui-ci est commun. Et il était arrivé à la conclusion que tout le monde parlait seul. Sa mère. Son père. Les ramasseuses de fruits de mer. Les poissonnières. Les récolteuses d'algues. Les lavandières. La laitière. Le cantonnier. L'aveugle Birimbau. Le curé. El Desterrado. Le docteur Fonseca, pendant ses promenades solitaires. Le gérant de l'Ultramar, le père de Brinco, lorsqu'il faisait briller les verres. Mariscal, après avoir fait tinter un glaçon dans son verre de whisky. Leda, avec ses pieds nus sur la frange des vagues. Oui, tout le monde parlait seul.

« Quel connard. Je vais t'arracher les tripes. Les vers de ton crâne, un par un. »

Il cogna violemment avec son front sur le couvercle du cercueil. Il hurla à nouveau, cette fois de toutes ses forces. Un appel au secours international.

« Víctor, fils de pute ! »

Il réfléchit mieux. Il y avait encore une autre solution. Autre chose qui le rendait on ne peut plus furieux.

« Ton père est un enculé, Brinco ! »

Bon. Si cela ne faisait pas un effet immédiat, il faudrait bien se résigner. Il respira profondément. Il rêva que Nove Lúas venait lui donner un coup de main. Et sur le rivage, pieds nus, jouant à l'équilibriste avec ses ballerines à la main, Leda s'approcha. Elle portait un coussin de chiffons sur la tête et, posé dessus, un panier à poissons en osier rempli d'oursins.

En apercevant la jeune fille, Brinco tira fortement sur le cercueil pour le rapprocher du bord.

« Que fais-tu ? Ça porte malheur. »

Brinco mit son index devant sa bouche pour la faire taire.

Leda posa son panier sur le sable et s'approcha, intriguée, en voyant ces restes de mort futuriste rejetés sur la plage.

« Arrête tes bêtises et aide-moi ! » commanda le garçon.

Leda l'écouta et tira également sur la corde jusqu'à ce que le cercueil flottant s'échouât sur le sable.

« Dedans, il y a une bestiole écœurante, assura Brinco moqueur. Viens voir ! »

Leda s'approcha avec curiosité, mais avec méfiance également.

Brinco souleva le couvercle du cercueil. Fins demeura immobile, le visage tout pâle, retenant sa respiration, les bras attachés le long du corps avec une ceinture très serrée, les yeux fermés et la posture d'un défunt.

Leda le regarda d'un air étonné, incapable de dire un mot.

« Tu ressuscites ou pas, espèce de calamité ? demanda Brinco d'un air narquois. La Vierge de la Mer est venue ! »

Fins ouvrit les yeux. Et découvrit le visage effaré de Leda. Elle se mit à genoux et le regarda, les yeux écarquillés, d'une humidité luisante, mais soudain joyeux. Et elle commença à protester :

« Bande d'idiots ! On ne joue pas avec la mort ! »

Leda toucha du bout des doigts les paupières de Fins.

« Mais on ne jouait pas ! Il était vraiment mort ! dit Brinco. Tu aurais dû le voir tout à l'heure. Il était tout pâle, raide… Merde, Fins ! Tu ressemblais à un cadavre ! »

Leda explorait Fins, l'auscultant du regard, comme si elle partageait un secret à propos de ce corps.

« Ce n'est rien. C'est juste… *des absences*.

— Des absences ?

— Oui, *des absences*. C'est comme ça qu'on les appelle ! Des absences. Ce n'est rien. Et ne commence pas à aller le raconter partout… »

La jeune fille regarde autour d'elle et change brusquement de ton : « Et ces cercueils, que va-t-on en faire ?
— Ils ont déjà trouvé acquéreur.
— Ne me dis pas qu'il s'agit de ton père ?
— Et alors ? C'est lui qui les a vus le premier, après le naufrage.
— Quelle coïncidence ! s'exclama Leda de façon ironique. C'est toujours lui le premier. »
Les traits du visage de Brinco se durcirent : « Il faut être réveillé pendant que les autres dorment. »
Leda le regarda de haut en bas, en conservant son air narquois : « Bien entendu ! C'est pour ça qu'on dit que ton père hurle toute la nuit. »
Il aimerait se battre avec elle. Une fois, ils l'avaient fait, ils avaient joué à se bagarrer. Tous les trois. Chaque fois qu'il la voit, il entend à nouveau son halètement. La fureur insurgée de son corps. Les battements fous de son cœur pulsant une lueur de néon dans ses yeux. Elle est plus jolie lorsqu'elle se tait. Elle ne sait pas à quoi sert la bouche. À se taire.
« C'est toi qui devrais faire très attention à ce que tu hurles, Nove Lúas !
— Un de ces jours quelqu'un t'arrachera les tripes », répondit-elle.
Lorsqu'elle s'insurgeait, il lui venait une façon de parler d'un autre temps. Une voix pleine d'ombre.
« Tu parles beaucoup, mais tu ne me fais pas peur.
— On va t'arracher un par un les vers de ton crâne ! »
Soudain en forme, Fins se redressa dans le cercueil et s'empressa de changer de conversation : « Alors c'est vrai que vous allez vendre les cercueils à l'auberge ?
— Là-bas, on vend de tout, dit Brinco. Et, toi, tais-toi, tu es déjà mort. »

IV

La grande plage de Noitía avait une forme de demi-lune. Le quartier de pêcheurs de San Telmo se trouvait dans la partie sud, il avait poussé comme un bourgeon, à partir du village qui avait été le berceau de tout le reste, A de Meus, avec ses petites maisons de pierre et les portes et les fenêtres recouvertes de peintures navales. En poursuivant en direction du sud, on pourrait voir les anciens saloirs et le dernier séchoir à poulpes et à congres. Là-bas, à l'abri du vent des Veuves, il y a toujours la rambla du premier port. Et après les rochers de la pointe de Balea, l'anse du Corveiro. Au centre, le village, d'où s'égrenaient des constructions nouvelles, semblables aux pièces d'un jeu de dominos mélangées au hasard. Entre San Telmo et Noitía, en empruntant la route de la côte, et avant d'atteindre le pont du Lavoir de la Noite, se trouve la bifurcation du Chafariz. Un embranchement débute à cet endroit, une montée qui mène jusqu'au mamelon sur lequel s'élève l'Ultramar, faisant office d'auberge, de bar, d'épicerie et de cave, avec en annexe une salle de bal et de cinéma, le París-Noitía.

L'extrême nord, avec la limite naturelle du fleuve Mor et sa joncheraie, demeurait toujours vierge. C'était une zone de dunes très anciennes avec une abondante végétation sous le vent, où prédominait la patience bleu-vert du chardon de mer. La première ligne de bancs de sable formait un dos-d'âne, à l'endroit où frappait l'avant-garde de la tempête. Au sommet de ces dunes, les épillets piquants des oyats, ceinturés par la chevelure du chiendent, dressaient leurs crêtes, contre le vent. Plus au nord, il y avait une autre plage, à l'allure plus secrète, protégée par une cuirasse naturelle de rochers. Cependant, en suivant la piste, après une pinède sur l'arrière-garde des dunes grises et mortes, on pouvait se retrouver devant les murs et le portail orné d'un blason du manoir de Romance.

Ainsi les gens qui venaient en fourgonnette s'arrêtaient bien avant, à l'extrémité de la demi-lune, où même en été il n'y avait presque pas de baigneurs, sauf les jours de congé. Car la plupart des estivants n'allaient jamais au-delà de la joncheraie. Cependant, les gens en fourgonnette n'étaient pas des estivants. C'était différent. Certains d'entre eux étaient présents à d'autres moments, dans l'année. Comme ces deux-là, ce couple. Ils ont garé leur fourgonnette au bout de la piste, dans un coin servant de parking, là où commencent les dunes. C'est une Volkswagen aménagée en caravane. Le véhicule est peint aux couleurs de l'arc-en-ciel et les vitres sont munies de rideaux.

Leda ne dit rien. Elle avait l'habitude de faire les choses comme ça, de son côté, en catimini. Fins et Brinco, eux, les suivirent. Ils avaient gravi le versant intérieur d'une dune et avaient aperçu le spectacle de la mer. Cachés par la chevelure des graminées, ils voyaient sans être vus. Le couple se trouve là-bas. Plutôt que de nager, ils jouent avec leur corps, à s'éloigner l'un de l'autre et à se retrouver. Parmi les vagues, dans les tourbillons d'écume, prenant garde de ne pas perdre pied. Finalement, l'homme et la femme sortent de l'eau. Ils se prennent par la main et se mettent à courir en riant dans le sable, en direction des dunes. Ils sont grands tous les deux, sveltes. La femme a une longue chevelure blonde. Le jour est lumineux, avec une lumière nouvelle, de printemps, scintillant sur la mer. Les espions croient soudain découvrir un mirage hypnotique.

— Ce sont des hippies! déclara Brinco avec un certain dédain. J'ai entendu parler de ça à l'Ultramar.

Et Leda susurra: «J'ai l'impression que ce sont des Hollandais.

— Chuuut! »

Au milieu des rires, Fins leur avait demandé de se taire. Le couple, qui cherchait une cachette, s'approcha des voyeurs. Les amants se caressaient avec leur corps, et aussi avec le flux et le reflux de leur haleine et de leurs mots.

Ohouijet'aimejet'aimeaussibeaucouptuesplusbellequelesoleil
tu m'embrases.
Ohouiouicefeudetapeautuvienstuvienstumetues
tu me fais du bien*[1].

Le plaisir accéléré des corps sur le sable, cette violence réjouissante, le retentissement des murmures rendirent les vigies nerveuses. Sur l'autre versant de la dune, Fins se baissa et s'allongea sur le dos, et les deux autres l'imitèrent.

«C'est du français, assura Fins, tout rouge, à voix basse, imperceptible.

— Qu'est-ce que ça peut faire? dit Brinco. Puisqu'on comprend tout. »

Leda décida de jeter un dernier coup d'œil. Et elle aper-

---

1. Tous les mots ou expressions en italique suivis d'un astérisque sont en français dans le texte. *(Toutes les notes sont du traducteur.)*

çut la poitrine de la femme qui se trouvait à califourchon sur l'homme, en train de copuler, qui levait la tête vers le ciel et arrêtait le vent, et tendait son corps, et occupait tout l'horizon, tout ce que le regard inquisiteur pouvait embrasser. Au moment le plus fort, la femme ferma les yeux et elle aussi.

Ensuite Leda se laissa volontairement tomber, roulant au bas de la dune. Fins et Brinco ne purent faire autrement que la suivre.

« Si c'étaient des hippies, ils parleraient en hippy », dit Leda.

Ils avaient déjà traversé le pont de la Xunqueira, mais ils étaient toujours inquiets. Ils n'avaient pas encore calé leur corps dans leur corps. De temps en temps, leur bouche poussait un soupir. Ils ne parlaient pas de ce qu'ils avaient vu, mais plutôt de ce qu'ils avaient entendu sans comprendre.

Les deux autres éclatèrent de rire. Et elle trouva cela inconvenant.

« C'était une blague !

— Non, tu l'as dit sérieusement », fit Brinco pour la faire enrager. Et il répéta la bêtise : « Les hippies parlent en hippy !

— Vous n'êtes que des imbéciles. Vous n'avez rien dans le crâne.

— Ne te fâche pas, dit Fins. Pas de problème.

— Et toi, va te faire foutre, va faire tes écritures dans l'eau ! hurla Leda. Tu es pareil que lui. »

V

Ils marchèrent tête baissée sur le bord de la route côtière. Les deux garçons avaient les mains dans les poches et regardaient les pieds nus de Leda fouler les graviers. Elle jouait avec ses mules, les faisant tourner avec ses mains comme deux grandes libellules.

À hauteur de la bifurcation du Chafariz, et sur l'autre versant de la montée qui mène à l'Ultramar, ils aperçurent un autre garçon, debout sur un rocher. Un tout petit peu plus jeune qu'eux. Il les appelait en criant et il bougeait en agitant son bras à la façon d'un drapeau qui appelle au secours.

« C'est Chelín ! dit Leda. Je suis sûre qu'il a trouvé quelque chose. »

Chaque fois qu'il croise Chelín, Brinco ne peut pas s'empêcher de ricaner : « Il faut bien qu'il finisse par trouver quelque chose. Il passe toutes ses putains de journées à faire tourner son machin.

— Parfois ça fonctionne, hein, Leda ? dit Fins, conciliateur.

— Avec lui, oui, ça fonctionne. Tellement il est pénible ! » protesta Brinco.

Leda les observa tous les deux comme leur reprochant leur grande ignorance : « Son père découvrait déjà des sources. C'était un voyant. Un sourcier. C'est lui qui les a trouvés, tous les puits de la région, avec sa baguette de coudrier ou son pendule. Il y a des gens comme ça, qui ont des pouvoirs magnétiques. » Elle apprenait tout cela à la rivière et à la mer, en lavant le linge et en ramassant les fruits de mer. Sa façon de parler produisait une sorte de bouillonnement, qui la rendait reconnaissable. Une espèce de surcharge qui la défendait. Et Leda murmura encore avec ce qui lui restait de repartie : « Et il y a des gens qui ne sont que de la fumée. Qui ne cassent pas trois pattes à un canard. Qui parlent à tort et à travers. Et qui marchent dans l'eau sans la voir.

— Amen, fit Brinco.

— Voilà pourquoi c'est un bon gardien de but, coupa Fins. Grâce au pouvoir occulte.

— Peut-être ! Où est-ce qu'il nous conduit ? » cria Brinco pour être entendu du guide.

Leda se mit à courir devant et arriva à hauteur de Chelín. Elle, oui, pouvait imaginer où ils allaient. Sur un petit tronçon, le chemin s'enfonçait entre des haies de lauriers, de houx et de sureaux, qui se courbaient, évoquant une voûte. Et au bout, il grimpait en escalier parfaitement dallé. Sur les arêtes des marches, la mousse rappelait une éponge et ressemblait à un hérisson roulé en boule. Soudain, sur la butte, on pouvait apercevoir une maison semblant soutenue et étayée par la nature. Une de ces ruines qui voudraient s'effondrer, mais n'y parviennent pas, que le lierre qui les recouvre ne lézarde pas, mais au contraire ceinture. Deux ouvertures se dessinent derrière un réseau d'ajoncs et de ronces. La porte, aux planches disjointes. Et une fenêtre méfiante, en train de guetter.

La construction a été tellement envahie par la végétation que la partie visible du toit est devenue un champ de digitales et sur les avant-toits les tiges rugueuses des lierres s'entrelacent et se penchent au-dessus du vide, semblables à des gargouilles gothiques. Sur le linteau de la porte, le feuillage respecte les azulejos, sans doute grâce aux motifs végétaux émaillés, de style moderne, entourant les lettres de l'inscription : Union Américaine des Enfants de Noitía, 1920.

Chelín était très absorbé par son rôle. Il mobilisa ses sens, ceux de l'intérieur et ceux de l'extérieur, ainsi que le lui avait enseigné son père sourcier. Celui qu'on appelait *O Vedoiro*. Le pendule qu'il utilisait possédait quelque chose de particulier. Le poids magnétique suspendu à la chaîne n'était autre qu'une balle de fusil.

Au début, il ne bougeait pas. Mais, un instant plus tard, le pendule commença à tourner lentement.

Leda s'en prit aux incrédules : « Vous voyez, hein ?

— Il le fait avec son poignet, se moqua Brinco. Tu es un bouffon, Chelín ! Allez, prête-le-moi. »

Chelín l'ignora. Car il savait que Brinco était une teigne et parce que son intérêt était vraiment focalisé ailleurs. Absorbé par son travail avec les flux, les concentrations et les courants. Il se mit à marcher, avança jusqu'à la porte, et le pendule se mit à tourner plus rapidement.

« Allez, n'ayons pas peur ! » intervint vaillamment Leda, car elle savait que Brinco n'en menait pas large. Lui, si audacieux, trouvait toujours un prétexte devant l'École des Indiens. Il disait toujours que c'était dangereux, que l'endroit menaçait à tout moment de s'écrouler. Un lieu maudit.

L'intérieur de l'École était en grande partie sombre, mais un cratère s'était ouvert dans le toit, qui laissait pénétrer un ample faisceau de lumière. Une claire-voie accidentelle restée béante après la chute quasiment circulaire de plusieurs tuiles. Par ailleurs, le plafond était formé d'un tramage de trous et de fissures projetant un graphisme lumineux dans la pénombre. L'air était si épais qu'on pouvait remarquer l'effort que faisaient les traits de lumière dans leur descente. Cependant, cette façon de se frayer un passage n'était pas seulement importante pour les intrus, mais aussi pour le lieu lui-même. Car ce qu'illuminait le grand faisceau de lumière et, par endroits, les fines lanternes, n'était autre que la grande carte du monde en relief recouvrant tout le sol. C'était une mappemonde sculptée dans du bois noble. Dans le temps, ce dernier avait été traité, verni, soigneusement peint, pas avec une idée d'éternité, mais pour accompagner à la façon d'un sol optimiste, dans le temps et les choses intemporelles, l'avenir de Noitía. À l'École de l'union américaine des enfants de Noitía, construite grâce aux dons des émigrants, on pouvait découvrir cette particularité parmi bien d'autres : chaque élève était invité à s'asseoir sur un point de la carte. Et il changeait de place au fil des ans, de façon à pouvoir dire, les études primaires enfin achevées, que oui, il était citoyen du monde. Mais d'autres détails rendaient singulière ladite École des Indiens. Les machines à écrire et à coudre. La grande bibliothèque. Les collections zoologiques et entomologiques. Il en reste encore quelques spécimens, le spectre de quelque oiseau, dont on ne sait pas très bien pour quelle raison il a été respecté, comme la grue au long cou suspendu à l'incrédulité, tout près du squelette démontable et pédagogique, de toute évidence manchot, car quelqu'un avait emporté son bras. Sur le mur du fond, décolorés comme les peintures rupestres, les grands arbres des sciences naturelles et de l'histoire des civilisations. À présent décolorée également, la carte en relief au sol sur laquelle marchent les jeunes intrus, Chelín et son pendule en tête, en traversant pays et continents, îles et océans, car on distingue encore quelques noms géographiques, en partie rongés par le temps et l'abandon.

Chelín s'arrêta. Le pendule tournait comme jamais. Il les avait guidés jusqu'à un coin dans la pénombre. Malgré cela, on pouvait distinguer une grosse masse couverte d'une bâche en bon état, et cela aiguisa encore plus la curiosité des visiteurs, qui n'avaient prêté aucune attention aux reliques. La majeure partie du mobilier et des collections avait souffert des conséquences d'un incendie, à une époque archaïque également, hors du temps, que les adultes appelaient La Guerre. Quelques livres avaient encore été conservés sur des rayonnages poussiéreux, maintenus en place par les toiles d'araignées. Il n'en restait presque plus. Seuls quelques visiteurs furtifs entraient là et fouillaient parfois dans la pourriture, les choses rongées, renversées. Chaque année, ça oui, le peuple des chauves-souris, suspendues aux crochets de l'ombre, augmentait.

Personne n'osait y toucher. Chelín arrêta la balle du pendule et décida de soulever la bâche par un coin. Ils furent éberlués par la découverte. Mais qu'est-ce que c'est ? Merde alors. Mon Dieu. Putain. Et cetera. C'était un chargement de bouteilles de whisky. Mais pas un chargement quelconque. Les gamins observèrent fascinés l'image de l'infatigable promeneur Johnnie Walker.

« Dépêche-toi, dépêche-toi ! »

Leda s'avança et réussit à extraire une bouteille. Émerveillée, elle l'exhiba, se tourna vers Chelín et lança une réflexion historique.

« Ça, oui, c'est un trésor, Chelín ! »

Fins pointa triomphalement son doigt sur lui.

«Fini Chelín! À partir de maintenant, ce sera Johnnie. Johnnie Walker!»

Un coup de feu résonna brusquement à l'intérieur de l'ancienne école, comme s'il avait été tiré grâce à la percussion de la dernière exclamation. La déflagration. Les petits bouts de tuile. Le vol maladroit des chauves-souris. Les yeux exorbités du jeune sourcier. Tout cela semblait sortir du canon fumant de l'arme. Leda, apeurée, lâcha la bouteille portant l'étiquette du promeneur, qui se brisa en mille morceaux sur une partie encore bleutée et blanchâtre où l'on pouvait lire le nom sculpté de l'océan Atlantique.

Sans la moindre intention de passer inaperçues, deux silhouettes surgirent de l'obscurité, qui allèrent se placer dans le faisceau de lumière de la claire-voie accidentelle de la toiture. D'abord ce fut un géant tenant le fusil qui se détacha. Mais immédiatement après, un deuxième homme vint se placer devant lui, au premier plan. Il portait un costume blanc avec un panama et s'épongea avec un mouchoir grenat, sans retirer ses gants de coton blanc.

Les enfants le connaissaient. Ils savaient que, pour l'instant, il était inutile de tenter de s'enfuir.

C'est lui qui prit le dessus. Le grand dégingandé frotta la poussière qui se trouvait sur la chaise et la lui tendit. Lorsque le chef commença à parler, il le fit d'une voix profonde, impérative et familière. C'était Mariscal. «L'Authentique», comme il l'aurait lui-même précisé s'il avait eu à se présenter. L'autre type, celui qui était armé, était son inséparable garde du corps Carburo. Personne n'utilisait cette expression, garde du corps. El Vicario. Palo Mandado. El Matachín. Il était tout cela à la fois. Il avait travaillé un temps comme boucher. Et, lorsque c'était nécessaire, il utilisait ce détail de son curriculum avec une auto-estime très convaincante.

« Nom de toutes les clés de la vie, Carburo ! Ce n'est rien, les enfants, ce n'est rien… Cet homme-là adore l'artillerie. Je lui dis toujours : Carburo, d'abord tu discutes. Et ensuite, a fortiori. Voilà ce qui arrive. Tu caresses la gâchette et c'est la gâchette qui commande. Comme l'a dit le philosophe, lorsqu'on a inventé la poudre à canon et le coup de pied dans les couilles, c'en a été fini des hommes. »

Mariscal demeura pensif, le regard rivé au sol. La mappemonde en relief, consciencieusement sculptée. Le travail qu'il a fallu pour la fabriquer, le travail qu'il faut pour se souvenir.

Il leva les yeux et les fixa sur Leda.

« Et cette gamine, d'où sort-elle ?

— De la mère qui m'a foutue au monde », lâcha Leda sans pouvoir se retenir. Elle était furieuse d'avoir gâché la marchandise.

« *Kyrie eleison,* dit enfin Mariscal, effaré par le culot de la fillette. Et qui est cette sainte femme, si l'on peut savoir ?

— Elle n'est pas, répondit Leda. Elle est morte lorsque je suis née. »

Mariscal fit claquer sa langue et pivota légèrement sur son siège. À présent, il avait l'air d'inspecter le tramage des lueurs descendant du plafond. Cette histoire lui disait quelque chose. Vraiment. L'histoire revient, pensa-t-il, et il faut s'écarter pour qu'elle passe au large. Il se rappela Adela, une des employées de la conserverie. Cette conserverie où travaillait Guadalupe. Il avait tout fait pour l'acheter. Il haïssait le patron, le contremaître, tous ces radins, ces exploiteurs, ces dégueulasses, ces peloteurs. Qu'ils aillent tripoter leur putain de mère. Le type ne voulait pas vendre, mais il a bien été forcé de le faire. Et lorsqu'il est devenu propriétaire de la conserverie, Mariscal expliqua à Guadalupe : « À présent vous allez toutes pouvoir manger et chanter tant que vous voudrez. » Mais cela ne dura qu'un temps. Il finit par engager le même contremaître. Adela ? Ce prénom lui disait quelque chose, sa beauté, sa timidité, sa résistance, sa soudaine façon de se résigner, son immense tristesse ensuite, sous la soupente du hangar, après qu'il s'était passé ce qui s'était passé. Elle s'était enfermée chez elle. Elle n'était jamais plus retournée au travail. Lorsqu'elle avait eu son enfant, quelqu'un avait convaincu Antonio Hortas, un marin solitaire et pauvre, de se marier avec elle et de donner son nom à la gosse. Et il ne fallut pas insister longtemps pour convaincre Antonio. Même pas lui donner un centime. Car Antonio Hortas aimait cette femme. Et s'il devait être cocu, cela lui était égal, il en connaissait déjà un bon paquet dans la confrérie de San Cornelio.

Dieu soigne Lucifer, qui est un pauvre diable. Dieu nous a beaucoup donné, mais il a encore plus de choses à nous offrir.

« *Mutatis mutandis* », murmura Mariscal en dissimulant sa gêne et en évitant le regard de la fillette. Et puis il retrouva le ton normal de sa voix. « Bien, les gars… Il ne s'est rien passé, ici. Vous n'avez rien entendu. Vous n'avez rien vu. *Os habent, et non loquentur*. Elles ont une bouche et ne parlent pas. Si vous retenez cela, vous allez vivre deux fois plus longtemps. Et le reste également est simple. *Oculos habent, et non videbunt*. Elles ont des yeux et ne voient pas. *Aures habent et non audient*. Elles ont des oreilles et n'entendent pas. »

Dans l'École des Indiens en ruine sa voix résonnait de façon fascinante, rauque et veloutée à la fois. Ils étaient tout yeux tout oreilles.

Il se tut. Il mesurait le poids de l'envoûtement. Puis il ajouta : « *Manus habent et non palpabunt*. Elles ont des mains et ne touchent à rien. Ne prêtez pas trop attention à cela.

Les mains servent à toucher et les pieds à marcher. Mais la maxime vient juste à propos lorsque les choses ont un propriétaire, comme c'est le cas ici. »

Ils écoutaient comme des écoliers surpris par une leçon magistrale inattendue. Ils avaient devant eux un homme qui donnait la meilleure représentation de lui-même et qui, par-dessus le marché, jouissait de son rôle. Mariscal se racla la gorge pour adoucir le ton de sa voix et caressa ses lèvres.

« En résumé, il est fondamental de savoir à quoi servent les sens. À quoi servent les yeux ? À ne pas voir. Il y a ce qu'on ne peut pas voir, ce qu'on ne peut pas entendre, ce qu'on ne peut pas dire. À quoi sert la bouche ? La bouche sert à se taire. Voilà l'avantage du latin. Une chose en entraîne une autre. »

Brinco avait très bien compris ce que Mariscal voulait dire. Mais il aimait surtout sa façon de le dire. Cette assurance invulnérable. Cette façon d'exercer le pouvoir de façon moqueuse, qui vous captivait qu'on le veuille ou pas. Une sombre sympathie. Il sentit une intelligence secrète le rapprocher de lui. Une force plus puissante que celle de la rébellion, mais qui ne parvenait pas à la gommer totalement. Merde. L'estomac. C'est le problème des gargouillis que fait parfois l'estomac. On a l'impression que tout le monde l'entend. L'estomac n'était pas en phase avec la tête. Quel connard, ce mec, comme il adore parler. Comme il adore s'écouter. La bouche sert à se taire.

Víctor Rumbo fait mine de s'en aller. Il s'en va.

« Eh ! Reste ici, Brinco ! Je n'ai pas encore fini. »

Il se percha sur l'estrade et s'approcha de l'ancien bureau du maître. Peut-être en raison de sa position, il éleva un peu le ton de sa voix : « Il ne faut pas confondre rêve et réalité. Ça c'est la plus première chose à savoir ! » Il se moqua de son incorrection volontaire : « Bon, la première chose est toujours la *plus* première. » Ensuite il recouvra sa contenance et son sérieux : « Le jour où l'on commence à confondre cela, on est perdu. Il faut faire très attention, les gars. Il y a de mauvaises gens dans ce monde, des gens qui pour un Johnnie, pour une saloperie de bouteille en contrebande, seraient capables de vous suspendre à un croc de boucher. »

Mariscal dirigea son regard vers le mur où était accroché, tout décoloré, l'arbre de l'histoire.

« L'histoire a commencé par un crime, reprit-il brusquement. On ne vous l'a pas encore expliqué ? »

Il suspendit son discours. Il avait à présent l'air de prendre la mesure de tout ce qu'il avait déjà dit. Pensif, il regardait la mappemonde du sol puis, après avoir poussé un soupir de fatigue, il murmura quelque chose.

« La leçon a suffisamment duré pour aujourd'hui ! »

La lueur d'un éclair illumina l'océan sur le sol de l'École des Indiens. Ils attendirent le bruit du tonnerre, mais celui-ci mit longtemps avant de retentir, comme s'il faisait provision de forces pour pénétrer entièrement par le cratère de la toiture.

« On rentre chez soi ! ordonna Mariscal. Il va tomber des cordes ! »

VI

Lucho Malpica est en train de se raser devant un petit miroir, fendu en diagonale, suspendu du côté de la fenêtre orientée vers la mer. Une moitié de son visage est encore couverte de mousse de savon qu'il enlève avec sa lame. Une moitié de la barbe du Christ. De temps à autre, il fait une pause et regarde d'un air grave par la fenêtre, à la recherche des signes de la mer et du ciel.

« On dirait qu'elle se calme enfin, cette grande salope. »

Sur un coussin à tisser de la dentelle aux fuseaux, et sur le patron en carton, des mains de femme, celles d'Amparo, disposent les épingles aux têtes de différentes couleurs, qui semblent composer une carte inventée. Les mains s'arrêtent un instant. Elles aussi sont à l'affût de la voix amère de Malpica.

« Combien de temps cela fait-il que je n'ai pas pu aller pêcher, Amparo ?

— Quelque temps.

— Combien ?

— Un mois et trois jours.

— Quatre. Un mois et quatre jours. »

Puis il donna une précision qu'il regretta tout de suite. Mais c'était trop tard : « Tu sais où c'est inscrit précisément ?

Sur l'ardoise de l'Ultramar. C'est là que sont consignés les comptes des tempêtes. Il y a des marins qui ne sortent pas de l'établissement.

— Eh bien, ils n'ont qu'à pas y aller! s'exclama Amparo, contrariée. Ils n'ont qu'à noyer leur chagrin chez eux.

— Il faut bien faire quelque chose. Ah, si je pouvais être en prison. »

Amparo lève les yeux sur lui et répond à son mari sur un ton tout aussi narquois.

« Et vas-y donc, mon vieux ! Et moi, à l'hôpital ! »

Assis à table, Fins a l'impression que ces deux mots, prison et hôpital, se croisent sur la nappe, ourdissant un lieu étrange avec les carreaux rouges et blancs de la toile cirée. Un espace que viennent occuper et où se recroquevillent les êtres dont parle le livre qu'il est en train de lire et qui, jusqu'à présent, lui étaient inconnus.

Les mains d'Amparo reprirent leur tâche. À présent, elles s'activaient à toute vitesse. Lorsqu'elles maniaient les quenouilles de buis, celles-ci s'entrechoquaient et le bois produisait un son musical qui semblait à la fois battre la mesure et suivre le rythme du va-et-vient inquiet des hommes, la tempête envahissant leur tête.

« Moi en prison et toi à l'hôpital, hein ? Charmantes perspectives ! Cette vie mériterait qu'on y mette le feu ! »

Les mains de la femme s'arrêtèrent à nouveau.

« Tu es en train de t'aigrir, Malpica. Dans le temps, tu étais plus patient. Tu avais plus d'humour aussi. »

Le pêcheur mima une fermeture Éclair sur sa bouche. Il avait l'air responsable du malaise. Il esquissa un sourire : « Dans le temps, je pleurais d'un œil et je riais de l'autre. »

Fins partageait depuis un moment ses pensées et son regard entre l'image de ses parents et la gravure d'un livre

ancien. Il profita donc du brusque calme de l'homme :
« Père, est-ce que vous avez déjà vu un argonaute ? »
Le pêcheur s'assit à table, à côté de son fils. Pensif.
« Une fois, un bateau russe a fait naufrage. Les pêcheurs portaient de grosses vestes de cuir. Du cuir noir. De grosses vestes de bonne qualité...
— Non, père. Je ne veux pas parler d'hommes comme nous. Écoutez ce qui est écrit, ici : "Ces céphalopodes sont des animaux très laids. Si l'on regarde à l'intérieur des yeux des argonautes, on constate qu'ils sont vides." »
Fins leva les yeux de son livre et regarda son père. Malpica avait l'air extrêmement étonné. Il était en train de se remémorer tous les êtres connus de sa mer à lui. Il pensait à la jouvencelle qui une année sur l'autre était mâle puis femelle. Il pensait... Mais, non, il n'avait jamais regardé à l'intérieur des yeux vides de l'argonaute.
« Ce livre viendrait-il de l'École des Indiens ? » dit Malpica.
Il s'était servi un verre de rosé. Il l'avala d'un trait.
« Pourquoi l'appelait-on ainsi ? L'École des Indiens ? »
La grimace de Lucho. Le sourire. Il avait toujours profité de cette occasion. Fins savait ce qu'il allait répondre, la plaisanterie habituelle, parce que nous y allions pour faire les imbéciles : les Indiens, les Apaches comme on dit, et cetera. Mais cette fois, un rictus douloureux se froisse dans le creuset de son sourire. Une de ces anomalies que la mémoire introduit parfois dans les tractions musculaires.
« Beaucoup de gens de chez nous, un bon paquet, sont partis en Amérique. La plupart étaient cantonniers, charpentiers, maçons, journaliers... Et pêcheurs, bien entendu. Lorsqu'ils ont réussi à gagner un peu d'argent, la première chose qu'ils ont faite a été de s'acheter un costume pour aller danser. Et la deuxième, de se mettre tous ensemble pour construire une école. Et ils avaient réussi à le faire.

Comme dans beaucoup d'autres endroits de Galice. Ils l'avaient appelée l'École moderne. Mais après la guerre, lorsqu'elle fut abandonnée, elle fut baptisée autrement : l'École des Indiens. »

Il regarda Amparo, qui était en train de planter soigneusement les épingles dans le carton.

« Et c'était loin d'être une école quelconque ! C'était la meilleure des écoles ! Exactement ce qu'ils avaient voulu faire. Une école rationaliste, disaient-ils. Ils avaient fait venir des machines à écrire, des machines à coudre, des globes terrestres, des microscopes, des baromètres... Et même un squelette pour nous enseigner le nom des os. On avait construit beaucoup d'autres écoles, mais celle-ci avait quelque chose de particulier. Cette idée extraordinaire de faire du sol de la classe une mappemonde. On avait utilisé du bois noble. Et elle avait été réalisée par les meilleurs menuisiers et les meilleurs sculpteurs du pays. Au bout d'un certain temps, tu allais t'asseoir chaque fois dans un pays différent. »

Il se tut un instant. Il faisait l'inventaire. Dans cette position, celle du penseur, il appuyait si fortement sur sa tête et de façon si horizontale qu'il avait l'air de boucher une fuite au niveau de sa tempe.

« C'est à peu près tout ce qu'il en reste. Le sol et le squelette. »

Il se leva et pointa son index droit sur la paume de sa main gauche : « Trapèze, trapézoïde, grand os, os crochu... » Un mot en amenait un autre. Lucho Malpica semblait heureux, à présent. Il sentait sur ses lèvres le plaisir du souvenir, car il était capable de se souvenir. De ce goût salé.

« Tu sais quel est l'os le plus important de tous ? Non, tu ne le sais pas. »

Il donna une tape à son fils sur la nuque.

« Le sphénoïde ! »

Malpica forma ensuite une cruche avec ses deux mains hermétiquement fermées et dit, comme s'il tenait un crâne humain : « J'entends le maître. Voici la clé, le sphénoïde ! L'os avec des hanches en forme de lit turc, avec des ailes de chauve-souris, qui s'est ouvert en silence tout au long de l'histoire pour faire place à l'énigmatique organisation de l'âme… »

Il regarda ses mains avec perplexité, la cruche d'éloquence qu'elles venaient de former. Puis il s'exclama, étonné de lui-même : « Putain de merde ! »

La mère et le fils le regardèrent d'un air surpris. C'était un homme très silencieux. Trop taiseux. À la maison, il y avait une certaine synchronisation entre sa façon de ruminer et le rythme des quenouilles de buis. Lorsqu'il en prenait conscience, Fins trouvait ce bruit blessant. Un claquement de dents de la maison. Mais il y avait ces moments, de plus en plus rares, où il se transfigurait. Et les pensées affleuraient. Un sourire. Une pensée. Une grimace.

« Sur quelles parties du monde vous êtes-vous assis, père ? » demanda Fins avec l'enthousiasme que celui-ci lui avait transmis.

Lucho Malpica change brusquement de ton : « Il vaudrait mieux ne pas aller rôder par là-bas.

— Un de ces jours, le ciel va vous tomber sur la tête ! » renchérit Amparo.

Malpica s'approcha à nouveau de la fenêtre pour jeter un coup d'œil en direction de la mer. De cet endroit, l'homme qui avait déjà changé d'attitude parla à son fils sur un ton péremptoire :

« Dis-moi, Fins ! Il te faudra retourner nettoyer les cuves.

— Il est trop âgé maintenant pour rentrer dans ces fûts, rétorqua la mère, contrariée. Et en plus… il a mal au cœur.

— Il a bien plus mal au cœur lorsqu'on est en mer », murmura Lucho.

Le père s'agenouilla près de la cheminée pour raviver les flammes du foyer. Derrière lui, la fumée imitait le paysage de la fenêtre. Elle adoptait la forme des brumes et des gros nuages.

« Que veux-tu que je te dise, ma belle. C'est Rumbo qui me l'a une nouvelle fois demandé. Je ne peux pas le lui refuser.

— Eh bien, il serait peut-être temps d'apprendre à dire non ! »

Lucho ignora Amparo. Si elle savait le nombre de fois qu'il lui avait refusé des choses. Il décida de parler à son fils et le fit avec véhémence : « Écoute-moi, Fins ! Surtout ne raconte à personne ton problème d'absences. Si jamais tu racontais ça, tu ne trouverais ensuite plus jamais de travail. Tu comprends ? Ne raconte jamais ça. Jamais ! Même pas aux murs ! »

Amparo avait repris son ouvrage et les quenouilles carillonnèrent à nouveau comme la musique intérieure et angoissée de la maison. Il y avait à présent un lien entre l'esprit de la brodeuse et la nature du carillon. Dans la tête d'Amparo, vu tout ce qu'elle avait déjà vécu, il n'existait ni temps anciens ni modernes. Les temps modernes accouchaient même quelquefois des anciens. Voilà pourquoi elle préféra ne pas laisser les souvenirs remonter à la surface. Les bouches de l'ombre parlaient déjà bien assez comme cela. Lorsqu'elle était gamine, les gens qui souffraient de tremblements épileptiques, ou d'absences prolongées, finissaient par avoir une réputation de fous. Et un simple surnom pouvait conduire quelqu'un à l'asile d'aliénés.

Une grand-tante de la famille était morte là-bas. À l'époque où l'on tatouait le numéro de l'internat sur la peau. Il fut un temps où il existait des chasseurs professionnels de fous. Ils parcouraient les villages éloignés et les quartiers pauvres, en conduisant des charriots fermés comme des cages, à la recherche de candidats. L'Église avait créé l'hôpital en accord avec les familles aisées. Et l'administration était financée par les régions au prorata du nombre d'internés. Plus il y avait de fous et mieux c'était.

Oui. Elle savait très bien de quoi elle parlait. Voilà pourquoi elle se taisait. Et ses doigts s'aventuraient chaque fois de plus en plus loin.

VII

Fins entendit le heurtoir de la porte et comprit qui venait de frapper. Le heurtoir était une main de métal. Une main que Malpica avait trouvée dans la baie de Corcubión. Il disait qu'elle venait du *Liverpool*, qui avait fait naufrage en 1846. Il nettoya la rouille et la polit lentement, très méticuleusement, « comme une vraie main », précisa-t-il, jusqu'à faire à nouveau briller le métal. D'après Malpica, la main du heurtoir était l'objet le plus précieux de la maison. Et lorsqu'il rentrait soûl de l'un de ses naufrages personnels, il caressait la main, en évitant de toquer à la porte.

On frappa à nouveau. Trois coups et encore un. La mère sait également qui utilise ce signal en morse. Amparo cessa de tisser et regarda avec méfiance vers la porte.

Et il se dépêcha d'aller ouvrir. C'était elle. Leda Hortas.

Il n'eut pas le temps de poser des questions. Tout excitée, elle l'attira vers elle. D'abord avec les yeux. Puis elle le tira par le bras. Elle n'était même pas consciente de la force qu'elle était capable de déployer.

« Allez ! Dépêche-toi ! »

Elle le lâcha et se mit à courir pieds nus en direction de la plage. Fins n'eut pas le temps de fermer la porte. Lorsqu'il entendit la voix de sa mère, il fit mine de ne pas l'entendre.

Il savait qu'elle irait à nouveau s'asseoir en murmurant : « Nove Lúas ! »

« Où allons-nous, Leda ? Que se passe-t-il ?

Elle ne s'arrête pas. Les jambes, les pieds bronzés, le talon blanchâtre grandissent dans la course. Ils gravissent en haletant le versant de la plus haute dune primaire, parmi des couloirs de tempête jusqu'à atteindre enfin le sommet.

Elle est pléthorique, les yeux on ne peut plus écarquillés : « Regarde, Fins !

— Mon Dieu ! Ce n'est pas possible !

— Et là, ce n'est rien ! »

La plage toute proche est couverte d'oranges que la mer a ramenées. Les deux jeunes demeurent immobiles. Enfoncés dans le sable. Sentant les grains, les chatouilles des épillets piquants et des fleurs poilues des oyats. Émerveillés. Tout de vent constitués.

Leda et Fins mirent un certain temps à percevoir le bruit de la lourde machinerie. Ils étaient sur le point de sauter au pied de la falaise de sable. Toucher le mirage avec les mains.

Du haut de la dune, ils virent le camion qui avançait avec difficulté sur la piste de terre. Il s'arrêta sur le terre-plein, au bout du chemin, sur l'espace d'extraction des sablières. Un homme et un garçon descendirent de la cabine du véhicule. Ils les connaissaient tous les deux très bien. L'adulte était Rumbo, le gérant de l'Ultramar. L'autre, Brinco. Trois autres personnes se trouvaient dans la remorque, Inverno, Chumbo et Chelín, qui déchargeaient des cabas ou des couffins pour ramasser les fruits.

Brinco fit comme s'il ne les avait pas vus. Ils s'aperçurent qu'il faisait semblant.

C'était comme ça, pensa Fins. Lorsqu'il s'occupait de ses affaires, il s'occupait de ses affaires. Si on le dérangeait, il se mettait en colère. Il devenait invisible. Sourd. Muet. Mais lorsqu'il voulait qu'on l'écoute, qu'on fasse attention à lui, il n'y avait pas moyen de l'éviter.

Sous les ordres de Rumbo, l'équipe commença à ramasser les oranges que la mer avait ramenées, conséquence de la gîte de quelque bateau.

« Regarde, Víctor ! La mer est une mine, dit Rumbo. Elle produit de tout. Et sans la moindre pelletée de fumier ! Pas besoin d'engrais comme cette putain de terre. »

Leda sauta au pied de la dune et s'approcha du groupe en avançant d'un pas décidé. Fins avait toujours l'impression que ses pieds à lui s'enfonçaient dans le sable davantage que ceux de Leda. De son côté, elle ne s'enfonçait pas, elle bondissait. Surtout lorsqu'elle avait un objectif. Un but.

« Ces oranges m'appartiennent ! cria-t-elle. Je les ai vues en premier ! »

Rumbo et ses acolytes cessèrent de travailler. Ils la regardaient d'un air étonné. Sauf Brinco. Brinco tourna le dos. Quelquefois, lorsqu'il était fâché contre eux, il leur disait : « Vous sentez le pet, sans arrêt ! » Mais à présent, il préférait ne pas les voir.

La fillette affronta le chef.

« Vous savez que c'est la règle. Les restes d'un naufrage appartiennent à celui ou celle qui les trouve. »

Rumbo la regarda de haut en bas, mi-perplexe et mi-amusé.

« Et combien vaut le chargement, ma belle ?

— Très cher ! »

Leda mesura avec ses mains tout ce qui lui appartenait sur le rivage. On voyait encore émerger des oranges parmi l'écume des vagues.

« Et puis je ne suis pas encore sûre de vouloir les vendre. »

Rumbo tira une pièce de monnaie de sa poche.

« Tiens. Pour ton travail de découverte.

— C'est tout ? C'est de la merde, monsieur Rumbo ! » rétorqua Leda.

L'homme tenait la pièce de monnaie entre le pouce et l'index et la leva à hauteur de vue en l'orientant en direction de Leda avec un air énigmatique.

« Ferme les yeux. »

Leda obéit. Fins ne savait pas très bien ce qui était en train de se passer. Rumbo lança la pièce en l'air et attira l'attention des autres.

« Vous allez voir ! »

Rumbo se baissa. Laissa glisser ses mains doucement sur les jambes nues de Leda, des genoux vers le bas, attrapa son pied droit, nu, et le plaça sur la pièce de monnaie. Les autres n'en perdaient pas une miette. Brinco également, qui était revenu de son monde invisible.

Rumbo murmura, absorbé par l'expérience : « Vous allez voir, oui, vous allez voir ce qu'est la peau d'une femme. » Ensuite, il parla à haute voix : « Dis-moi, ma belle ! Pile ou face ? »

Leda resta les yeux fermés. Sans hésiter : « Pile ! »

Elle souleva son pied et découvrit la pièce de monnaie. C'était pile. On pouvait voir l'aigle impérial. Rumbo jeta un coup d'œil rapide au revers, sur la face de Franco, là où l'on peut lire « Caudillo d'Espagne par la Grâce de Dieu ».

« Elle a gagné. C'est pile ! »

Le groupe se mit à rire. Rumbo tira un portefeuille de la poche arrière de son pantalon et tendit un billet de cent pesetas, avec l'image de la belle *Fuensanta* peinte par Romero de Torres : « Tiens. Une belle brune ! La plus aimée de toute l'Espagne. Pas mal de gens la cachent à l'intérieur de leur matelas. »

Ensuite, il s'adressa aux autres :

« Vous avez vu ce qu'est la peau d'une femme ? Y compris la peau du pied ! En plus, celle-ci est née maligne. Elle finira par être riche. C'est écrit. »

Leda porta le pouce à sa bouche. Elle fit un rapide signe de croix. Et cracha en direction de la mer.

« Je n'ai pas l'intention d'être pauvre ! »

VIII

Être dans le noir et griffer l'obscurité avec une balayette de genêts. La lisière de l'obscurité exhale un parfum âcre. Voilà en quoi consiste le travail. À racler la croûte de l'ombre. Il se sent complètement soûl et sale en dedans. Possédé par une ébriété putride. Mais il a l'instinct de se mettre à quatre pattes et de se propulser au-dehors à travers ce qui semble être une bouche pulpeuse, qui s'ouvre et se referme pour lui. Il s'allonge à même les dalles du sol, sur le dos. Au début, sa respiration est courte. Puis il éprouve, à l'intérieur et à l'extérieur de son corps, une jouissance qu'il n'avait jamais ressentie jusqu'alors. Être, pour un instant seulement, l'objet de toute l'attention du cosmos.

Il se lève. Il regarde vers l'entrée de son enfer. L'ouverture de la grande cuve. Il tient encore dans sa main, il ne l'avait pas lâchée, la balayette de genêts. Ses bras et son visage sont tachés, imprégnés d'une sueur qui répand la crasse sur tout son corps. Il porte de vieux vêtements raccommodés, souillés par le travail de nettoyage. Il se sent bien et même à nouveau attiré par l'ouverture de la cuve, par le souvenir à présent agréable de la tête qui tourne et de sa sortie précipitée.

Ç'avait été un jour de forte chaleur, de midi brûlant. Dans la cour de l'Ultramar le soleil est encore de plomb, mais le grand portail, au fond, encadre une mer estompée par la brume et la mélancolie qui s'étend sur le littoral. Fins Malpica bat des paupières. Il se réveille tout à fait. Et se tourne rapidement vers l'ouverture de la deuxième énorme cuve, la même que celle qu'il achève de nettoyer.

« Brinco ! Eh, Brinco ! Tu m'entends ? Tu m'entends ou pas ? Víctor ! Brinco ! »

Devant le silence de l'autre, il décide de se glisser dans le ventre sombre de la cuve. Faisant un immense effort, il tente de tirer Víctor Rumbo vers l'extérieur. Il l'attrape par les chevilles, puis le prend péniblement à bras-le-corps et réussit à le poser par terre, en faisant attention de ne pas lui cogner la tête contre la pierre. Il a perdu connaissance. Affolé, sans très bien savoir que faire, Malpica s'agenouille, tente de lui prendre le pouls, d'ausculter les battements de son cœur, d'apercevoir la vie dans ses yeux. Mais la main demeure morte, la poitrine ne respire pas et on dirait que dans ses yeux l'iris a disparu. Il hésite, puis se décide enfin. Il s'apprête à lui faire le bouche-à-bouche. Il sait comment s'y prendre. C'est un fils de pêcheur et il a déjà vu des gens sur le point de se noyer sur les plages de Noitía.

Il ouvre tant qu'il peut la bouche de Víctor. Aspire de l'air. Approche son visage pour unir sa bouche à celle du garçon inanimé. Et soudain, avec une exagération moqueuse, le garçon inconscient prépare ses lèvres afin d'échanger un baiser amoureux.

« Mmm ! »

Comprenant qu'on s'est moqué de lui, Fins se relève d'un air fâché.

Brinco aussi se relève et se met à rire aux éclats. Il meurt de rire. Son rire semble ne pouvoir jamais s'arrêter. Mais il cesse brusquement. Il vient d'entendre le bruit d'un moteur. Il tourne les yeux et voit arriver une automobile qui monte la côte avec un calme sournois.

La voiture finit par s'arrêter sur l'aire, près de l'endroit où se trouvent les garçons. C'est une Mercedes Benz blanche. Mariscal en descend. Élégant, avec son éternelle allure de galant homme. Il porte un costume blanc et un panama. Ses chaussures sont blanches également. Ses mains dissimulées dans des gants blancs, semblables à ceux qu'on porte pour les cérémonies de gala.

« Comment ça va en enfer, les garçons ? »

Brinco le regarde, hausse les épaules, mais reste muet.

« Ça va bien, monsieur, répond Fins.

— Moi aussi, je suis rentré là-dedans ! dit Mariscal en s'adressant à l'autre gamin. Mmm ! C'est bizarre, mais j'ai toujours aimé cette odeur. »

Sans s'approcher des ouvertures, en prenant garde de ne pas salir ses vêtements immaculés, il semblait inspecter la profondeur abyssale des cuves.

« C'est un travail très important. Le plus important ! affirma-t-il de façon solennelle. Si les cuves ne sont pas propres... Comment dit-on ?... Assainies !... Toute la vendange s'abîme. Pour une lichette... de merde. Il suffit d'un rien pour que tout soit foutu. Pensez-y. Dites-vous qu'une de ces cuves est le globe terrestre. Eh bien, ne serait-ce qu'une lichette, une lichette de merde, pourrait détruire toute la planète. »

Tout en méditant sa propre affirmation, d'un air préoccupé, il insista : « Ce n'est pas une blague. Une lichette pourrait détruire la terre entière. *Ipso facto*. Pensez-y bien ! »

Mariscal enfonça sa main dans sa poche et, solennellement, lança une pièce de monnaie en l'air en direction de Brinco. Le garçon l'attrapa d'un geste agile, comme si son bras fonctionnait tout seul et était rompu à ce jeu. Mais sa bouche ne proféra aucun remerciement. Et pour ce qui est des yeux, n'importe quel observateur pourrait penser que le mieux, à présent et dorénavant, serait d'éviter leur trajectoire. L'homme en blanc n'avait l'air ni surpris ni contrarié par cette hostilité silencieuse.

— Et toi, toi...
— Fins, monsieur.
— Fins ?
— Je suis le fils de Malpica, monsieur.
— Malpica ! Lucho Malpica ! Un grand marin, ton père. Le meilleur de tous les marins !

Ensuite, il fouille dans sa poche et jette une autre pièce de monnaie en direction de Fins, qui l'attrape au vol. Il prend congé en frôlant le rebord de son chapeau du bout de ses doigts.

— Vous avez bien compris, n'est-ce pas ? Pas une lichette de merde !

Mariscal partit à grands pas en direction de la porte arrière de l'auberge Ultramar.

Il murmurait quelque chose. Il parlait tout seul. Le souvenir, le nom de Malpica, le gêne pour une raison bien précise : « Le meilleur de tous les marins, oui, monsieur. *Stricto sensu.* Mais aussi le plus têtu. Le plus con, quoi ! »

Les gamins le suivirent du regard. Au bout d'un moment, alors qu'il avait déjà disparu par la porte, ils perçurent le ton enjôleur de sa voix.

« Sira ! Tu es là, Sira ? »

Fins regarda Brinco du coin de l'œil. Le regard de ce dernier contenait non seulement la mèche et la dynamite, mais aussi les anémones de mer. Comme s'il s'amusait avec sa cravache, il se donna un petit coup sur la pointe des pieds avec sa balayette de genêts : « Et si on se mettait en quête de cette lichette de merde qui peut détruire le monde entier ? »

Brinco ne le suivit pas sur le terrain de la plaisanterie. Pour toute réponse, il lui adressa une espèce de regard torve. Fins connaissait parfaitement les changements soudains de ce visage. Voilà pourquoi il ne savait pas dire s'il était amical ou pas, joyeux ou mécontent. À présent son regard se fixait sur la porte que Mariscal venait de franchir, puis parcourait la façade comme si celui-ci pouvait traverser les pierres. Ensuite, il leva la tête vers les fenêtres du premier étage. À l'une d'elles, le mouvement du rideau fit apparaître le visage du galant homme au costume blanc. Une femme passa fugacement près de lui. Sira. L'homme la suivit. Puis ils disparurent tous les deux dans le vacillement des ombres.

IX

Brinco pénétra dans l'auberge par la porte de derrière, puis gravit l'escalier intérieur qui donnait sur le couloir du premier étage, là où se trouvent les chambres de l'auberge de l'Ultramar. Dans l'escalier, la lumière était lugubre, semblable à celle que peuvent diffuser avec amertume de simples ampoules nues suspendues au plafond, à l'extrémité d'un fil tressé. Dans le couloir, le vent provoquait des rafales de lumière prises dans les rideaux. Sur l'autre mur, sans fenêtres, on pouvait distinguer quelques *souvenirs** typiques : des assiettes en porcelaine peinte représentant des scènes de marins, des coquilles Saint-Jacques, des étoiles de mer et de petites branches de corail fixées sur des plaques de bois verni, ainsi que des fleurs et des feuilles peintes à l'huile sur des planches polies que la mer rejette sur le sable.

Visage noirci, traits tendus, Brinco avançait le long du couloir moquetté sans prendre la peine d'écarter les rideaux. Il se dirigeait vers la chambre du fond, celle qu'on appelait la *Suite**, dans l'argot de l'auberge. Puis il s'immobilisa devant la porte close.

Pendant un moment, il écouta les soupirs et les murmures de l'ébat amoureux. Lorsqu'ils traversent une porte, les signaux du morse humain que le plaisir émet ressemblent beaucoup au langage de la douleur. Tout à coup, Brinco entendit son prénom. C'était une voix qui venait de loin, s'ouvrait un passage dans les turbulences des rideaux. Rumbo l'appelait toujours par son prénom. Il détestait son surnom.

« Víctor ! Où t'es-tu fourré, putain ? Víctor ! »

La voix de son père le rendit encore plus en colère, si tant est que cela fût possible. Du revers de la manche, il épongea furieusement les larmes qui creusaient des sillons sur son visage noirci. Il disparut discrètement. Pressa le pas. Se mit à courir, cherchant furieusement le contact des rideaux sur ses joues qui, alors que les fenêtres à guillotine étaient entrouvertes, flottaient visiblement en rythme, mais chacun avec un vent particulier, rigoureusement à leur tour dans la tempête.

Les affiches et les photogrammes, la plupart de films de western, abondent sur les murs du bar de l'Ultramar. L'affiche d'un groupe local : Los Mágicos de Noitía, habillés en mariachis. Quelques visages connus d'artistes de la chanson et du cinéma, toutes des femmes : Sara Montiel, Lola Flores, Carmen Sevilla, Aurora Bautista, Amália Rodrigues, Gina Lollobrigida et Sophia Loren. Parmi elles, en format plus réduit, mais dans un endroit bien en vue, une photo en noir et blanc de Sira Portosalvo, sur laquelle on peut lire une dédicace : « À celui que j'aime le plus et me fait souffrir. »

Attablé, Fins est en train de manger des moules, cuites dans leur coquille. C'est Rumbo qui les lui avait servies, après qu'il avait fini le nettoyage des cuves. On dirait qu'il observe et écoute ce qui se dit, tout en mangeant. Au comptoir, Rumbo et les deux gardes civils, le sergent Montes et Vargas, un policier plus jeune, parlent de cinéma.

« À ce propos, je suis à cent pour cent d'accord avec la hiérarchie, affirme Rumbo en observant le sergent. John Wayne n'a pas son égal. Wayne et un cheval suffisent pour faire un bon film. Pas besoin de filles ni de rien d'autre. »

Cette exclusion si tranchante fut suivie d'un silence que Rumbo interpréta comme une réprobation.

« Mais bien sûr, s'il y a une jolie fille, alors le trio devient parfait. Wayne, le cheval et la fille, dans cet ordre, précisa-t-il, puis il changea complètement de sujet. Celui-là, par exemple, a dû se choisir un autre prénom.

— Qui ça ? De quoi parles-tu ? interrogea le sergent surpris. Il ne s'appelait pas John ?

— Non, pas du tout, il ne s'appelait pas John. Il s'appelait... Marion.

— Ma-rion ? répéta le sergent, sans chercher à dissimuler sa déception dans le ton de sa voix. Tu déconnes, mon vieux ! »

Au bout d'un moment, après avoir avalé une gorgée, il dit : « Un autre gars qui a changé de nom, c'est Cassius Clay. À présent, il s'appelle Mohamed Ali, ou quelque chose de ce genre...

— Ça, c'est différent, répliqua Rumbo, à voix basse, le regard distrait.

— Ils vont le rouler dans le goudron et les plumes parce qu'il refuse de partir à la guerre. Le champion du monde ! Les gringos n'y vont pas par quatre chemins. »

Rumbo surveillait la porte principale de l'établissement. C'est par là que Brinco fit enfin son apparition. Il avait volontairement fait un grand tour pour éviter de descendre par l'escalier intérieur. Il avait l'air hébété d'un marin qu'un coup de mer aurait directement balancé à terre.

« Où étais-tu passé ? demanda Rumbo fâché. Je suis allé voir sur l'aire et tu n'y étais pas. Tu laisses Malpica tout seul, en train d'avaler toute la merde. Ce gamin n'est pas né pour travailler, merde alors ! Vous ne pouvez pas le pistonner un peu, pour qu'il fasse policier, sergent ? »

Le sergent Montes donna une tape dans le dos de Brinco.

« Il a déjà un bon parrain, Rumbo. Il fait des envieux ! Tu es né avec une petite cuillère en argent dans la bouche, mon gars. »

Et c'est Rumbo qui se sentit mal à l'aise. Il se réfugia dans le silence, à l'autre bout du comptoir, faisant semblant de s'affairer. Un instant plus tard, il réagit et s'approcha avec un sandwich qu'il tendit à Víctor.

« Tiens. Il est à *l'omelette** ! dit-il d'un air plutôt narquois. C'est ta mère qui l'a préparé. »

Le garde civil Vargas était resté en dehors de cet échange. Depuis qu'ils avaient entrepris de parler de cinéma, on le sentait en train de réfléchir : « Eh bien, moi, le personnage qui me rend le plus fou, c'est... »

Le sergent l'empêcha de finir sa phrase : « Je vais te dire quelque chose, Rumbo. Si le méchant joue bien, le film est bien. C'est vrai ou pas ?

— Oui, c'est vrai », admit Rumbo en le regardant fixement et sur un ton rude. Lui aussi était en train de réfléchir.

« Par exemple, moi, je suis certain que je ferais un méchant de première, dit le sergent Montes. N'est-ce pas, Rumbo ?

— Cela ne fait aucun doute, sergent. Vous feriez un sacré putain de méchant. »

Le sergent demeura silencieux en rongeant sa réponse.

« Dans le fond, ce n'est pas si évident », dit-il enfin en lançant un regard inquisiteur.

Le garde civil Vargas ne sembla pas avoir pris conscience qu'il venait d'assister à une petite joute verbale. Lui aussi était dans ses pensées : « Eh bien, moi, dans les westerns, le personnage qui me rend le plus fou, c'est une femme... La femme de *Johnny Guitare*. Celle qui porte des pantalons. »

Cette évocation changea tout. Rumbo s'enthousiasma comme s'il était au cinéma.

« Vienna, Vienna... Oui, monsieur! Joan Crawford! s'exclama-t-il en pointant son doigt sur le garde civil. Un type intelligent. Le Corps s'améliore, sergent!

— Alors allons-y, plus difficile, dit le sergent Montes. Si on parle de femmes armées, moi j'aime celle qui joue dans *Duel au soleil*. Comment s'appelle-t-elle, Rumbo?

— Jennifer Jones! »

Quique Rumbo, le barman de l'Ultramar, le patron de la salle de bal et du cinéma París-Noitía, avait un certain répondant. Il ne s'était jamais lui-même produit, mais possédait un grand sens du spectacle. Il leva les bras dans un geste liturgique décrivant une voluptueuse ligne courbe.

« *Pange, lingua, gloriosi Corporis mysterium!* »

On entendit un raclement de gorge et les pas de quelqu'un en train de descendre l'escalier conduisant aux chambres de l'auberge Ultramar. Depuis la table à laquelle il était assis avec Fins, Brinco put apercevoir les chaussures blanches de celui qui descendait les marches. Puis, enfin, la silhouette de Mariscal.

« Il m'a semblé entendre une prière. C'est toi qui récitais ces paroles divines, Rumbo? »

Il ne répondit pas tout de suite. Et il le fit à la dérobée, mal à l'aise : « Nous parlions de cinéma, patron.

— Nous parlions de femmes! précisa le sergent Montes. De Jennifer Jones dans *Duel au soleil*!

— Si l'on veut! Cependant, pour moi, le corps le plus magnifique est celui de sainte Thérèse, autrement dit celui d'Aurora Bautista. »

Il attendit qu'on méditât un instant le nouveau programme proposé, pour donner le coup de grâce.

« Et toujours en parlant de corps, il ne faudrait pas oublier celui de Ben-Hur ! »

Les autres éclatèrent de rire, mais Vargas se sentit plutôt confus : Ben-Hur ?

Le plus jeune des gardes civils suivit le mouvement des mains gantées de Mariscal imitant le va-et-vient des rames sur les galères.

« Pourquoi ne retirez-vous jamais les gants ? » demanda brusquement le garde civil.

Le sergent Montes se racla la gorge et fit semblant de s'intéresser à la vue panoramique de la fenêtre. Sur le chemin, on pouvait apercevoir le fou du village, Belvís, en train d'imiter le moteur d'une motocyclette. Vroummm. Vroummm. C'est ainsi qu'il faisait ses commissions. Mariscal ignora la question de Vargas. Mais il continua la noria des rames en action. Puis il finit par taper dans ses mains en signal de travail accompli.

« *Mutatis mutandis.* John Wayne n'a pas son égal ! »

Rumbo acquiesça, fit un geste signifiant okay, puis il lui servit un verre de whisky de la marque du promeneur.

« Avec lui et avec un cheval, tu fais un film, répéta Mariscal, et il bénit la sentence en avalant une gorgée. On n'a même pas besoin de la fille... Mieux encore. On n'a pas besoin du cheval non plus. Une arme, ça oui. On a besoin d'une arme, bien entendu. »

Il fit cérémonieusement tinter les glaçons dans le verre :
« *A man's got to do what a man's got to do.*

— Et pour de longues années encore ! » s'exclama Montes en levant son verre.

Brinco se leva et se dirigea vers la porte du local. Le voir filer avec cet air maussade attira l'attention des hommes. C'est Rumbo qui lança l'avertissement :

« Eh, Víctor ! Je ne veux pas vous voir traîner du côté des ruines de l'école.

— Le boiteux y va bien, lui ! Je l'ai vu de mes yeux, dit Brinco en parlant de Barbeito, le maître d'école.

— Lui, il sait ce qu'il a à faire.

— Ton père a raison, dit Mariscal sur un ton grave. Cet endroit est... hanté. Il l'a toujours été ! »

Après cela, tout le monde s'attendait à ce qu'il ajoutât autre chose. Mariscal comprit immédiatement que son affirmation faisait plutôt l'effet d'une clé que d'un cadenas. Au lieu de clore un mystère, elle venait de l'ouvrir ou de le rouvrir. Il changea brusquement de sujet avec une mimique moqueuse. Il avait ce don. Un visage pouvait tout à fait en cacher un autre.

« Écoutez-moi, les enfants. À propos d'école, je vais vous enseigner quelque chose qui vous servira toute votre vie. »

Et tandis qu'il parlait aux gamins, il fit un clin d'œil aux gardes civils.

« N'oubliez jamais ce proverbe : "Pendant qu'on travaille, on ne gagne pas d'argent". »

Mariscal lança une pièce de monnaie qui s'arrêta aux pieds de Brinco. Le garçon la regarda, au début avec un certain dédain. Il ne s'accroupit pas et n'avait aucune intention de le faire. Le groupe d'hommes était en train de l'observer. Ainsi que Fins, à ses côtés. À travers la porte entrouverte, le vent bécotait légèrement les rideaux. Brinco s'accroupit et ramassa la pièce.

Mariscal sourit, retourna au comptoir et fit tinter les glaçons dans son verre : « Rumbo, sers-moi un autre spiritueux ! »

X

    Leda saisit le heurtoir. Elle aimait cette main de métal et de rouille verte. Froide et chaude. Puis elle frappa avec insistance à la porte de la maison des Malpica. Trois coups et encore un. Trois coups et encore un. Fins vint ouvrir. Nove Lúas le regarda fixement. D'abord souriante, puis très grave. Elle possédait toute une collection de visages. Elle le tira impérieusement à sa suite :
    « Dépêche-toi, dépêche-toi ! »
    Cette fois, elle choisit un raccourci à travers les vieilles ruines, bondissant en zigzag pour éviter les chardons maritimes. Ils grimpèrent en courant jusqu'au sommet de la première dune. De là, ils aperçurent le spectacle dantesque de la plage. La mer avait ce jour-là vomi des mannequins semblables à ceux qu'on trouve dans les vitrines des grands magasins pour présenter les vêtements à la mode. Des cadavres de bois. La plupart détériorés. Les vagues charriaient des corps amputés et des extrémités arrachées. Des bras, des pieds nus, des têtes qui frangeaient le sable.
    Nove Lúas et Malpica parcourent la plage blessée. Ils déterrent et soulèvent des membres qu'ils abandonnent à nouveau dans le sable.
    Les gamins sont à la recherche d'un survivant. Leda

découvre enfin un corps entier. Une silhouette de mannequin féminin tout noir. Elle s'accroupit et frotte le sable de la bouche et des yeux. C'est un visage aux traits sculpturaux, attirants.
 « Elle est belle, n'est-ce pas ? » dit-elle.
 Le sable, sec, ressemble au maquillage d'une poudre d'argent. Fins regarde ce visage qui est vivant et mort, qui semble être en train de se composer, les traits émergeant de l'intérieur. Mais il ne dit rien.
 « Aide-moi, mon vieux ! dit Leda en se redressant. On va l'emporter...
 — L'emporter ? L'emporter où ça ? »
 Sans répondre, Leda attrapa le mannequin par les chevilles.
 « Toi, prends-la par les épaules. Et tendrement, hein !
 — Tendrement ? »
 Bah !

Leda et Fins transportèrent le mannequin le long de la route, parallèle au littoral. La fille était passée devant, tenant la silhouette par les mollets. Fins allait derrière, soutenant le mannequin par le cou. Une marche difficile rythmée par la mer furieuse.
 Mais c'est le son de la bande-annonce d'un western qui envahit à présent la vallée. Du vent par-dessus le vent. Des coups de feu en l'air. Musique de requiem en l'honneur des mannequins. Sur la route, à faible vitesse, en face de Fins et de Leda, une voiture s'approche. C'est une Simca 1000, avec une impériale sur laquelle a été fixé un haut-parleur émettant le son de la bande-annonce du film qui sera projeté en fin de semaine dans la salle de cinéma París-Noitía, à l'Ultramar. *Et pour quelques dollars de plus.* Cette façon qu'ont les coups de feu de parcourir la vallée. Ce vent par-dessus le

vent. Cette musique où l'on entend battre le tic-tac de la dernière heure. Rumbo est content de ce film qui va remplir le París-Noitía — bien sûr qu'il va le remplir —, de cette promenade bouleversante à cheval sur la Simca, d'avoir amené le film jusqu'à la scène de la vallée. De tout mettre à nu. D'éblouir, une bonne fois pour toutes, oiseaux et épouvantails.

En arrivant à hauteur des porteurs du mannequin, Quique Rumbo arrêta le véhicule et éteignit la cassette qui hurlait à travers les haut-parleurs. Il avait l'air d'être toujours revenu de tout. Habitué aux situations imprévues et préparé à toujours leur apporter une réponse. Quoique d'après Lucho Malpica, Rumbo, Quique Rumbo eût quelquefois claqué des dents. Il baissa la vitre de la voiture d'un air curieux.

« Vous devriez programmer *Los Chicos con las chicas*! dit immédiatement Leda.

— Elle est vraiment belle cette poupée, Nove Lúas! s'exclama-t-il d'un ton moqueur. Combien en veux-tu?

— Elle n'est pas à vendre, répondit Leda très déterminée. Elle n'a pas de prix. »

Ce n'était pas la première fois que Rumbo aussi bien que Fins l'avaient entendue s'exprimer avec cette détermination de marchande de foire qui, en réalité, commence toujours son marchandage de cette façon. Mais elle décida de se remettre à marcher avec une soudaine énergie, tirant en même temps le mannequin et Fins.

Rumbo trouva à lui crier depuis la vitre de la voiture :

« Tu te trompes! Tout a un prix, ma belle! »

À la bifurcation du Chafariz, il enfila le chemin en pente menant à l'Ultramar. Fins caressait l'espoir que, après avoir réfléchi à un prix, elle accepterait finalement de le vendre.

À sa grande surprise, Leda poursuivit sa route et tourna sur la gauche, en contrebas. Elle s'arrêta un instant pour reprendre sa respiration. Ils étaient tous deux épuisés. Mais leur fatigue était différente. La sienne était une fatigue de mécontentement. Cette putain de momie était lourde. Aussi lourde qu'un putain de robot.

« Tu n'as pas l'intention de l'emmener là-bas ? demanda Fins.
— Si.
— Ah, non ! »

Leda sourit d'un air décidé. Puis elle souleva à nouveau cette beauté rigide.

Si.

À l'intérieur de l'École des Indiens, le Mannequin aveugle faisait un beau couple avec le Squelette manchot. On l'appelait squelette, bien qu'il ne le fût pas exactement. Il s'agissait plutôt d'un écorché. On pouvait voir les organes et les muscles, représentés de différentes couleurs. Mais la plupart avaient progressivement disparu, à commencer par le cœur, en caoutchouc peint en rouge, et les yeux de verre. En tout cas, le petit homme et ses os étaient là, eux. À peine entrés à l'intérieur, sa place s'imposa d'elle-même. Ils avaient besoin l'un de l'autre.

Puis ils eurent l'idée de nettoyer et d'explorer, chacun de son côté, le sol du monde.

« Où es-tu, Fins ?
— Sur l'Antarctique. Et toi ?
— Moi, je suis en Polynésie.
— C'est très loin !
— Si tu veux que je m'approche, tu n'as qu'à siffler ! »

Fins ne tarda pas. Il siffla.

Elle lui répondit en sifflant à son tour. Et elle s'y prenait bien mieux que lui, sifflait encore plus fort.

Ils s'approchèrent l'un de l'autre. Mais elle avait fermé les yeux, sans le dire. Du bout du pied, elle sentit un accident. Elle ouvrit les yeux et regarda par terre.

« Je suis près de l'Everest ! s'exclama-t-elle. Et toi, où es-tu ?

— En Amazonie.

— Prends garde !

— Et toi aussi ! »

Ils furent interrompus par des grincements de pas sur le toit. De la poussière dégringolait lentement, dégoulinant le long des rais de lumière. Plusieurs chauves-souris quittèrent la pénombre, voletant avec une maladresse de somnambule.

Fins et Leda regardèrent en l'air. Le bruit cessa. Le faisceau de lumière de la lucarne tombait sur eux. Ils se désintéressèrent de la chose.

« Je suis en... Irlande, assura-t-elle.

— Et moi, à Cuba.

— À présent il faut faire très attention, poursuivit Leda. Nous allons traverser la Mer Ténébreuse... »

Ils s'approchaient l'un de l'autre. Ils se rejoignirent. À présent, ils se touchent. Se tâtent. Les mains servent à tâter. Ils s'enlacent. Lorsqu'ils commencent à s'embrasser, on entend encore, plus fort cette fois, des grincements sur le toit.

Leda et Fins, à moitié aveuglés par la poussière, regardent une nouvelle fois en l'air. Le visage de Brinco, imitant le hululement d'une chouette, se penche au-dessus du cratère.

Ou-ou-ou-ouououououou, ou-ou-ou-ouououououou !

L'intrus envoya un crachat qui atterrit sur le sol, tout près d'eux.

« L'île aux Cochons ! dit Leda.

— Et dans le cochon tout est bon ! » hurla-t-il. Puis ils comprirent qu'il s'éloignait à la direction qu'avaient pris les grincements.

« Il vaut mieux s'en aller. Il est capable de faire s'écrouler la toiture. »

Mais il se tut car Leda le regardait dans les yeux tout en époussetant tendrement la poussière sur ses épaules.

« Ne t'inquiète pas, rien ne va s'écrouler. »

Nove Lúas parcourt du bout de ses doigts la carte du visage de Fins Malpica.

« L'Arctique, l'Islande, la Galice, les Açores, le Cap-Vert…

À présent, Fins a pris place au bureau du maître, à droite du Mannequin aveugle et du Squelette manchot. Il joue à taper à la machine. Il appuie sur les touches qui font avancer un chariot vide, sans feuille de papier.

Nove Lúas tient un livre à la main. Elle l'a machinalement ouvert, puis elle a commencé à tourner les pages l'une après l'autre, et voilà un moment qu'elle est absorbée dans sa lecture.

« Que lis-tu ?
— Les poux ont creusé plein de galeries dans le livre.
— Ils ont dévoré toutes les lettres ?
— Vas-y, je te dicte !
— Je ne sais pas. Je n'ai pas de papier.
— Ça ne fait rien, imbécile. Écris. *Tout est silense muet…*
— Tu veux dire *silence*, avec un *c*.
— Il y a bien écrit *silense*, avec un *s*. Ce doit bien être pour quelque chose. »

XI

Le curé monta en chaire et, avant de prendre la parole, tambourina du bout des doigts sur le microphone, avec précaution et timidement, jusqu'à ce que certains visages avisés acquiescent en souriant. Il fonctionnait. Et c'est alors que don Marcelo déclara à peu près ceci : que Dieu est éternel et infini, et que nous le savons parfaitement. Il durera toujours, il se trouve partout et n'a pas de limites. Voilà pourquoi certains disent qu'il a inventé l'être humain afin d'avoir quelqu'un qui se charge des menus travaux. Autrement dit, quelqu'un qui utilise le système métrique décimal. Qui se charge des détails. De remplacer les tuiles cassées, par exemple. De nettoyer les égouts. Et enfin de surveiller l'introduction des nouveautés qui nous rendent la vie plus agréable. Pour stimuler l'esprit, il faut très bien s'occuper des choses terrestres. Ainsi, il n'est que justice de reconnaître que le progrès de la mégaphonie extérieure que nous inaugurons aujourd'hui a été rendu possible grâce au don d'un de nos fidèles, Tomás Brancana, également connu de tous sous le nom de Mariscal, il ne donna pas cette dernière précision, bien entendu, à qui nous devons d'autres améliorations au sein de ce temple de Notre-Dame, et en particulier la réparation de l'ancien toit.

Un jour, toute cette générosité sera récompensée, et cetera, et cetera. Et Mariscal, qui avait à sa droite son épouse Guadalupe, et à sa gauche le couple formé par Rumbo et Sira, remercia à son tour le curé d'un hochement de tête révérencieux. Puis don Marcelo, avec cette assurance que confère progressivement le secours de la technique, et ayant perdu son anxiété du début, commença à s'encourager lui-même en sachant, en sentant, que sa voix remplissait le temple et se répandait dans toute la plaine, grimpait sur les flancs des montagnes, et allait se battre contre la mer sur les rochers de Cons. Quand bien même l'auraient-ils voulu, même les païens — pour ne pas les nommer autrement — n'auraient pu dresser des palissades devant une telle tempête de l'esprit. Et gagnant en puissance et en autorité, il sentit qu'il gagnait également en qualité rhétorique, en éloquence ; Mariscal lui-même, qui s'y connaissait plus ou moins sur le sujet, leva la tête avec admiration et en dressant les oreilles. Voilà pourquoi, parce que c'était le moment, le curé décida de parler du mystère de la Sainte-Trinité. Sur de nombreuses images pieuses, dit-il, l'être suprême est représenté sous forme d'un vieillard vénérable. Et nous reconnaissons tous le Fils dans la représentation du Crucifié. Mais il y a aussi une personne bien plus complexe. La troisième personne. L'Esprit-Saint. Quelle est la forme de l'Esprit-Saint ?

Et c'est alors que, sans crier gare, Belvís intervint en battant des bras comme des ailes :

« C'est moi ! C'est moi ! »

Le fou du village se trouvait sur le banc réservé aux jeunes gens. Juste à côté de Brinco. Ils étaient souvent ensemble car le gamin de l'Ultramar s'amusait beaucoup en sa compagnie. Et il prenait soin de lui. On pouvait même dire qu'il avait une certaine tendresse pour lui. Il en avait toujours manifesté. Peut-être était-ce pour cette raison que Brinco était le seul garçon souriant de toute l'assemblée. La plupart des autres personnes s'étaient retournées, scandalisées. Mais le curé, lui, avait décidé de l'ignorer. C'était un jour important. Tout se passait on ne peut mieux. La mégaphonie fonctionnait. Donc, il reprit son affaire là où il l'avait laissée, en poursuivant sa réflexion sur la forme de l'Esprit-Saint.

Et Belvís continua également de son côté. Il agitait les bras comme pour s'envoler, mais avec le même style que ces échassiers qui ont besoin d'un certain élan pour prendre leur envol.

« C'est moi ! C'est moi ! »

Je m'en souviens parfaitement car c'est le jour où l'on inaugura les haut-parleurs. Le curé ne put en supporter davantage et, depuis la chaire, sans réaliser que ses mots étaient en train d'essaimer toute la vallée avant d'atteindre la mer, il ne trouva rien de mieux que de dire :

« Oui, mon gars, oui. L'Esprit-Saint est partout. Mais on ne vient pas ici pour faire le clown ! »

Quelques adultes s'approchèrent de Belvís, et il ne put faire autrement que de s'en aller. Il ne retourna jamais à l'église. On m'a raconté qu'à la messe, à Notre-Dame, lorsque le prédicateur évoque l'Esprit-Saint, il y a encore des gens de cette époque qui tournent spontanément la tête en direction de cet endroit, avec une certaine nostalgie. De cet endroit où Belvís agitait ses bras comme si c'étaient des ailes :

« C'est moi ! C'est moi ! »

Belvís demeura encore plusieurs années dans le coin, il livrait les restaurants en poisson et fruits de mer, faisait les courses des personnes âgées, des choses de ce genre, il était toujours en train de chevaucher sa moto imaginaire.

« Ça va être long, Belvís ?
— Non, je prends la moto, la Montesa. »
Vroummm, vroummmmmm.
Il avait fini à l'asile de Conxo. Bah, dans l'établissement qu'à présent on appelle l'hôpital psychiatrique. Je crois qu'il n'a jamais été fou. Il n'avait jamais connu son père et avait très mal surmonté la mort de sa mère. Lorsqu'il était gamin, elle s'occupait de lui comme elle pouvait. Une vraie misère. Et l'enfant allait à moitié nu, sans couches, zizi et castagnettes à l'air. Il faisait ses besoins là où ça lui prenait. Un jour, il avait choisi comme champ de tir, appelons-le ainsi, le porche d'entrée d'une voisine, celle qui habitait la Casona. Elle y faisait pousser des plantes, des bégonias, bref, il avait trouvé que l'endroit lui allait bien, et y avait largué toutes ses munitions. Mais il s'était fait prendre par la voisine qui lui avait flanqué une fessée. Elle y était allée de bon cœur. Belvís était retourné chez lui en pleurant. Lorsque sa mère avait su ce qui s'était passé, elle l'avait pris dans ses bras, s'était rendue à la Casona et avait appelé la voisine jusqu'à ce qu'elle sorte sur le balcon. Alors la mère de Belvís l'avait soulevé, cul nu au ciel, et l'avait embrassé sur les fesses, en hurlant : « Quel cul, madame, quelle bénédiction ! » Ça c'est de l'amour.

Il a eu un tel chagrin qu'il en a perdu l'usage des voix, y compris celle de la Montesa. Tout petit déjà il avait ce don pour imiter les voix. D'homme et de femme. Il fabriquait des marionnettes avec n'importe quoi, avec des chiffons et du carton, et il les faisait parler. Il imitait très bien le chanteur Catro Ventos, qui allait dans toutes les fêtes, et qu'on avait surnommé ainsi parce qu'il avait perdu toutes ses canines. Il chantait : « Laissez le bateau quitter la plage / car à la plage il reviendra / Sa fiancée est restée là-bas, / car elle est fidèle, car elle est fidèle, car elle est fidèle, car elle est fidèle… en amour. » Il eut cette idée, de garçon, de répéter et de répéter « car elle est fidèle, car elle est fidèle », en mimant des va-et-vient amoureux : les gens éclataient de rire. Il était irrésistible. Mais la voix qu'il avait sans doute le mieux réussi à imiter était celle du Kid. C'est ça, le film de Chaplin, il prenait l'accent de Buenos Aires, il l'imitait super bien. La marionnette et la voix étaient le seul héritage que lui avait laissé son grand-oncle revenu d'Argentine juste avant de mourir. À présent, les choses ont changé à l'hôpital psychiatrique. On lui permet de sortir. En réalité, on l'a renvoyé, mais on l'autorise à y revenir. Il dit que c'est grâce au Kid, et qu'il est plus tranquille à l'asile. Les week-ends, il va de-ci, de-là, pour gagner quatre sous, en faisant l'homme-orchestre ou en faisant parler sa marionnette. Il imite le Kid de mieux en mieux. Ça ne m'étonne pas. Il y a si longtemps qu'ils parlent ensemble, lui et Chaplin. Alors ce doit être vrai que Víctor Rumbo l'a engagé pour se produire dans son fameux club, le Vaudevil. Pour lui permettre de gagner un peu d'argent. Ça doit l'amuser. Moi, je ne pense pas que ce soit un bon endroit pour Belvís. Les gens qui fréquentent ce lieu recherchent autre chose. À en juger par les coquins et les catins, dirait le Kid. Mais lui, Brinco, a toujours été comme ça. Les gens qu'il aime, il les aime beaucoup. Il a toujours attiré les personnes un peu bizarres, comme Chelín ou Belvís. En revanche, ceux qu'il méprisait, il les méprisait avec enthousiasme.

Mais je vais un peu trop vite.
Car, pour l'instant, je les vois alors qu'ils étaient enfants. Et ils sont en train de jouer au football sur un terre-plein, à l'endroit où meurent les dunes grises, entre A de Meus et Noitía. Un bon endroit pour improviser un terrain. Les

dunes protègent du nordet et forment un parapet pour éviter la malheureuse perte du ballon en bord de mer. Il fallait entendre Belvís en train de retransmettre leur java comme si c'était un vrai match de stars, dans lequel lui-même aurait été un as. Et maintenant, séance de penaltys. Chelín est gardien de but. Il vient d'arrêter, de façon spectaculaire, le premier tir, celui de Brinco. Il devient euphorique car il a également arrêté le boulet de canon de Fins. Et voilà Leda qui prend soudain son élan. C'est son tour. Elle se prépare à tirer. Mais elle doit soudain renoncer à le faire. Chelín a abandonné son but sans crier gare.

« Qu'y a-t-il ? demande-t-elle déçue.

— Les femmes ne tirent pas de penaltys.

— Et qui a dit ça ? »

Belvís tourne en rond autour d'eux. Il joue les commentateurs sur un ton affecté : « Nous sommes en train de vivre un moment de grande tension au Stadium du Sporting de Noitía. Nove Lúas ne l'entend pas ainsi, elle demande des explications au gardien de but Chelín. Et Chelín lui tient tête. Attention. L'arbitre Fins intervient », et cetera, et cetera.

« Dis la vérité, Chelín, insiste Brinco, celui qui s'amuse le plus de la situation. Tu es en train de chier dans ton froc.

— Non. Je ne suis pas un pédé, moi. »

Folle de rage, Leda prend de la vitesse et frappe le ballon de toutes ses forces. De façon surprenante, démontrant ses incroyables réflexes, Chelín se détend dans les airs et arrête le tir. Après être retombé dans le sable, il serre le ballon contre sa poitrine. Son visage frôle la plage, et il sourit triomphant.

« Tu vois ? Je n'ai pas peur. Le pouvoir occulte.

— Espèce de con, dit-elle. Je t'ai toujours défendu. Un jour tu me baiseras les pieds ! »

XII

Ils se portaient toujours volontaires pour transformer la salle de cinéma en salle de bal. Rumbo leur servait quelques rafraîchissements pour les remercier. Et il leur donnait l'autorisation d'emporter les petits bouts de celluloïd qu'il coupait afin de réenclencher la pellicule lorsqu'elle cassait. En réalité, ils finissaient tous entre les mains de Fins, qui était fou de ces photogrammes. Il avait réussi à se faire des archives personnelles. Il rangeait ces fragments de cinéma chez lui. Et ç'avait été un jour mémorable, pour lui, lorsqu'il était rentré d'A de Meus, la mer rugissant furieusement, avec Moby Dick et le capitaine Ahab, Gregory Peck, en poche. Cela s'était passé voilà plusieurs années, même si l'on repassait le film à chaque nouvelle saison cinématographique, car c'était un des préférés de Rumbo. Il avait ses idoles, et l'une d'elles était Spencer Tracy. Il avait projeté plusieurs fois *Capitaines courageux* et *La Vie de Thomas Edison*. Lorsque le savant inventait le filament de la lumière, tout le cinéma se mettait à applaudir. Mais la vénération de Rumbo envers Tracy pouvait se résumer à un seul geste. Il retirait son bras de la manche de sa veste, qui demeurait ballante comme chez un manchot, et il prononçait le titre du film : « *Un homme est passé* ». Ensuite, il prenait une voix de crapaud pour dire le nom du village maudit : « Black Rock, Black Rock ! » L'attirance pour cet acteur venait probablement de leur ressemblance physique. Lorsque quelqu'un la lui faisait remarquer, Rumbo rétorquait d'un air laconique :

« Ou vice-versa ! »

Mais les films qu'il préférait étaient les westerns. Et ensuite les films de gangsters. Ils en louaient très souvent, de préférence des films italiens, et il assistait à la projection avec la même attitude qu'un capitaine à son poste de commandes. Ensuite, il disait : « Un peu trop vrai pour du cinéma. » Une opinion qu'il glissait à l'intérieur des boîtes en fer-blanc, où il rangeait les bobines, comme si elles n'avaient pas d'interlocuteur à l'extérieur : « Cette Magnani les écrase tous. » En revanche, il avait pris en grippe les films de cape et d'épée, un sentiment qu'il partageait avec son chef Mariscal. Fins l'avait parfaitement appris grâce à un des jurons les plus fréquemment utilisés au comptoir de l'Ultramar : « Merde aux trois mousquetaires et au cardinal Richelieu ! » La théorie de Rumbo consistait à dire qu'à l'époque des armes à feu, faire des films avec une pareille quincaillerie dénotait un certain retard. Et, comme le public, il s'émerveillait que les Indiens s'approvisionnent en fusils Winchester : « Ils sont à égalité maintenant. » Mais il en mourait toujours plus et toujours plus rapidement.

Aujourd'hui, à la tombée du jour, après la projection en matinée, le bruit des coups de feu, du trot du cheval de Clint Eastwood et le tourbillonnement désordonné des herbages de paille sèche se perdaient dans le désert de dunes. Rumbo sifflotait la mélodie sirupeuse du film *Et pour quelques dollars de plus*. Il battait la mesure qui rythmait la métamorphose lente et méthodique de la salle de cinéma en salle de bal. On allumait l'ensemble des lumières pour raviver toutes les couleurs des guirlandes. Brinco, Leda et Fins poussaient les chaises contre le mur et passaient un coup de balai. Mais Belvís était le plus rapide, qui transportait les choses sur son invisible et bruyante Montesa. Sur l'estrade, on dépliait un grand rideau de velours noir, qui recouvrait tout l'écran. Les musiciens entraient en silence. Parfois on ne savait même pas qu'ils étaient déjà arrivés jusqu'à ce que les instruments fassent leur apparition et commencent à s'accorder. Rumbo installait le petit buffet dans le fond, à l'opposé de la scène, dans un endroit où la lumière était plus discrète. Aujourd'hui, le quartet de musiciens comportait deux guitaristes. C'était un jour très particulier, car Sira allait chanter. Elle ne l'avait pas fait depuis la fin de l'année. Auparavant, elle n'avait jamais animé l'ensemble du bal, elle n'avait même jamais été la chanteuse principale, mais elle venait toujours chanter deux ou trois fados. Et c'était un moment éblouissant. Le maître d'école, M. Barbeito, disait qu'après avoir écouté chanter Sira Portosalvo, il y avait deux sortes de nuits. La nuit qui glace l'inquiétude. Et celle qui la protège.

Ils étaient tous en train d'attendre. Les plus âgés étaient assis sur des chaises, sur les côtés. Les couples qui dansaient se trouvaient devant. Les plus jeunes étaient au milieu et au fond. Tout le temps que les musiciens avaient joué des *merengues* et des *cumbias*, un groupe commandé par Brinco n'avait pas cessé d'ennuyer Leda et Fins. Ils n'arrêtaient pas de les pousser pour qu'ils s'enlacent et aillent danser. La jeune fille porte une robe d'été, imprimée, à bretelles, et elle tourne comme un manège. Le garçon est fâché et garde les bras croisés. Avec ses coudes, il se défend contre les autres qui le poussent en désordre à la fin de *La Piragua*. C'est à ce moment-là que le sergent Montes et le garde civil Vargas entrent dans la salle. Quelques personnes âgées, qui sont assises, cessent de parler et regardent dans leur direction. Les gardes civils parcourent toute la salle de bal des yeux, puis ils se dirigent vers le comptoir, où Rumbo s'occupera en priorité d'eux en toute sollicitude.

Et voilà qu'elle monte sur l'estrade. Elle porte un châle noir. Des boucles d'oreilles en forme de grands anneaux d'argent avec des incrustations de jais. La tête droite. Elle se déchausse.

« Nous allons dédier la première chanson de la soirée au couple le plus sympathique de tout le bal, explique Sira. À celui des deux gardes civils ! »

Elle a déjà fait la plaisanterie. La chose ne fait plus rire personne. Le sergent Montes sourit d'un air satisfait. Il regarde la chanteuse avec gourmandise. Mais le fado démarre, *Eu tiña as chaves da vida et não abri, / As portas onde morava a felicidade,* et tout le reste n'a plus la moindre importance. C'est Sira, la voix de Sira, qui réveille tous les coins de la salle de bal, qui met en éveil chaque regard. Soudain, la porte s'ouvre, et Mariscal fait son entrée. Il marche en oblique, tout en fixant la scène. En passant devant le buffet, il salue les gardes civils en ôtant son chapeau. Puis il murmure quelque chose à l'oreille de Rumbo, qui acquiesce et tend une nouvelle consommation aux policiers. Du whisky d'importation. Marque : Le promeneur. Pour le remercier, ils font mine de trinquer.

Et pendant que Sira chante *As chaves da vida,* Brinco quitte la salle de bal. Leda et Fins Malpica sortent à sa suite.

Il s'est mis à courir jusqu'à la plage, laissant derrière lui le bal, s'éloignant de la voix envoûtante de sa mère. Mais il s'est aperçu que les deux pénibles le suivaient. Alors, il s'est arrêté et retourné d'un air fâché.

« Alors ? Toujours en train de me sentir le cul, hein !

— Nous sommes tout autant d'ici que toi ! lança Leda d'un ton de défi.

— Ça t'étoufferait de la fermer. Ma mère a bien raison. » Brinco savait comment s'y prendre pour blesser avec le langage, mais cette fois il comprit que sa phrase était une flèche qui s'était retournée contre lui. Il s'était remis à courir. Mais la voix de Leda l'avait rattrapé.

« Il faut voir qui se permet de dire des choses sur moi ! Justement la maman de ce monsieur ! »

Cette salope, pense-t-elle, il faut voir comme elle sait s'y prendre pour blesser les gens. Brinco avait rejoint la barque échouée. Les deux hommes à qui il devait transmettre le message l'attendaient : un vétéran nommé Carburo et un autre plus jeune, Inverno. Il avait fait sa commission en s'emmêlant dans les phrases à cause de la course et de ses poursuivants qui le dérangeaient. C'était comme s'il traînait un chapelet de boîtes de conserve derrière lui.

« Rumbo dit qu'ils peuvent décharger !

— Mais décharger quoi ? » demanda Carburo. Il fallait dresser le merdeux.

« Eh bien... Le thon ! »

Son collègue rappliquait en courant.

« Ils sortent d'où, les deux Martiens ? demanda Inverno.

— Bah ! Ces deux-là bossent gratis. »

Les deux hommes éclatent de rire.

« Quel luxe ! »

Le groupe commença à marcher, emmené par Carburo avec sa grosse tête et son corps légèrement penché en avant. Une figure de proue fendant la nuit. Leda entendit ce que Brinco disait à Inverno et elle réagit violemment.

« Gratis, des clous, espèce de merdeux !

— Elle est violente ! dit Inverno. J'aime ça, ma jolie, fais-toi respecter, vas-y. » Et à voix basse à Brinco : « Dis-moi, cette gamine, dans quelque temps, ça va devenir de la dynamite. »

Au bout de la jetée, un homme fait des signaux en morse avec sa lampe. On répond avec un autre signal lumineux depuis une embarcation, en mer, pas très loin de la côte. C'est l'été. La mer est calme. Au bout d'un moment, on entend le bruit du moteur d'un bateau et l'on aperçoit la silhouette d'un pêcheur.

L'embarcation de pêche accoste. Elle est extrêmement chargée à la poupe et à la proue : de gros balluchons couverts de filets de pêche et d'autres outils, comme des casiers et des bouées. Lorsque les marins se débarrassent du camouflage, on découvre des cartons remplis de tabac de contrebande. Du blond, à rouler. On aperçoit d'autres personnes sur les lieux, en majorité des hommes, mais aussi quelques femmes, qui attendent dans la pénombre des pins tout proches et du rayon de lune éclairant la *rambla* de l'ancien quai.

La Mercedes arrive enfin et Mariscal en descend. Tous les porteurs prennent progressivement position. Rapidement, ils forment une chaîne humaine en calculant la distance. Depuis son promontoire, Mariscal surveille le mouvement. De là où il se trouve, il a une vue panoramique sur l'ensemble, mais il sait aussi que tout le monde le voit. Hissé dans la nuit. Il est la bouche qui parle.

« Tout va bien, Gamboa ?
— Tout est okay, patron !
— Carburo, active un peu ces gens !
— Chacun à son poste. À fond la caisse. On la ferme et on se calme. Les gardes civils sont au bal. »

Une des femmes, qui doit participer au transport de la marchandise, chantonne un couplet, *Bailaches, Carolina ?*

Bailei, abofé! Dime con quen bailaches? Bailei co coronel! et Mariscal sourit. Il demande de cesser. Il applaudit dans les airs.

« À présent, au travail ! Dieu ne distribue pas le temps gratuitement. »

La file transporte les paquets, dans un silence absolu, depuis la *rambla* du quai jusqu'à l'ancienne usine de salaison, un sobre bâtiment de pierre de plain-pied. Il y a une vingtaine de personnes. La tâche est accomplie avec diligence et habitude, excepté pour ce qui concerne les jeunes. Leur transpiration trahit l'excitation de cette première fois. Lorsqu'ils ont fini, Mariscal les paie personnellement. Il entend le murmure de la litanie des remerciements. Lorsque vient le tour de Brinco, il l'attrape par les épaules, content de lui.

« Cette fois tu mérites une bonne récompense. »

Puis il lui parle doucement à l'oreille pour qu'il soit seul à entendre. Et il le fait avec un sourire paternel : « La prochaine fois, ne me ramène pas des volontaires sans m'en avoir parlé avant, d'accord ?

— Ce sont eux qui me collent sans arrêt !

— Je sais. De vrais chiens errants. »

« Chef, les gardes civils viennent par ici.

— Ne t'inquiète pas, Inverno. Ils arrivent quand il faut, un point c'est tout. »

Le sergent Montes surgit entre les pins. Et l'autre garde civil se mit en couverture juste derrière lui.

« Que personne ne bouge ! hurla Montes. Que se passe-t-il, ici ? »

Personne ne répondit. Mariscal laissa passer un moment. Il savait qu'il fallait donner du temps au temps.

« Excusez-moi, sergent, intervint enfin le patron. Pourrions-nous parler un instant en tête à tête ? »

Lorsqu'ils se retrouvèrent seuls, Mariscal laissa tomber discrètement quelque chose, puis il dirigea ses yeux vers le sol.

« Sergent, vous avez fait tomber deux billets de votre poche. *Stricto sensu*, deux billets verts. »

Le sergent regarda par terre, aperçut les deux billets de mille pesetas.

« Pas du tout, monsieur. Il me semble que, *stricto sensu*, j'en ai fait tomber une bonne dizaine. »

Et Mariscal jeta par terre, un à un, les billets qui manquaient, comme s'il avait déjà fait les comptes.

XIII

De retour de la livraison du tabac, Fins déposa son billet de mille pesetas sur la toile cirée de la table. Surprise, Amparo, la mère, cessa de broder. Le père était en train d'écouter la radio en y mettant une attention toute particulière, en élargissant le pavillon de son oreille avec la paume de sa main. Cassius Clay, qui s'appelait à présent Mohamed Ali, venait de se faire ravir le titre de champion du monde des poids lourds car, ne voulant pas participer à la guerre du Vietnam, il avait refusé de faire le service militaire. Lucho Malpica baissa le volume de l'appareil et se leva, on ne peut plus perplexe.

« D'où vient cet argent ?

— C'est la paye de M. Rumbo. Pour avoir nettoyé les cuves.

— On n'a jamais payé un tel prix pour nettoyer des cuves.

— Eh bien, il était temps qu'on paie un peu mieux », dit Fins gêné.

Lucho Malpica agita le billet devant le visage de son fils.

« Je ne veux pas que tu me mentes. Jamais ! »

Le garçon demeura en silence, accablé, ruminant les mots d'avant et d'après.

« Et le pire des mensonges est le silence.

— M. Mariscal m'a payé, dit-il enfin. J'ai participé à une livraison de tabac.

— Merde alors ! Plus que ce qu'on peut gagner en se battant toute une putain de semaine contre la mer. »

À présent, ils étaient deux à ruminer le passé et le présent.

« Tu sais comment il est devenu riche, ce salopard ?

— On dit que c'est à Cuba. Avant la révolution.

— À Cuba ? »

Lucho Malpica avait systématiquement évité de parler de Mariscal. Il s'interdisait même de dire son nom, faisant toujours un détour dans sa conversation, comme lorsqu'on prend garde de ne pas écraser une bouse sur le chemin. Mais cette fois, il avait fait une exception et c'est l'ironie qui avait inévitablement surgi.

« Et que faisait-il à Cuba ? Quel métier exerçait-il ?

— On dit qu'il a été manager, dans la boxe, qu'il organisait des combats. Et qu'il avait également un cinéma. Je n'en sais rien, père. C'est ce que j'ai entendu dire.

— Il vendait des cornets de cacahouètes, oui. À Cuba ? Ce type n'a jamais mis les pieds en Amérique. »

Lucho Malpica s'aperçut qu'il n'était pas facile de raconter l'histoire de Mariscal. Pour lui-même, qui avait le même âge, elle était pleine de grandes zones d'ombre. Il avait passé son temps à disparaître puis à revenir. Et chaque fois les ombres s'allongeaient davantage et il devenait également de plus en plus puissant.

« Après la guerre, ses parents se sont lancés dans la contrebande. Ils avaient toujours été mêlés à des trafics de toutes sortes.

— Tout le monde fraudait plus ou moins, dit à l'improviste la mère. Là où il y a une frontière, il y a de la contrebande. Même moi, alors que j'étais encore jeune, je suis partie avec le ventre tout plat et je suis revenue enceinte. Que Dieu me pardonne. J'avais emporté du sucre et trois paires de chaussures à talons, et j'ai ramené du café et de la soie. Je l'ai fait une fois, et jamais plus. Ce n'était pas vraiment un péché, mais c'était un délit. Un jour ils ont tiré sur un jeune Portugais parce qu'il n'obtempérait pas au "halte-là". Il voulait passer une paire de chaussures. La mère était venue voir l'endroit où son fils était tombé. Il y avait encore une croûte de sang par terre. La femme s'était agenouillée, avait déplié son mouchoir et emporté toute la tache. Elle n'avait pas laissé une seule trace de pigment. Elle s'était mise à hurler : "Je veux qu'il ne reste plus rien, ici !"

— Ce dont tu parles, c'était juste pour survivre, dit Malpica. Il y avait des gens qui louaient leur corps. C'était de la contrebande pour se remplir le ventre...

— Et j'en ai fait partie, dit Amparo. Mais avant de commencer, je suis allée mettre une bougie à sainte Bárbara. Pour qu'elle ne se fâche pas.

— Mais moi je ne parle pas de contrebande pour tuer la faim. La famille Brancana avait monté une organisation. Des contrebandiers qui louaient leur corps. Des femmes, avec leur gros ventre. Mais d'abord ils avaient gagné beaucoup d'argent avec le wolfram. Ensuite avec l'huile, l'essence, les médicaments, la viande. Et aussi avec les armes. Avec tout ce qui se présentait. Et la mère, qui avait toujours été une simple domestique, s'était mis en tête, après être devenue une grande dame, qu'un de ses fils devait être évêque ou cardinal. Quelqu'un lui avait dit, le plus sérieusement du monde, qu'il pouvait aussi devenir maréchal. Et elle avait rétorqué, très fière d'elle, pourquoi pas, cardinal ou maréchal. C'est de là que vient son surnom Mariscal. Tu sais bien qu'ici ils attrapent la moindre anecdote au vol. Elle avait donc envoyé son préféré au séminaire.

Celui qui s'appelait Tui. Il n'était pas bête. Il a toujours été plus qu'intelligent. Déjà à l'époque il savait résoudre… les problèmes. Les siens et ceux des autres. Il avait réussi à obtenir une chambre individuelle au séminaire et il l'avait transformée en marché de ravitaillement. Bien entendu, un des curés partageait certainement les bénéfices avec lui. C'est précisément à cette époque qu'il avait fait la connaissance de don Marcelo. Lui aussi a étudié là-bas.

— Don Marcelo, c'est autre chose, intervint Amparo.

— Il ne faut pas se fier aux apparences ! s'exclama Malpica.

— Ne dis pas de sornettes, Lucho ! Se taire, c'est aussi parler comme il faut.

— Moi je parle tout net. Je dis ce que j'ai à dire, même si c'est le fils du soleil… Bah, il vaut mieux laisser tomber. Et puis tout ce qu'on dit ici, Fins, devient du bouche-à-oreille.

— Mais pourquoi a-t-il quitté le séminaire ? » demanda le fils.

Malpica sourit à Amparo, en cherchant sa complicité dans le récit.

« Il a dû y rester trois ans. Lorsqu'il est de bonne humeur, il dit que c'était pour devenir pape. Il ne nie pas qu'il avait monté un commerce d'avitaillement. Il paraît qu'il possédait une véritable épicerie sous son lit. Ils avaient faim et froid. Et Mariscal en a profité. Il avait même des liqueurs, du café et des romans du Far West. Ç'a toujours été un parfait commerçant. Mais je ne pense pas que c'est pour cette raison qu'il a été renvoyé. Cette affaire aurait tout à fait pu s'arranger. Le problème est venu du vol d'un calice et d'une image pieuse pendant un office célébré dans une chapelle où il était enfant de chœur. Car le calice a ensuite été retrouvé à l'intérieur de son matelas. On n'a jamais su où était passée l'image de la Vierge. Ça c'est vrai. Il a toujours eu bon goût pour les vierges. La famille a étouffé l'affaire, en donnant de l'argent à l'Église, pour la dédommager. Cette affaire est restée et restera toujours dans le flou. Comme tout ce qui s'est passé par la suite. »

Le père se tourna vers la radio et fit lentement tourner le bouton des ondes, en tentant de se caler correctement sur une fréquence bien précise. Même pour les ondes radiophoniques, le village d'A de Meus restait un endroit toujours dans le flou. Fins craignit que la lutte contre les interférences ne mît fin à l'histoire de Mariscal.

« Que s'est-il passé ensuite que les gens ne sachent pas ?
— Il est allé en prison.
— Mariscal en prison ?
— Parfaitement, monsieur. Tomás Brancana, *Mariscal,* a été en prison. Et pas pour rendre visite à un prisonnier, crois-moi. Au début, il s'était contenté d'aider à mener les affaires de la famille, qui était déjà bien établie. Mais comme c'était un vrai entrepreneur, il avait vite découvert un magnifique nouveau commerce. Il s'était procuré un camion-citerne... Mais ce n'était pas de l'huile qu'il transportait, ni du vin. Il transportait tout simplement des gens ! Il avait engagé des passeurs, des *engajadores,* au Portugal. Les candidats à l'émigration lui donnaient tout ce qu'ils avaient pour passer en France. Et lui, en pleine nuit, n'hésitait pas à s'arrêter dans n'importe quel coin montagneux des environs, et à les faire descendre en hurlant : "Vous êtes arrivés ! Vous êtes en France, nom de Dieu ! La France, souvenez-vous ! Allez, courez ! Courez, putain !" Mais ce n'était pas la France, bordel ! Ce n'était pas du tout vrai. Il les lâchait de ce côté-ci de la frontière, et ils se retrouvaient perdus dans n'importe quelle montagne enneigée du coin, sans nourriture, sans un sou, morts de froid. Puis un jour, il a été victime d'une collision, d'un accident, et on a bien été

obligé de le démasquer, car c'est lui qui conduisait. Ensuite on l'a envoyé en prison, mais pas pour très longtemps. Personne ne se souvient plus de ça. Je crois qu'il n'y a même pas eu d'instruction. Le mal flotte parfaitement, ici. Il flotte comme le fuel, juste sous la surface. Et il avait de l'entregent. Et des associés ! Alors lorsqu'on dit qu'il est parti en Amérique, en fait il s'agit tout simplement de l'*hôtel* de la rue du Príncipe. »

Fins était en train de se souvenir de la première fois qu'il avait entendu Mariscal parler devant lui. Il se souvenait de cette péroraison qu'il leur avait débitée à l'École des Indiens, lorsqu'ils avaient découvert le stock de whisky de contrebande. Il tentait de se rappeler les citations latines et la rhétorique dans laquelle il avait enveloppé tout cela : Si vous retenez ça, vous allez vivre deux fois plus longtemps. Et le reste aussi est très simple. *Oculos habent, et non videbunt*. Elles ont des yeux et ne voient pas. *Aures habent et non audient*. Elles ont des oreilles et n'entendent pas.

Elles ont une bouche et ne parlent pas.

« Tu dois te dire que j'en sais long sur cet homme pour n'avoir rien dit jusqu'à maintenant. Eh bien tu as raison. Et tu sais, entre autres, pour quelle raison j'en sais autant ? Parce que moi aussi j'ai tenté de passer en France... Plus tard, lorsque j'aurais pu m'y rendre légalement, je n'ai plus voulu le faire. Et je me suis retrouvé plein de glaçons dans la barbe. Tu sais une chose ? Cet homme n'a fait qu'une bonne action dans sa vie : se brûler les mains dans l'École. Certains ont prétendu que c'était pour sauver les livres du feu, mais c'était pour sauver les animaux empaillés. Mieux encore. Empaillés ils lui faisaient encore plus pitié. Même le renard ne pouvait pas sortir de là. Et il a fait ça. Je me demande encore pourquoi. »

Fins observa un instant les cicatrices de brûlure sur les mains de son père. Lucho Malpica était en train de faire une boule avec le billet qu'avait apporté son fils et il la lança sur la table. La boule tournoya dans tous les sens sur la nappe, puis roula vers la mère.

« Elle n'y est pas pour rien dans tout ça, lâcha soudain Amparo.

— De qui parles-tu ? demanda Lucho.

— De cette effrontée qui rend ton fils complètement fou. La fille d'Antonio. Tu devrais en parler à son père, vous n'êtes pas sur le même bateau pour rien, non ? »

Lucho regarda son fils et ensuite sa femme. Ils devraient savoir que sur un bateau, on recrache les malheurs à la mer.

« Que veux-tu que je lui dise ? Qu'il attache sa fille à la maison ?

— Ce ne serait pas une mauvaise idée. Cette gamine est trop livrée à elle-même. Elle adore marcher toujours pieds nus. On dirait une vagabonde.

— Oui, mais ce ne sont pas nos oignons », répliqua amèrement Malpica.

Lorsqu'une conversation lui déplaisait, il était incapable de le cacher.

« Elle fait ce qu'elle veut », ajouta-t-il.

Mais il redoutait encore plus les problèmes à la maison. Alors, au bout d'un moment, il ajouta d'une voix conciliatrice :

« Nous en avons vaguement parlé. Mais il n'est pas question de toucher à un seul cheveu de la fille d'Antonio. Pour lui, c'est la chose la plus précieuse au monde. La seule qu'il possède. Il serait prêt à tuer pour elle. »

XIV

L'embarcation de Malpica était un petit bateau à moteur, destiné à la pêche côtière. Elle bravait bien la tempête, c'était un engin très marin, mais Lucho et Antonio Hortas s'éloignaient rarement des repères qu'ils connaissaient. Ils possédaient leurs points de référence sur la côte, et le plus important de ceux-ci était la pointe de Cons. À partir de là, leurs yeux traçaient des lignes invisibles leur permettant de retrouver les coordonnées des *almeiros*, ces lieux où se reproduisaient les poissons, pour aller y pêcher. Des lieux sous-marins d'où ils ne rentraient pratiquement jamais bredouilles.

Cette fois, ils sont en train de s'éloigner davantage. Même les oiseaux de mer semblent s'étonner de leur nouvelle destination et ils cessent de les accompagner. Le bateau tangue dans l'inconnu. Les hommes sont deux greffons impassibles résistant au balancement. C'est Malpica qui trace la route, il fait office de capitaine. Et la route est en direction du nord. Aujourd'hui, il ne demande rien à Antonio et ne fait aucun commentaire. Antonio fait partie de ces gens qui respectent le silence. Ils passent Sálvora, fendent le Mar de Fóra. Les cormorans de la Costa da Morte guettent avec des airs de sentinelles médiévales. Lucho Malpica poursuit la route sans dire un mot, mais Antonio parvient à percevoir le Ronflement Nasal et le Bougonnement Zézayant, ces deux murmures luttant au cœur du silence de son compagnon.

Le capitaine ouvre un panier en osier dont l'intérieur est doublé de grosse toile. Antonio sait ce qu'il y a dedans. Lucho Malpica n'était pas entré dans le bar, mais il l'avait vu arriver sur son *Cabaliño*, c'est le nom qu'il donnait à sa Ducati. Il avait dû passer par la porte de l'épicerie. L'employée avait appelé Rumbo à travers l'encadrement de la petite fenêtre intérieure, communiquant avec le bar. Et le gérant avait disparu un instant. Ensuite, Antonio avait entendu Lucho Malpica repartir. Il avait entendu la motocyclette. La pétarade du tuyau d'échappement. Cette espèce de colère des vieux moteurs forcés de démarrer une fois encore. Ils étaient sortis de jour, exceptionnellement tôt dans la matinée. Lorsque Fins, le fils de Lucho, était arrivé chez Antonio pour transmettre le contrordre, et dire que finalement oui, ils allaient sortir en mer, il était déjà très clair pour celui-ci que la partie de pêche allait être une partie très particulière.

Il voit tout cela à présent, clairement, à travers des liens de cause à effet. Peut-être n'a-t-il pas entendu la moto depuis le bar. Peut-être est-ce le moteur du bateau, sa mauvaise humeur laborieuse, qui met un son sur le souvenir.

Les bâtons sont enveloppés dans un tissu blanc, immaculé, à l'intérieur du panier. Même pour cela, il est trop méticuleux, pense Antonio. La dynamite ne demande pas à être soignée à ce point. Il possède le souvenir des manchots. L'idée doit revenir directement aux mains. Si l'idée prend le temps de penser, elle ne peut pas revenir aux mains. C'est de là que viennent les manchots. Les mains amputées.

« Laisse-moi faire ça, Lucho.
— Pourquoi ? demanda-t-il en se débattant d'un air fâché.
— Tu n'as pas l'habitude. »
Il avait failli dire : « Tu ne sais pas le faire. » Comme s'il disait : « Tu ne sais pas baiser. »
Ça lui était égal. Antonio savait que d'autres faisaient la même chose. La mer supporte ce qu'on y jette, et cetera, et cetera. Mais, dans le fond, il n'aimait pas que Lucho Malpica se résigne. Qu'il allume cette maudite mèche.

« Et en quoi ce serait si difficile, Antonio ? » demande Lucho d'un air contrarié, en brandissant le bâton.
Il se trouve à tribord. Il s'éloigne un peu en direction de la proue.
« Eh bien pour commencer, ta mèche est bien trop courte, putain de merde ! » hurle Antonio.
Malpica est en train de tourner la tête. Tu vois ? Tu vois ce qui se passe ? L'idée est restée coincée dans ta tête, dans ta pensée, elle vient de s'accrocher aux ronces de ton putain de sentier de la conscience, et elle ne va pas parvenir à temps jusqu'à tes mains.
« Qu'est-ce que tu racontes ? » demande Malpica.
L'idée n'avait pas réussi à revenir jusqu'aux mains. La dynamite avait déjà pris la décision d'exploser. Elle avait explosé.

Fins Malpica commença à jeter des cailloux en direction du ciel. Il y avait tellement de mouettes qu'il lui semblait impossible de ne pas atteindre sa cible. Puis il s'en prit à la mer. Il cherchait les cailloux les plus plats. Il les lançait avec beaucoup de style, en arquant tout le corps. Le discobole. Son intention première était que la pierre fasse plusieurs bonds au-dessus de la mer. Qu'elle saute par-dessus le dos des vagues. Ensuite, cela lui était devenu égal. Des petites, des grosses. Il était furieux. Ah, si ces pierres pouvaient exploser. Car c'était la faute de la mer. Un dieu généreux et vorace. Un vieux fou. « La mer préfère les hommes courageux, c'est pour cette raison qu'elle les emporte en premier », avait prétendu le curé pendant les obsèques. Et tout le monde avait acquiescé. Tout le monde avait l'air d'être d'accord sur ce point avec la prédication du curé. Qu'on n'en parle plus. Ce qui est arrivé est arrivé. C'était écrit. Il n'y pouvait rien. Fins eut l'impression qu'ils étaient nombreux à le regarder de travers. Toi aussi tu es un courageux? Mais seras-tu de la même caste que ton père? Oui, dans leur façon de le regarder, on pouvait déceler de la compassion, mais aussi un brin de doute. Il n'allait jamais en bateau avec son père. Il était temps pour lui de donner un coup de main. S'étaient-ils enquis de son secret? Savaient-ils qu'il était inapte à la mer?

Et pourtant Lucho Malpica était plus que courageux. Cela se voyait très bien lorsqu'il portait la croix. Un Christ de première! Vraisemblable. Le curé avait-il vraiment dit cela, ou était-ce une vue de l'esprit? Étaient-ils au courant que lui, son fils, souffrait du petit mal, de ces fameuses absences?

Comme à présent.

Fins Malpica était en train d'observer Lucho, son père, qui était en train de se raser devant le miroir, fendu en diagonale, reflétant les deux visages. La mère qui pose des questions. Qui n'en pose pas.

« Pourquoi fais-tu ça?

— Elle aura le temps de pousser. D'ici Pâques. »

Sans barbe, la silhouette du père lui semble quelque peu étrange. On dirait quelqu'un d'autre. L'envers de ce qu'il était. Sur son visage, on peut apercevoir tous les os de son corps mis à nu.

XV

La radio diffusait le saint rosaire. Parfois elle résonnait, lorsqu'elle était allumée à cette heure du crépuscule, mais la litanie n'obtenait jamais de réponse, comme à présent. Pas vocale en tout cas. Peut-être à travers le tintement volontaire des quenouilles de buis. Fins est en train de relire un imprimé qui porte une adresse, en en-tête :

LA DIVINA PASTORA
INSTITUTO SOCIAL DE LA MARINA
École des orphelins de la mer
Sanlúcar de Barrameda (Cádiz)

Frapperait-on soudain à la porte ? Fins se dandine sur sa chaise, inquiet. Il se lève. Regarde en direction de la radio. La lampe des ondes a la même intensité qu'un fanal de haute mer, au loin. Le tremblement palpitant du tissu couvre le haut-parleur, à la façon d'une peau. Le souvenir des doigts de son père en train de pêcher dans une houle courte, et tendant le fil de pêche des ondes comme une palangre. Il est très attentif. Il se tourne vers lui en souriant : « Tu sais ce qu'il a dit ? Aucun gars du Viêt-kong ne m'a traité de Noir. » Fins regarde sa mère.

« C'est le vrombissement de la mer, dit Amparo. Prie avec moi. Ça ne peut pas faire de mal ! »

Il ferait mieux d'aller rendre visite à Leda. Son père est encore à l'hôpital. Il s'est arraché toute la peau. Huit heures battu par la mer. De rocher en rocher. Il a également une pneumonie. Oui, il ferait mieux d'aller lui rendre visite.

« Je ferais mieux d'aller voir Antonio.

— Il est toujours à l'hôpital, en ville. J'irai moi-même. Il va s'en sortir. Il s'en est tiré, lui. »

Le silence complète la phrase : « Il s'en est tiré, lui ; mais pas ton père. »

« Voyons si au moins il a de la chance avec sa fille, à présent.

— Pourquoi, que se passe-t-il avec sa fille ?

— Tu ne l'as pas vue ? Elle est dans le coin, à cheval sur la moto, en train de serrer l'autre contre elle. Tu es dans la lune, ou quoi ?

— On a offert une moto à Brinco. Et il est en train de l'essayer. Il n'y a rien de grave. Il m'a emmené faire un tour, moi aussi.

— Oui, mais elle, c'est une femme. Maintenant, elle est devenue une femme ! Il va falloir qu'elle s'occupe de son père. Elle ne peut pas devenir la cible du qu'en-dira-t-on, dans la bouche de tout le monde. »

Fins a toujours pensé que sa mère possédait plusieurs voix. Deux, au moins. Elle réservait la plus revêche à Nove Lúas. Quelquefois, lorsque Leda était venue leur rendre visite, elle avait tenté d'être aimable, mais elle finissait toujours par se taire. C'était plus fort qu'elle.

« C'est la dernière soirée. Prie un peu avec moi, mon fils. »

Seigneur, prends pitié... Seigneur, prends pitié.
Jésus, écoute-nous... Jésus, écoute-nous.

Fins résiste, remue les lèvres mais ne parvient pas à articuler. Lentement, il est en train de s'apercevoir que la salive pétrit les mots. Il se sent bien. La litanie lui mouille les pieds, il marche dans le sable mou, il ferme les yeux. Il les rouvre. Il croit à nouveau entendre frapper à la porte. Le regard le traîne jusqu'à elle. Soudain, il se lève. Il l'ouvre. Le vent dans le figuier. Le bruit de la mer. Le rosaire de la mère. Dedans et dehors, dehors et dedans, tout ne semble être qu'une même litanie. La main immobile. La main de métal oxydé et vert. La main du *Liverpool*. Il aimerait pouvoir l'arracher. L'emporter avec lui. Trois et un.

Vierge bénie entre toutes les Vierges, priez pour nous.
Mère comblée de grâce, priez pour nous.

« Demain il faut te lever très tôt. Pour arriver au train à l'heure. Il te faut prendre le premier autobus. Va te coucher, allons. Moi, je n'ai pas sommeil. »

Et il lui arriva cette chose bizarre, de confondre l'expression de ses sentiments. De vouloir pleurer et d'avoir un sourire forcé : « C'est la nuit de la veuve.

— Bonne nuit, maman.
— Mon fils…
— Quoi ?
— N'oublie jamais de prendre cette Chose. »

C'était curieux. La mère ne voulait jamais appeler ni les médicaments ni les maladies par leur nom. Même la dynamite, elle ne l'appelait jamais dynamite. Elle disait : « La Chose qui l'a tué. » Pour elle, le Luminal c'était « la Chose qui soigne les Absences ».

« Je t'enverrai cette Chose, tous les mois. Le docteur Fonseca m'a promis de m'en procurer. Ton père lui en avait déjà parlé. Il lui avait donné sa parole. »

Fins gravit l'escalier de l'étage qui menait aux chambres. Pendant ce temps, sa mère avait repris son ouvrage de broderie avec l'oreiller et les quenouilles de buis. On continuait à entendre le rosaire à la radio, mais elle avait progressivement cessé de susurrer la litanie en même temps qu'elle accélérait le mouvement des quenouilles. La géométrie de la broderie commença à confondre les lignes. Et le son à confondre le rythme. Dans sa chambre, Fins s'était empressé d'ouvrir la fenêtre. Le vrombissement et le va-et-vient de la mer pénétrèrent à l'intérieur. Il sentit une obscurité salée lui démanger les yeux. Il referma. Les ombres fâchées du figuier poignardèrent la fenêtre toute la nuit.

L'aurore ne parvenait pas à soulever ses pieds à cause du poids des gros nuages. Mais la mer s'était presque calmée, elle était d'un bleu si froid qu'elle conférait aux lentes bouclettes de l'écume une texture de glace. Fins marcha dans le fossé bordant la route de la côte, parallèlement à la plage. Il traversa le pont du Lavoir de la Noite, et s'assit pour patienter à la bifurcation du Chafariz, là où s'arrêtait le car de ligne. Tandis qu'il marchait, il scruta le banc de sable où travaillaient les ramasseuses de fruits de mer. Les plus éloignées ressemblaient à des créatures amphibies, de l'eau jusqu'aux mollets. Depuis la vitre de l'autobus, avant le départ, Fins Malpica observa une dernière fois la plage, à travers le filtre de la buée. À présent, les reflets de l'aurore se frayaient un chemin à coups de poignard de lumière. Toutes les femmes aux pieds nus étaient Nove Lúas. Et il ouvrit son livre à la page des argonautes aux yeux vides.

XVI

« Vous croyez à cette naïveté consistant à dire qu'un monde où tout le monde saurait lire serait cultivé, serait un monde meilleur ? Vous imaginez des lieux comme Uz où il y aurait une bibliothèque dans chaque maison et un club de lecteurs dans chaque taverne ? Où chaque fois qu'un crime serait commis, ce serait avec une grande classe ? Où les criminels posséderaient la prosodie d'un Macbeth ou d'un Meursault ?

— Je crois que, de ce point de vue, nous n'avons rien à envier. Dans l'histoire de l'Espagne, on a tué avec une grande éloquence. Même les grands poètes ont composé un florilège à Philippe IV pour avoir tué un taureau à l'aide d'une arquebuse. »

Ils se trouvaient au bar de l'Ultramar, dans le clair-obscur de la table du coin, près de la baie qui donnait sur la côte. C'est là qu'ils discutaient presque tous les jours, l'après-midi, après que le vieux maître avait fini la classe. Basilio Barbeito logeait à l'Ultramar. Pendant l'hiver, excepté quelque visiteur très occasionnel, il était le seul hôte des lieux. Le docteur Fonseca possédait sa propre maison en ville, tout près de son cabinet de consultation. Avec le temps, pour le couple, et tout spécialement pour Sira, qui préparait ses repas et faisait sa lessive, le maître d'école était devenu un membre de la famille. Qu'on sache, il n'avait où aller. Cependant, il recevait de nombreuses lettres à l'Ultramar, certaines avec les bandes bleu, rouge et blanc de la poste aérienne. Il était poète. Sans livres. Mais il éparpillait ses poèmes un peu partout à travers le monde, dans des revues modestes. Et en plus, il travaillait depuis longtemps à un *Dictionnaire d'euphémismes et de dysphémismes des langues latines*.

« Je ne comprends pas, Barbeito, comment après tout ce que vous avez vu, après tout ce que vous avez enduré, vous vous évertuez à griffer ces étincelles d'espoir.

— C'est vous qui luttez contre la mort. En ce qui me concerne, il ne me reste plus qu'à lui écrire des poèmes pour la distraire.

— Lutter contre la mort? Il finit toujours par s'en sortir, dit le docteur Fonseca. Il retombe sur ses pieds, et s'il est à court d'arguments, il en saisit toujours un autre qui n'avait rien à voir.

— Vous devriez déposer cette loi.

— Elle est déposée depuis des siècles. Ce que je fais est une obligation. Une obligation de plus en plus fatigante. C'est vous qui avez une vocation rédemptrice. Cela vous est préjudiciable. Votre poésie est aussi bénéfique que le chauffage. »

El Desterrado reçut la critique avec une goguenardise triomphale : « Et après cela, on dira que la poésie ne sert à rien! Avant, lorsque j'avais de l'énergie, je faisais des poèmes funèbres. À présent, dans ma vieillesse, je suis hymnique, panthéiste festif, formidable. Pour moi, un poème c'est comme serrer la main de quelqu'un. Vous, Fonseca, c'est plutôt comme une flèche.

— Quelle flèche?

— Celle de la terrible beauté.

— En certaines occasions, oui, je pense au texte du corps. C'est là qu'on joue tous les genres en même temps. Le genre érotique, le criminel, le voyage, la terreur gothique... Mais je me sens châtré par le puritanisme scientifique. Je manque de culot pour transformer un leucocyte en héros, comme Ramón y Cajal : "Le leucocyte errant ouvre une brèche dans le mur vasculaire, en désertant le sang pour les régions conjonctives." Épique, non ?

— Détrompez-vous. Vous pourriez être un Tchekhov, dit tout à coup El Desterrado. Pourquoi n'écrivez-vous pas, pourquoi ne vous libérez-vous pas de ce que vous avez à l'intérieur avant d'exploser ?

— Parce que je n'ai pas de couilles.

— Cher ami Fonseca, permettez-moi de vous faire un solennel reproche. Le silence de celui qui sait devient un manque pour l'humanité. »

Lorsque Basilio Barbeito adoptait à dessein un ton grandiloquent, avec une gravité comique tout à fait volontaire, le docteur Fonseca, lui, adoptait son jeu rhétorique et répondait à son tour par un vers mélancolique emprunté à Rosalía de Castro, qu'il métamorphosait en refrain moqueur : « *Campaíñas timbradoras, Barbeito !* »

Mais cette fois. Cette fois il ajouta :

« Je n'ai pas de couilles pour faire ça. Je n'en ai pas le droit. Ce que je dois écrire je ne peux pas l'écrire. Savez-vous à quel moment le vieux berger rencontre Œdipe Roi ? "Hélas ! j'en suis au plus cruel à dire, mais je dois le dire." Voilà à peu près ce que lui dit le berger. Et Œdipe répond : "Et pour moi à entendre ! Pourtant je l'entendrai." » Quel couple grandiose !

Que ne donnerait-il pas pour noter au bleu de méthylène d'Ehrlich le processus qui avait lieu dans son esprit. Il se trouvait au château de Santo Antón, à La Corogne, en état d'arrestation, à l'époque du coup d'État militaire. Un tas d'hommes prisonniers. Ignorant si tout cela allait finir en tragédie ou en stupeur passagère. Mais avant le coucher du soleil, un officier fit son apparition accompagné d'un aide de camp, un tout jeune soldat. Et l'officier donna l'ordre de lire à celui qui faisait office de secrétaire. Il s'agissait d'une liste de noms. On n'avait donné aucune explication sur la destination, l'officier avait seulement lâché l'idée abstraite d'un « transfert ». Préparez-vous à un transfert. Comme cela, sans plus, le mot avait résonné avec la honte du terrible euphémisme. Et c'est alors que Luis Fonseca avait entendu son nom complet. Il s'était tu. Il ignore combien avait duré ce silence. Le soldat avait répété le nom plus fort. Un homme s'était soudain frayé un passage, parmi les prisonniers. Il était plus âgé que lui. De dix ans, plus ou moins. Plus tard, il avait appris qu'il s'agissait d'un mécanicien. Il ne savait rien à son propos, ils n'étaient pas de la même famille, mais ils avaient le même nom. Je suis Luis Fonseca, avait-il dit sur un ton volontaire. Ils l'avaient assassiné le soir même. Voilà une version véridique du thème classique du Double.

« Mais moi, je ne suis ni le berger ni Œdipe, lança le docteur Fonseca. Et je ne suis pas sur le point de dire quelque chose. Je n'ai rien à dire.

— Vous êtes le mystérieux descendant de Dictinio, dit le maître d'école. Au VIe siècle, il écrivit *Libra*, un hommage au chiffre 12, il le brûla par crainte et ne nous laissa que la grande phrase de l'histoire de la Galice : "Jure, parjure, mais ne révèle jamais ton secret." Il devait avoir ses raisons d'écrire cela. Je le respecte. »

Mariscal s'était approché et assis à la table, comme il le faisait parfois d'autres après-midi. Juste à temps pour parvenir à entendre cette espèce de démission de la part de Fonseca. Le psaume 135 vibra sur le bout de sa langue, mais il y avait trop d'amertume dans le mutisme du docteur pour l'entreprendre à coups de matraque.

« Et vous, monsieur Mariscal ? demanda Barbeito pour se tirer de ce mauvais pas.

— Moi, je suis un partisan d'Unamuno ! »

D'autres fois, il en restait là, comme s'il s'agissait d'une déclaration extravagante. Mais cette fois, il trouva nécessaire de développer sa thèse : « Je crois qu'il faut faire mine d'avoir la foi, même si on ne croit pas. Je le dis toujours à don Marcelo. C'est bien que les curés mangent à profusion et boivent le meilleur vin et même qu'ils forniquent. Mais il faut qu'ils s'efforcent de croire, car le peuple a besoin de foi. Ici, personne ne croit en rien. Voilà le problème. On trouve tout cela chez Unamuno. Oui, monsieur ! »

Il attira l'attention de Rumbo. Sans un mot, se contentant de faire une série de gestes que l'autre interpréta en acquiesçant. Au bout d'un moment, le gérant posa une bouteille du promeneur sur la table.

« Non taxé, messieurs ! Il est arrivé directement par la mer, tout comme dans le temps les saints arrivaient en Galice.

— Vous auriez bien des choses à raconter, Mariscal, dit le docteur Fonseca. De magnifiques Mémoires diaboliques. »

Il fit tinter le glaçon au fond de son verre. Puis il avala une gorgée avec délice.

« La sincérité n'est pas une bonne affaire. Comme vous le savez, j'ai traîné quelque temps au séminaire. Il y circule de nombreuses rumeurs, de multiples commérages. Des choses sans queue ni tête ! Que mensonges. Mais aujourd'hui, c'est une belle journée pour me confesser. Une fois, le recteur m'a convoqué sans témoins pour me demander si j'avais vraiment la vocation. Et je lui ai répondu que oui, bien entendu. Mais combien de vocation ? Il voulait savoir combien de vocation. Et moi je lui ai répondu beaucoup. Oui, mais combien ? Et c'est alors que je lui ai avoué que je voulais devenir pape. Il était pétrifié. Comme si je lui avais dit quelque chose de terrible.

— Je croyais que vous aviez dit que vous vouliez être Dieu ? lança laconiquement le docteur Fonseca.

— Non. Ça, c'est une légende. C'est vrai qu'un gamin de Nazareth a jadis tenté la chose et y est parvenu. À devenir Dieu. »

Il avala une nouvelle gorgée, plus petite. Puis il fit claquer sa langue.

« Je vous avais déjà raconté cette histoire ? Ne faites pas attention, très cher ! Nous, les classiques, nous sommes toujours comme ça. »

« On s'en boit une autre alors ? » demanda Rumbo.

Il y a un moment qu'ils n'étaient plus que tous les deux, tout seuls. Sans dire un mot. Des voix pressantes et déchaînées parvenaient du fond de la salle, des coups de feu et des grincements de charrettes et de convois. Brinco regardait *Le Fugitif* à la télévision.

« Qu'est-ce que ça peut lui faire au tigre d'avoir une raie de plus ? »

Sira sortit de la cuisine. Juste à temps pour croiser son mari, qui arrivait avec la nouvelle commande. Une nouvelle bouteille du promeneur radieux.

« Où vas-tu avec ça ? Ça suffit pour aujourd'hui ! »

Mariscal se leva comme un ressort en entendant la voix qui grondait. Mais en tentant d'avancer, il tituba.

« Un café ! dit-il en forçant le mécanisme comique. Et

comment le désire monsieur : avec ou sans cognac ? Sans café, merci ! »
Ce petit numéro était destiné à Sira, mais elle ne désarma pas. Ne fit pas le moindre geste.
« Laisse tomber, dit-il, et il fit mine de s'en aller. Ouvrez la porte, ça ne passe pas !
— Je l'accompagne », dit Rumbo.
Mariscal se retourna et pointa son index sur lui.
« Il n'en est pas question ! Tu veux qu'on se tue ensemble, Simca 1000 ? Je rentrerai à pied. La mer est un bon remède.
— Tu peux dormir ici, dit Sira. L'auberge t'appartient. »
À présent c'est lui qui était tendu. De mauvaise humeur.
« Pas question ! Mariscal passe toujours la nuit chez lui.
— Accompagne-le », dit Sira à Brinco.
Le garçon se leva de façon mécanique, sans rien dire, comme s'il connaissait déjà la fin de l'intrigue. Il passa derrière le comptoir et en ressortit avec une lampe.
« Ça c'est parfait, dit Mariscal. Nous allons braver la tempête ! »

Brinco marchait devant. D'un pas inquiet. Il faisait bouger la lampe de haut en bas, et d'un côté à l'autre, rapidement, comme une machette. Derrière, Mariscal chantonnait. Haletait bruyamment. Chantonnait. Il s'arrêta. Puis il respira tout essoufflé.
« Il fait un peu froid », dit-il.
Lorsqu'ils atteignirent les nouveaux quais, près du centre du village, Brinco visa la mer avec sa lampe. Des mulets s'étaient massés près d'une bouche d'égout qui se déversait dans la mer. Un magma anxieux de corps enchevêtrés dans la vase.
Une partie du golem marin frétilla autour du halo de lumière. Mariscal s'approcha pour voir.

« Ces charognards mangent même la lumière ! »
À ce moment-là, il buta sur le joint d'une dalle et glissa, puis il tituba jusqu'au bord du quai. Avec mille précautions, il chercha à s'asseoir sur une bitte d'amarrage. À présent Brinco se trouvait au-dessus de lui. Mariscal s'était aperçu que le garçon n'avait pas bougé. Qu'il faisait semblant de ne pas avoir vu l'accident.

Le halo de la lampe balayait la bande vorace des poissons dans l'égout.

« Pour sûr qu'ils mangent la lumière, dit Mariscal. Regarde, regarde comme ils la mâchent ! »

Il se laissa aller, plié en deux, et sa chute sembla soudain inévitable. C'est alors que Brinco le ramena énergiquement sur la terre ferme.

LE SILENCE MUET

XVII

Il régnait une impatience de fin de partie dans l'arrière-salle de l'Ultramar. Les joueurs de cartes (jeu de *mus* et de *tute*) compensaient le silence blasonné des cartes par des voix sauvages et des coups de poing autoritaires sur les tables. En revanche, les parties de dominos imposaient la brutalité de la matière, celle des pièces contre le marbre dans une échelle croissante de claquements exacerbés par la progression de la combinaison victorieuse. Le centre était occupé par une table de billard, à laquelle personne ne s'intéressait, excepté les volutes de la fumée des cigares, *farias* et havanes se combinant en cumulonimbus tempétueux sous la lampe centrale.

Le claquement des dominos résonnait sur la table de Mariscal. Il aimait entretenir le suspense. Il maintenait un instant la pièce en l'air, valeur cachée, jusqu'au moment de révéler l'énigme en donnant un grand coup sur la table suivi, à l'occasion de conclusions triomphales, d'une exclamation comprenant d'étranges conséquences historiques. Tremble, Tolède ! *Delenda est Carthago.*

À l'instant même, Mariscal est en train de jouer une pièce, mais il a l'air distrait. Comme presque toujours, il porte ses gants blancs, faisant office d'abat-jour lorsque la pièce est mauvaise. Il dirige son regard vers l'autre bout de l'arrière-salle, fixant le dessus de la porte. On peut voir, à cet endroit, à l'intérieur d'une niche creusée dans le mur, un oiseau empaillé posé sur une étagère. C'est un hibou. Ses yeux possèdent un éclat électrique. Il s'agit de deux lumières allumées. Inverno observe dans la même direction que le chef.

« Il a décidé de ne pas aller se coucher aujourd'hui, celui-ci ?

— Ils n'ont plus d'heure, ces cons-là, dit Mariscal.

— Il n'y aurait pas un traître, chez nous, patron ?

— Un nouvel emmerdeur, voilà ce qu'il y a ! Le sergent sait parfaitement ce qu'il est en train de faire. Mais demain, il va demander davantage, tu verras. Il va nous dire qu'il a une autre bouche à museler. »

Il laisse entendre sa pensée, cette sourde rumeur subordonnée. Même si les mains sont sales, l'argent sent toujours la rose. Et cetera, et cetera. Il observe la symétrie de sa pièce. Un double trois.

« Et il faudra lui donner plus d'argent ! C'est ainsi que tourne le monde aujourd'hui, Inverno. Fini le professionnalisme d'antan. »

Brinco et Chelín ont pour mission d'empêcher qu'un intrus ne pénètre dans l'arrière-salle, séparée du bar par deux marches et une porte à battants. Leur rôle est en réalité de jouer les momies assises. Si quelqu'un approche, même avec l'intention de jouer au billard dont on n'entend pas le bruit, aussi ignorant ou étranger soit-il, le simple regard torve de Brinco, ou une de ses variantes, la version parfaite du va-te-faire-foutre-ailleurs-connard, devient plus que dissuasive.

Donc, ils concentrent leur vigilance sur le sergent et sur l'homme qui l'accompagne. Il y a un troisième individu,

Haroldo *Micho* Grimaldo, un inspecteur vétéran qui, de temps en temps, se laisse choir à l'Ultramar. Et souvent le « choir » de Micho possède un sens on ne peut plus littéral.

« Il est déjà à moitié bourré, dit Brinco. Il sent le pichet à distance. Lui, c'est un vrai voyant au moins, pas comme toi, Chelín. »

Víctor parlait de Grimaldo, mais son regard suivait Leda, comme un guetteur. Elle jouait le rôle de la serveuse. Avec son corps de grue. Les cheveux qui flamboyaient. Pantalon noir de pirate. Débardeur blanc cintré. Elle faisait bien son travail, pensa Brinco, car elle savait être présente avec les gens. Être présente et ne pas l'être. Elle savait parfaitement garder ses distances.

Cérémonieusement, Chelín sortit son pendule. Tant qu'il le garda à sa hauteur, il resta immobile. Il commença à le déplacer en direction de Brinco, assis à ses côtés sur les marches de l'arrière-salle. Le pendule commença à tourner. La rotation s'accéléra lorsque le centre de gravité se localisa sur l'aine de Víctor Rumbo.

« Tu es super chaud, Brinco ! »

L'autre lui tape sur la main. Le pendule tourne encore plus vite.

« C'est toi, avec tes pulsations, ne fais pas chier !

— Avec les pulsations de ta bite, oui. »

Chelín cherche Leda des yeux. Il sait parfaitement où se situe le pôle magnétique de l'affaire. Oui, cette fille est un pousse-au-crime. Voilà déjà un bon moment que Brinco et elle vivent en couple. À peine se sont-ils installés, qu'ils ont eu un enfant. Et ils continuent à vivre ensemble. Qui aurait dit cela de Víctor ! L'as des pilotes de Noitía, l'étalon sauvage, ne posséder qu'un seul nid. Non, contre toute attente, elle n'a pas été un bon coup de plus à tirer, une aventure comme une autre, une simple pouliche de passage.

« Elle te plaît, hein ? Elle t'a toujours plu. »

Brinco lâcha cela à Chelín, sans crier gare. Et celui-ci devint soudain muet. Comme une carpe. Avec son pendule en l'air, immobile.

« Vas-y, va jauger la charge de sa batterie, avec ta balle de plomb », ajouta Brinco.

Dans d'autres circonstances, Chelín n'aurait pas bougé. Il a l'habitude que la pensée, les mots et les actes de Brinco ne s'accordent en rien. Il faut même parfois comprendre le contraire. À certains moments, il peut être très dangereux. Ce sont des moments où le calme précède la tempête. À certains moments, il peut même délirer, ne rien maîtriser. Mais cette fois-ci, il le prend au mot avec une évidente satisfaction. Il décide de poursuivre sa plaisanterie. De pousser le jeu du pendule. Il se lève. Il s'approche de Leda. Il place le pendule à hauteur de sa poitrine. Et la balle commence à tourner.

« Tu viens de la mettre en orbite, Leda, a osé dire Chelín. Tu es une dynamo universelle.

— Ce sont tes pulsations, a-t-elle répondu. J'arrive à sentir ton cœur qui bat. Les battements d'une pauvre souris terrifiée. »

Brinco s'est approché d'eux. Chelín ne parvenait pas à savoir s'il souriait ou était menaçant. Le rictus de sa bouche ressemblait à une cicatrice lippue, mal soignée. Cependant, d'après la direction de son regard, il finit par en déduire, avec un évident soulagement, que celui-ci ne lui était pas destiné.

« Laisse-moi essayer ! » lui dit-il soudain, en lui prenant le pendule des mains.

Chelín s'empresse de vérifier qui est le destinataire de ce regard. Que ce soit les deux gardes civils n'a pas beaucoup de sens. Ils sont habillés en civil, ou plutôt, comme le dirait Mariscal, ils portent leur uniforme civil. L'un d'eux est une vieille connaissance, c'est le sergent Montes. Ils auraient dû partir depuis longtemps, mais ils sont toujours là. Leur rôle est de guetter les guetteurs. À quoi rime tout ça ?

Brinco regarde les gardes civils de haut. Il soulève le pendule. La chaîne à laquelle est suspendue la balle. De leur côté, ils font semblant de rien. Le sergent fait mine de lire le journal, mais il a lu la même page tout l'après-midi. Son collègue boit un rafraîchissement à toutes petites gorgées. Un cocacolo, dans l'argot de Brinco.

« Víctor ! Que se passe-t-il ? »

Il se retourne. On l'appelle depuis le comptoir. Là où se trouve Brinco. Il transmet quelque chose dans le code de son regard.

« Rien. Il ne se passe rien. »

Brinco place le pendule au niveau de ses yeux et le déplace lentement à la recherche de Leda.

Enfin, le sergent attire l'attention de Leda d'un claquement de doigts et demande l'addition. Elle consulte Rumbo du regard. Ce dernier répond clairement à Montes. Sans un mot. Le geste de pale de ventilateur de ses mains explique tout ce qui suit : « C'est la maison qui régale. Tout est payé. À la prochaine. »

Lorsque le sergent et le garde civil inconnu quittent le local, le barman appuie sur l'interrupteur caché sous le comptoir. Dans l'arrière-salle, les yeux du hibou s'éteignent enfin. Un signal, allumer, éteindre la lumière, qui se répète trois fois. Puis les yeux cessent de clignoter.

« Enfin ! Allons-y. Inverno, Carburo, partons à la conquête de l'Ouest ! »

Mariscal s'approcha de la table de billard et saisit une queue en guise de baguette. Tout le monde cessa de jouer. Les cartes et les pièces qui, quelques secondes auparavant, grommelaient et caquetaient comme des messagers du destin, se retrouvèrent handicapées, signaux abandonnés à leur propre sort.

« Je regrette, messieurs, mais la nuit vient de tomber, asséna d'entrée Mariscal. Si l'un d'entre vous a des obligations familiales, eh bien... je ne voudrais pas que vos épouses se fâchent contre moi. Personne ? Bon, tant mieux. Ce peut être un grand jour pour tout le monde. Pour... la Société. »

Mariscal explora du regard la table de billard, comme s'il venait de découvrir soudain une terre inconnue.

« Chacun d'entre vous sait ce qu'est une *mamma*, n'est-ce pas ? Une nourrice, oui. »

Il était on ne peut plus emphatique. Comme s'il portait un message pour le monde entier.

« Toujours en train de penser à la même chose... Une femme se rend à la consultation avec son nouveau-né et le médecin lui demande : Comment ça va ? Est-ce que le bébé tète bien ? Et la mère répond : Très bien, docteur ! Il tète comme une grande personne ! »

Il se produisit une première collecte de murmures d'assentiment et de rires.

« En parlant de téter, nous avons un nouvel avocat. Un type brillant, qui doit se trouver dans le coin. Efforcez-vous de l'éviter. Vous le savez bien. Jamais de curés ni d'avocats sur un bateau ! »

Les regards cherchèrent Óscar Mendoza et le reconnurent immédiatement grâce à son costume impeccable, une allure raffinée contrastant avec la rudesse des pelisses et le cuir des blousons.

« L'humour est une bonne chose pour les affaires. Il y a trop d'amertume ici, et l'argent aime la bonne humeur. L'argent est comme tout le monde ! »

Il concentra à nouveau son attention sur la table de billard. Il changea de visage. Il en possédait une bonne collection, qu'il savait utiliser avec habileté. Pensif. Sérieux. Et cetera.

« Nous sommes prêts, Carburo ! »

À la surprise générale, Carburo souleva un des angles du tapis vert et commença à l'enrouler, dévoilant à mesure une grande carte d'Europe. Sur des coordonnées maritimes de la Méditerranée et de l'Atlantique, certains endroits étaient indiqués par des croix tracées au crayon rouge, sur lesquelles un deuxième assistant, Inverno, commença à placer les boules de billard.

Mariscal suivit l'opération très attentivement, avec un sourire énigmatique et, lorsque son subordonné eut achevé, il utilisa la queue de billard en guise de baguette, frôlant doucement les boules en même temps qu'il égrenait la substance de son discours.

« Eh bien voilà, messieurs. Il existe vingt-cinq *mammas* remplies de tabac sur les côtes d'Europe. La plupart d'entre elles se trouvent en Méditerranée. Près de la Grèce, de l'Italie, en Sicile et dans toute cette région... Il y a aussi quelques *mammas* sur l'Adriatique et sur la côte des pays communistes. Eux aussi ont leurs vices ! »

Il fit une de ses pauses comiques, pendant lesquelles il demeurait pensif et sérieux tandis que les autres riaient à sa plaisanterie. Puis il passa au mouvement suivant avec la queue du billard et ce fut comme s'il actionnait une baguette de chef d'orchestre. À présent, il se dirigeait lentement vers l'ouest, au milieu d'un silence absolu.

« Où nous trouvons-nous ? »

Il baissa rapidement la queue du billard et frappa sur la carte.

« Ici ! Nord-ouest, quart ouest. *Stricto sensu.* »

Tout le monde observa l'endroit indiqué. Drôle de surprise qu'on éprouve lorsqu'on voit de l'extérieur l'endroit où l'on se meut.

« Si nous nous déplaçons un peu vers le sud, juste un peu, nous trouverons ce qui nous intéresse le plus. Une *mamma*. Notre *mamma*. Elle est juste là, tout près, au nord du Portugal. Bien entendu, elle n'est pas purement notre *mamma*. C'est celle de Delmiro Oliveira qui jusqu'à présent nous a un peu donné… la tétée. M. Delmiro ne manque pas non plus de sens de l'humour. Je lui ai dit : Delmiro, sais-tu ce qui est la pire des choses pour un Galicien dans ce bas monde ? Et il m'a répondu : Non, je ne vois pas. Et moi, je lui ai dit : Eh bien voilà, Delmiro, la pire, mais vraiment la pire des choses pour un Galicien, dans ce bas monde, c'est… c'est de devenir le serviteur d'un Portugais. »

La blague fut accueillie avec un grand sourire. Mais sans bruit. L'attente de l'assistance était plus forte que tout.

« Voyez-vous ? » Et il se mit également à sourire. « Oliveira aussi est un parfait homme d'affaires. Et il a le sens de l'humour. Il a tout de suite compris ce que je voulais dire. Il m'a répondu : Moi, je n'ai pas de serviteurs, Mariscal. J'ai des associés, un point c'est tout. Et il a ajouté : Je veux tout simplement être un Midas, mon cher Mariscal, pas une merde qui picore les miettes des autres. Il faut pas croire, il est malin, ce Delmiro ! »

D'un air satisfait, Mariscal leva la tête et parcourut l'assistance d'un regard panoramique.

« Pourquoi Delmiro Oliveira a-t-il tout de suite compris ? Et pourquoi ont-ils compris à Anvers et même... en Suisse ? Ils ont compris, car c'est nous qui avons les meilleurs arguments dans cette affaire. On a une côte formidable, infinie, bourrée de cachettes. Une mer secrète qui nous protège. Et, de plus, on est tout près des grands ports. Des endroits où ont lieu les livraisons. Alors on a tout. On a une côte, on a des dépôts, on a des bateaux, on a des hommes. Et le plus important de tout ça. On a des couilles !

Il fit un geste pour faire taire le brouhaha des rires. Puis il se tourna vers un angle de l'arrière-salle, où un des hommes était resté en retrait, sur la ligne oblique qui délimitait l'ombre et la lumière.

« *È vero o non è vero, Tonino ?*
— *È vero, padrone, è vero. E di ferro !* »

XVIII

Fins a les yeux fermés. Lorsque tu fermes les yeux, sois attentif à ce qui s'ouvre. Inspire l'air et expire-le lentement comme la bouche du vent. Il entend un hennissement qui l'interpelle. Qui le réveille de son absence. Un troupeau de chevaux est en train de paître sur le flanc oriental du point panoramique, là où le soleil naissant effiloche paresseusement les haillons de la brume. Le regard de l'étalon, les oreilles dressées, l'arme de ses dents, le hennissement lui rappellent qu'il est devenu un être indésirable. Un étranger, un intrus, sur sa propre terre.

Au sommet de la montagne appelée Curota, dans la Serra di Barbanza, on peut voir d'énormes rochers voués à devenir autels. On atteint le sommet par un escalier dont les marches ont été sculptées dans la pierre. Et c'est par là que Fins est en train de grimper.

Le panorama maritime le plus large de toute la Galice est en train de surgir progressivement devant ses yeux. Il regarde en direction du sud et il a la sensation de percevoir la courbure du globe terrestre. C'est le meilleur point panoramique permettant d'observer la baie comme une grande scène de théâtre. Un ventre marin de la terre où se croisent des sillages, des embarcations de types très différents. Les bateaux-grues se dirigent vers les architectures lacustres flottantes, les grands polygones des écloseries des parcs à moules.

Fins regarde à présent à sa droite. Là-bas, à l'ouest, la haute mer, l'océan Atlantique. Une infinie et inquiète monotonie de mercure rauque, en fusion, protège son énigme. Chaque frisure de l'eau, chaque reflet semble libérer l'envol d'un oiseau de mer. Les croassements s'intensifient progressivement, comme ils le font lorsqu'ils annoncent de bonnes ou de mauvaises nouvelles. Une bonne pêche ou une tempête. Le ciel semble dégagé, mais sa clarté n'est pas enthousiaste.

Derrière la ligne d'horizon, nous ignorons comment va s'éveiller l'eau qui dort.

Le bruit d'un moteur monte le long de la route. Fins se cache derrière les rochers. Celui qui conduit est sûr de lui. Il bifurque, suit d'autres sentiers sur terre, et gare la Mercedes Benz avec ses roues aux bandes blanches sur la vaste esplanade du premier point panoramique.

Le Vieux s'était certainement levé de bonne heure. Il avait dû faire un long trajet. Longer tout le temps le bord de la baie. Ce ne devait probablement pas être un rendez-vous ordinaire. Il n'appelait jamais lui-même au téléphone. Il utilisait des pigeons voyageurs : des personnes en qui il avait toute confiance. Ce ne devait donc pas être un rendez-vous ordinaire. Ainsi, le « poisson » qu'on avait vendu à Fins n'était pas du tout pourri. Il descendit en traversant les ajoncs, cherchant la meilleure perspective. Il tâta l'appareil photo sous son blouson, caressa le Nikon F, comme il l'avait vu faire lorsqu'il était enfant à un chasseur avec son furet. Mariscal était de dos, impossible à confondre avec quelqu'un d'autre, vêtu de son costume de lin blanc, coiffé de son panama et tenant sa canne en rotin. De dos, et à côté du buste de pierre de Ramón María del Valle-Inclán, il avait une superbe allure sculpturale.

Le temps passait et tous les deux, guetté et guetteur, commencèrent à s'impatienter. Mariscal observa sa montre à gousset à deux reprises, mais bien moins souvent qu'il avait scruté le ciel côté ouest. À l'endroit où l'on apercevait déjà la première ligne de front des Açores. Un camion chargé de bois, lent et rugissant, passa du côté de la crête de la montagne. Mariscal suivit sa trajectoire, à contre-jour, jusqu'à l'apercevoir en train de disparaître après le virage, en direction de la forêt.

Fins n'avait pas perdu espoir. Il avait été dressé toute sa vie pour affronter les imprévus. On entendit la lourde machinerie. La tempête envoie toujours l'aviation en éclaireuse. Mariscal observa pour la troisième fois sa montre. C'était son furet à lui. Et aussi sa façon de la ranger dans la poche de son gilet. Il scruta les alentours de façon suspicieuse. Également le buste de pierre de l'écrivain. Il frappa à la base de la sculpture avec la virole de sa canne, pour essuyer la boue. Il grimpa dans sa voiture, manœuvra en marche arrière et repartit ensuite par où il était venu.

Non, cette fois, il n'y aurait pas de réunion au sommet.

Fins tapota son appareil photo d'un air amical. Ils étaient tous les deux bredouilles. Ou presque. Ils avaient au moins une photographie artistique du Vieux.

Demain serait un autre jour.

Quelqu'un avait dû vendre deux fois le même poisson.

XIX

« Maman, tu m'entends, maman ? C'est moi, c'est Fins ! »
Elle le regarde à nouveau d'une façon étrange.
« Fins ? Il y avait une fête. Mon fils s'appellera Emilio. Milucho. Lucho.
— C'est un joli nom, maman, vraiment. Mais je dois aller travailler là-bas. À Noitía. »
À nouveau cette étrangeté dans le ton d'Amparo.
« Noitía, Noitía… Un après-midi, je suis allée à Noitía. Pour acheter du fil. Il faisait très chaud. L'endroit brûlait de l'intérieur, comme la braise des arbres. Et je me suis fait surprendre par l'orage. »
Ils demeurèrent muets. Chaque fois qu'on prononce le mot *orage*, le reste des mots attend un peu.
« Et que vas-tu faire comme travail ?
— L'agent secret », lança-t-il pour voir sa réaction.
Et elle fit la dernière chose que Fins aurait pu imaginer. Elle éclata de rire.
« Il doit certainement y en avoir un bon paquet ! »

Pour elle, à présent, Fins est devenu le souvenir d'une fête. Rien d'autre. Et Lucho Malpica un garçon qui n'est pas encore né. Et Noitía un lieu de cauchemar, un lieu où un beau matin elle était allée acheter du fil et où elle s'était fait surprendre par un orage. Elle lui tourne le dos, calmement, sans souci, avec son oreiller en dentelle, tout en révélant les secrets de la broderie à l'aide-soignante. Fins est debout, en train de regarder par la fenêtre qui donne sur la mer, à travers laquelle passe le bruit combiné du va-et-vient des vagues et des cris des mouettes. Il aimerait bien tirer le rideau. Il aimerait bien effacer cette vision. Il ne comprend pas le lieu commun de ces gens qui éprouvent une certaine sérénité en contemplant la mer. En ce qui le concerne, cela le met profondément mal à l'aise. Il ne supporte pas de rester plus de cinq minutes tout seul devant la mer. Et pour la mer ce doit être la même chose. Il est convaincu qu'elle se fâche, qu'elle se met en colère lorsqu'il reste seul à la regarder.

Y plonger, c'est différent. Lorsqu'il est à l'intérieur de la mer. Oui, c'est différent. Il ne peut s'entendre avec la mer que s'il y plonge et parcourt les forêts sous-marines avec les laminaires, les ulves, les laitues et les haricots de mer, la mousse de mer, les laisses de mer, le varech vésiculeux ou les chênes marins, les spaghetti de mer marron-jaune, les algues rouges, comme la dulse ou la mousse d'Irlande. Lorsqu'il navigue, il a mal au cœur. Il est malade à en crever, il éternue, crache, se bave dessus, il souffle comme un bœuf, vomit la bile, les préfixes, la salive, les interjections, les onomatopées, les flegmes, les tubercules, les racines, l'inaccessible. Le pire est de vomir ce qui reste après le vide, après l'air, et qui est de couleur jaune, le ciel, la mer, la peau, l'envers des yeux, son propre esprit. Sauf s'il rame. S'il rame — et plus il navigue de façon énergique mieux c'est — en tournant le dos au point d'arrivée, il jouit d'une suspension temporaire du mal de mer. Mais à condition de ne pas s'arrêter, bien sûr.

Il ferme la fenêtre de la pièce où ils se trouvent et à présent on n'entend plus que les cliquetis caractéristiques des quenouilles de buis de la brodeuse. C'est une résidence de vieux et de personnes pas si âgées que cela, mais qui souffrent tous de la maladie d'Alzheimer. Amparo, elle, souffre d'autre chose. Elle est convaincue de se souvenir de tout.

« Les pauvrettes ! Parfois, elles ne se souviennent même plus de leur nom. Il faut que ce soit moi qui le leur rappelle. »

Elle frappe sur son front de tout son cœur et de son index : « Tout se trouve ici ! »

Une aide-soignante jeune et aimable est assise auprès d'Amparo.

« Ses mains travaillent de mieux en mieux, dit l'aide-soignante. Regardez-les. On dirait même que sa peau a rajeuni et que les mains sont devenues plus gracieuses. Des mains de porte-plume ! N'est-ce pas, Amparo ? Et pour qui va être cette merveille ? »

Amparo Saavedra regarde mélancoliquement vers la fenêtre avec vue sur la mer.

« Pour mon fils. Lorsqu'il naîtra. »

La neuropsychiatre lui avait dit : « Son esprit a effacé une période de sa vie qui lui fait du mal. Et la douleur est également une propriété. C'est, pour elle, la propriété d'effacer une période de sa vie. En tout cas de l'effacer en tant que mémoire explicite. C'est un genre d'amnésie que nous appelons l'amnésie rétrograde. » Et elle avait seulement conservé le temps qu'elle avait vécu avant de quitter Uz pour Noitía, lorsqu'elle était jeune. Le temps où elle s'était mariée avec Lucho, puis était allée s'installer dans la maison de pêcheurs d'A de Meus. Il savait que la dynamite n'avait pas seulement explosé à l'intérieur du bateau. Sa mère, à sa façon, avait également mis fin à une vie dont il faisait lui-même partie. Mais en la voyant devant lui, si entière, les doigts plus agiles que jamais, le regard si fertile, débarrassée des craintes qui jadis l'accompagnaient, sachant son nom, souriant à ceux qui l'entouraient, il ne put éviter de se sentir irrité, et cela le mit dans une situation de malaise coupable, dont il était incapable de se dégager.

« Ce qui signifie donc qu'elle oublie juste ce qu'elle désire oublier », dit-il sans pouvoir dissimuler un ton de reproche.

En parlant avec la doctoresse Facal, il eut l'impression que la psychologie de la mer l'éventrait. Et que la mer l'expulsait à nouveau brusquement.

« Non. Dans bien des cas, le souvenir fait souffrir. Et elle a passé les limites de la douleur. Pour survivre, son esprit a écarté le morceau qui abîmait tout le reste. La mémoire possède ses stratégies. Elle aurait pu choisir une autre voie. Mais elle a choisi celle-là, nous ne saurons jamais très bien pour quelle raison.

— Et c'est irréversible ? »

La doctoresse prit son temps. Par expérience, il savait que si ce n'était pas le cas, elle le lui aurait déjà dit.

« La vérité n'est pas aimable », dit-elle enfin.

Et ce fut la chose la plus exacte qu'il entendrait d'ici longtemps.

XX

« Ce ne serait pas le fils de Malpica, celui qui est mort à cause de la dynamite ? »

Elles observent depuis la mer. Habituées à voir du dehors vers le dedans. D'ouest en orient. De l'obscurité vers l'aurore. De la brume vers l'aube. Dans différentes profondeurs. Plusieurs d'entre elles ont la moitié du corps sous l'eau, coupé au niveau du ventre. Elles sont amphibies, se déplacent avec une lenteur efficace, triomphant de la résistance hydraulique avec leur scaphandre domestique de vêtements de pluie recouvrant leur attifement textile, tout le corps semblable à un piston, grattant, griffant, accomplissant la cueillette de la mer avec d'anciens outils, des houes, des râteaux, des fourches, au manche prolongé. Ces têtes couvertes de foulards et recouvertes de chapeaux en tout genre.

Elles avaient été son monde. Elles avaient toutes un jour été là-bas, au milieu. Guadalupe, Amparo, Sira, Adela, la mère de Belvís, de Chelín, Leda avec leur seau rempli de coques, leur sac de palourdes, elles y avaient toutes été.

« C'est lui, oui. Il paraît qu'il a fait des études pour devenir policier.

— Il faut faire des études pour ça ?

— Ça dépend... Pour se balader avec une matraque à la main, comme ton mari, n'importe qui peut le faire.
— Ah, tu crois ça ? »

La cueilleuse de fruits de mer fait un geste obscène, avec le manche du râteau entre les jambes : « Ton gars aimerait bien avoir une bite comme le mien. »

Elles éclatent toutes de rire.

« C'est difficile de faire plus vulgaire !
— Leda... Celle-là connaît bien son latin ! »

Les ramasseuses de fruits de mer reprennent le travail. À la recherche des bivalves, leurs corps adoptent à nouveau l'allure d'étranges êtres marins.

« Il paraît qu'il va bientôt devenir inspecteur, un de ces policiers qui enquêtent en secret.
— Si tu es au courant, ce ne doit pas être si secret.
— Moi, je répète ce que j'ai entendu dire... Moi, ça m'est égal. Quand bien même deviendrait-il astronaute !
— Ah ! Que ne ferais-je pas, moi, pour rencontrer un astronaute ! »

Les voix et les rires des femmes, à cette heure, s'enchaînent avec les phonèmes de la mer, son va-et-vient, le clapotis, les cris de convoitise des oiseaux guetteurs. Fins ne peut pas s'en empêcher. Il prend une photographie. Une seule. Puis il disparaît comme un agent secret.

Dans la maison d'A de Meus, le heurtoir de la porte, appelant à l'extérieur. À l'intérieur, c'est la toile cirée de la table, sur laquelle on a abandonné une bouteille de vin, qui le reçoit le plus familialement. Une trace de vin rouge, la marque séchée d'une marée, est restée dessinée en son équateur. À l'heure du crépuscule, Fins emprunta la route de la côte. Il s'immobilisa à la bifurcation du Chafariz, là où il attendait toujours le car de ligne. Il enfonça ses mains dans les poches de son pantalon. Un homme normal se devait d'avoir toujours un peu de monnaie sur lui. Il hésita. Il avait une bonne excuse pour ne pas aller plus loin. Mais lorsqu'il s'en aperçut, ses pieds l'avaient déjà conduit là-bas, devant la porte de l'Ultramar. On entendait un brouhaha de vendredi soir.

Il ne put se résoudre à saisir la poignée et se mit sur le côté pour observer à l'intérieur. Les nouveautés lumineuses du juke-box et des machines à sous.

Derrière la vitre, ses souvenirs fermentaient encore dans ce vaste alambic. La vie passée émergeait au son de la musique. Et il était en dehors de tout cela. À la marge.

Rumbo remplissait les verres garnissant un plateau posé sur le comptoir.

Plus au fond, du côté extérieur du comptoir, Leda et Víctor. Lui, assis sur un grand tabouret, un verre à la main et l'air sérieux. Elle, debout, joue à enrouler les cheveux de l'homme taciturne autour de son doigt. À cet instant, son attitude moqueuse et séductrice est devenue le centre du monde. Une attitude qu'il connaît bien et signifie : « Où es-tu, donc ? » Leda se retourne pour répondre à l'appel de Rumbo.

Fins put alors l'observer de face. La poterie du temps améliorait tous les souvenirs. Il craignit d'être vu, lui qui était déjà devenu un expert en angles ombreux. Un spécialiste en ombres. Il était capable de mesurer l'épaisseur textile des ombres. Il y avait des ombres de satin, de laine, de coton, de nylon, de tergal, de velours. Transparentes. Imperméables. Mais lorsqu'il reprit son observation, elle était déjà de dos, le plateau à la main. Depuis l'œil du cercueil flottant de jadis, la vie redevint douloureuse pour lui. Des gens approchaient. Il s'éclipsa en s'écartant de la démangeaison des phares.

XXI

Eh bien ! Il fallait oser revenir ici ! Regardez-moi qui arrive. Pas étonnant que les chauves-souris fassent une telle révolution. Voilà des mois qu'elles sont là, suspendues, en train de ronger l'ombre et elles se réveillent juste à l'instant où il rentre. Entendre, bien sûr qu'elles entendent, je pense. Et celui-là, Malpica, il a perdu la tête pour venir ici, non ? Qui aurait dit qu'il allait finir si laid. Il trébuche sur tous les accidents géographiques. Avec moi, les chauves-souris restent tranquilles. Moi, je suis d'ici. Mon nid est déjà fait. Le Mannequin aveugle et le Squelette manchot ne m'étonnent plus. Pas plus que la grue empaillée. Il faut voir comme on lui a bien réussi les yeux ! Ces petits points qui regardent quelque chose quelque part. Ils sont le regard lui-même. Où que je me place, je les vois. Ils me regardent, moi. J'ai trouvé la place qui me convenait. Mon gîte. Même le pendule cesse de tourner. Et juste dans ce coin, au fond de ce repaire dont les persiennes aux lames disjointes protègent les derniers livres, il règne une odeur de cale de navire, comme si la mer était montée jusqu'ici une nuit, jusqu'à la mappemonde de bois, et qu'elle avait creusé ces crevasses et abandonné ces bouts de verre. La boîte au couvercle de verre et l'étiquette Malacologie — plutôt intelligent celui qui a inventé ce nom ! — remplie de coquillages, de patelles et d'escargots, que j'ai sortis de leurs cases pour les disposer un peu partout. Il y avait aussi des collections de papillons et de scarabées et d'araignées rapportées d'Amérique, certaines aussi grosses que le poing. Moi, j'ai peur des araignées. Une fois j'en ai écrasé une, petite, qui se trouvait sur ma chemise du dimanche. C'était une chemise blanche et la bestiole grimpait, j'avais essayé de l'écarter, mais elle avait poursuivi son ascension et j'ai fini par l'écraser. Surtout n'écrasez jamais une araignée sur une chemise. Il faut voir la quantité de sang que contiennent ces bestioles à l'intérieur de leur corps ! Toute une vie. Celle que le shoot colore au début. Juste au moment de la douce traction du piston après avoir trouvé la veine. La couleur du sang, la première couleur, peut tout maîtriser. C'est comme de l'ambre. Et ensuite ce que tu pompes n'est plus que le sang de ton sang. Une pompe à sang. En trois temps. Moi, j'aime bien pomper en trois temps. En tout cas, il y a plusieurs années, lorsque je n'avais pas un rond, ce sont ces bestioles qui m'ont sauvé la vie. Je me suis débrouillé pour vendre toute cette troupe zoologique, toute cette bestiolerie organisée, les araignées, les scarabées dorés, les papillons américains. J'avais dit au type : « Je peux te procurer toute la Genèse, et ça vaut son pesant d'or. » Mais le voilà qui est revenu avec un petit caillou tout rond de *cheval*: « Tiens, voilà le globe terrestre en échange, tu n'as qu'à te l'injecter dans les veines. » Voilà à quoi ont servi les espèces, à me procurer un shoot. Mais pas la collection de Malacologie. Il n'a même pas voulu l'examiner. Peut-être à cause du nom. Ou parce qu'on en a plein le dos des coquillages par ici. Pas moi. Moi, lorsque je tombe sur une vaste étendue de coquillages, j'éprouve des sentiments sentimentaux. Des coquillages, comme les petits escargots que colonisent les bernard-l'hermite. Ça, c'est une vraie architecture ! Ça, c'est de l'art. Comme les oursins. Ça, c'est de la beauté, la beauté des piquants. Si je me trouvais en face d'un de ces artistes célèbres, je lui mettrais un oursin entre les mains et je lui dirais : « Allez, vas-y, peins-le si tu as des couilles ! » Il faut bien qu'il existe un mystère mystérieux pour que de telles symétries surgissent au sein de la mer. À présent, elles ont été désertées, les crabes sont allés se faire foutre, mais les coquilles me tiennent toujours compagnie, elles décorent les ruines du bâtiment, dans ce coin de l'École des Indiens. Les bernard-l'hermite doivent se balader le long des accidents géographiques, je pense. Je ne sais plus très bien dans quelle partie du monde je me trouve, du côté de l'Antarctique, je crois, à cause du froid qu'il fait là-dedans. Ainsi, voilà que tout s'était bien passé. Que tout allait bien. La cuillère à café était emprisonnée, glissée entre les deux volumes de *La Civilisation* de don Pelegrín Casabó y Pagés. Un mémorial est une chose très utile ! Je remercie vraiment la civilisation ! Installé à hauteur de son œuvre, j'ai les mains libres pour chauffer le *cheval* placé dans l'eau. Pour voir surgir la couleur ambre pendant la dilution. Et ainsi de suite jusqu'à l'instant de pomper en trois temps l'accident géographique.

Je n'ai jamais oublié cela : les accidents géographiques. « Voilà l'aigle qui chasse des mouches. Voyons, Balboa, dites-moi des noms d'accidents géographiques. » C'est curieux de voir ce qu'on n'oublie pas et ce qu'on oublie. Ce maître, le Boiteux, El Desterrado, nous disait toujours : « Nous sommes ce dont nous nous souvenons. » Qu'est-ce que j'en sais, moi, si nous sommes ce dont nous nous souvenons. Nous sommes aussi ce que nous oublions. Lorsque j'oublie quelque chose, je fouille avec ma langue à l'endroit où je n'ai plus de molaire. C'est là que se réfugient les oublis. J'ai une cachette, à cet endroit, une sorte de puits sans fond. El Desterrado disait également : « Rien n'est lourd lorsqu'on a des ailes. Vous avez des ailes, ou pas ? » Bien entendu que j'ai des ailes, don Basilio. Comme Belvís. Le Boiteux, don Basilio, était un type tout ce qu'il y a de plus juste, même si l'on voyait qu'il en avait marre des gamins et qu'il avait toujours l'air dans la lune ou dans les nuages, sans cesse en train de faire de bons mots. Ainsi, il était constamment en train de chercher de nouvelles expressions, comme nous-mêmes cherchions les grains de raisin sauvés de la récolte. Lorsqu'il descendait, il se la coulait douce. Un jour, il nous avait demandé le métier que nous comptions faire lorsque nous serions grands, et moi j'avais répondu du fond du cœur : « Contrebandier ! » Il m'avait immédiatement corrigé : « Il vaudrait mieux dire entrepreneur, mon garçon. Entrepreneur ! » Oui, cette catéchiste au crâne rasé et aux cheveux tout blancs nous avait raconté que chacun d'entre nous possédait un ange. L'ange gardien, bien entendu, ça nous le savions déjà. Mais elle avait donné davantage de détails. Il ne s'agissait pas de sornettes. Il existe des anges, chargés de surveiller et de s'occuper du trône de Dieu, qui constituent le chœur céleste. J'avais parfaitement compris cela. Cela m'avait même semblé raisonnable. Parce que Dieu ne peut pas s'occuper de tout, si on lui déplace sa chaise ou pas, à quelle heure le soleil va pointer, s'il y a de l'abondance dans un lieu et de la pénurie dans un autre. Et puis il y a les anges gardiens, ceux qui nous font paître, nous, le troupeau que nous sommes. J'avais beaucoup aimé l'explication qu'elle avait donnée pour dire qu'ils ne sont pas visibles, qu'ils ne nous font pas de l'ombre, si je puis m'exprimer ainsi. Parce que en réalité ils sont un métier et non pas une matière. Autrement dit, ils vont et viennent, accomplissent leur tâche, ça c'est bien, ça c'est mal, mais ensuite ils ne nous passent pas en revue, ne nous étranglent pas avec la facture, ne nous donnent pas l'estocade. Ils travaillent et laissent travailler les autres, sans se mettre au milieu ni gêner personne. Si cela se passait différemment, ce ne serait pas une vie. Ni pour vous ni pour l'ange. Et où vas-tu donc à présent ? Je ne sais pas, je vais faire un tour. Pourquoi t'injectes-tu cela ? Parce que ça me fait du bien. Ce n'est pas bien, tu sais que ce n'est pas bien du tout. Si ça me fait du bien, c'est bien, ne me casse pas les couilles. Pourquoi es-tu armé ? De quelle arme parles-tu ? Du flingue. Quel flingue ? Quel con d'ange. On ne peut plus scrupuleux. Avec son plumage arraché. Mais tu vois, il est cependant là, l'ange gardien est là, il te fait sa commission et ça lui suffit. C'est un métier transparent. Le Jugement dernier viendra plus tard. Ça me semble raisonnable. Nous avons fait une enquête et voilà le dossier d'Untel. Monsieur José Luis Balboa, alias *Chelín*, nous savons par votre Ange gardien que vous étiez en possession d'une arme à feu. Quels étaient vos projets ? Que comptiez-vous en faire ? Eh bien pour coller les chiens contre les murs, monsieur saint Michel. Bon, eh bien à présent nous allons procéder à la pesée de votre arme. Et voilà que ce bon saint Michel sort la petite balance à peser les âmes, qui ressemble beaucoup à celle du dealer qui m'avait approvisionné en matériel dans une villa de La Corogne. Dommage que cette catéchiste ne soit pas là. Cette fille dont j'avais fait la connaissance à la discothèque Xornes. Celle qui avait le crâne rasé. Elle paraissait plus jeune qu'elle ne l'était. Elle avait la voix enrouée, une voix d'homme. C'était un ange, à présent j'en suis sûr. Car il existe encore une troisième catégorie d'anges, ai-je entendu dire. Les anges errants, comme elle. Pour lesquels le ciel et la terre sont clos à jamais.

    Et voilà que l'autre se pointe, le laid, pour venir fouiner. Je m'étais déjà shooté. Le flash était déjà passé. J'étais en train de redescendre, lentement. Je m'étais déjà posé sur l'Antarctique, à côté de toute la Malacologie, et je m'apprêtais à feuilleter le Pelegrín. On ne peut pas dire qu'on arrive à très bien lire dans cette pénombre de l'Antarctique, mais en fait je ne me lasse pas de regarder les gravures. Qu'est-ce que j'aime Lord Byron ! Que dit la légende ? Lord Byron en train de méditer la liberté de la Grèce. Et voilà que l'autre se pointe, en marchant sur les accidents géographiques. Il fouine un peu partout. En revanche, ce gars-là est à la fois un métier et une matière. On dit que c'est un aigle. Tant qu'il restera du côté du nord, il ne verra pas où je suis. Il vaudrait mieux ranger mon matériel avec *La Civilisation*, et rester aussi immobile que la grue, entre les étagères. Il doit toujours en être resté à l'époque du Johnnie Walker. Il s'assoit sur la chaise du maître. Il fouille à l'intérieur de la machine à écrire. Il retire des morceaux de tuiles qui se sont détachés. Il souffle sur les peluches et la poussière. Il tire un mouchoir de sa poche. Il nettoie les touches, les caractères, le chariot, le rouleau de ruban. Puis il se met enfin à taper avec les yeux fermés. Mission nostalgie, mon cher Malpica !

Eh ben dis donc ! Sainte Vierge ! On ne sait jamais où elle a bien pu se fourrer. Hallucine donc, Mannequin. Hallucine, Squelette manchot. La belle et le diable. Hallucine également, grue. Hallucine, Chelín. Car celle qui entre à présent est Nove Lúas. Terre, ouvre-toi ! Non, Leda, tu es de trop. Que fais-tu ici en pleine opération Nostalgie ? Un siècle s'est écoulé, un millénaire. Voilà bien longtemps que Franco est mort. Qu'un fou a tué John Lennon. À présent, Leda travaille à l'Ultramar. Elle a un enfant de Brinco. Et Brinco, Brinco est on ne peut plus formidable. Lorsque Brinco est dans le coin, tout roule parfaitement. C'est le meilleur pilote de la baie. Le meilleur pilote du monde. On ne l'attrapera jamais, même avec un sous-marin. En voilà un qui possède un ange de fer, un gardien sacré bien couillu. Et toutes les femmes sont folles de lui. Qu'est-ce que tu fais ici, ma chère Leda ?

À présent, cette espèce de détective se met à taper sans papier. Il prononce à haute voix ce qu'il est en train d'écrire.

Tout est silense muet...

« Tu vois, j'avais raison, ou je n'avais pas raison ? dit Leda. Elle avait bien écrit *silense*. Et toi tu n'arrêtais pas de rire, et que non, que Rosalía de Castro ne pouvait pas avoir écrit *silense*.

— Tu avais raison. Elle savait parfaitement écouter. Le *silense* est plus silencieux que le silence », dit Fins. Le trou du plafond s'était agrandi et les parties pénombreuses s'étaient réduites sur la carte du sol : « On voit mieux. Tu as les ongles vernis de noir. Tu es sur l'océan.

— Oui. Comme d'habitude. Au milieu de ce putain d'océan. Et aucune lettre ne parvient jusqu'à l'océan. Seulement les condoléances. Ç'a été une de tes singularités d'écrire seulement lorsque quelqu'un mourait. Mon père, le maître d'école, le médecin. Je crois que tu recopiais ces fameux manuels de correspondance.

— J'ai pensé à toi, à toute cette époque, plus que tu ne peux l'imaginer.

— Tous les jours, à toute heure, n'est-ce pas ? Je m'en apercevais parfaitement... c'était comme des signaux, en code morse. Les touches de l'au-delà. C'est vrai que tu apprenais à écrire sans regarder le clavier. Et bien entendu, ça doit prendre énormément de temps. »

Fins se lève et se dirige vers elle. Leda recule jusqu'à s'appuyer sur le dessus d'un pupitre, à nouveau dans la pénombre. Lorsqu'il s'approche plus près, elle crache par terre, dans la mer, entre elle et lui. Il demeure immobile, muet.

« Eh bien pas moi. Moi, j'ai appris à oublier. Chaque jour, chaque heure. Je suis une experte en oublis.
— En réalité, j'ai énormément pensé à moi. À ma vie. Et le temps a passé.
— Le gamin aux absences !
— Tout cela est fini. Il est enfin guéri. Maintenant, je ne suis que trop présent.
— J'ai un enfant, dit-elle plus rassurée. Un enfant de Víctor. »
Oui, bien sûr, il était déjà au courant.
« Et maintenant que cherches-tu ? Que je te parle de Brinco ? De Rumbo ? Peut-être des affaires du Vieux ? Des secrets de l'Ultramar ? »
Elle s'aperçut que ses mots provocateurs ne maîtrisaient plus son attirance. Elle dit quelque chose à propos de la dynamite. Mais le mot se coinça au fond de sa gorge. Elle fit machine arrière. Tout comme le rat qui était en train de trotter sur l'océan, parmi les décombres.
« Tu sais pourquoi je suis ici, Fins Malpica ? Parce que j'ai un message pour toi. Je ne veux jamais plus te revoir. Ne m'appelle pas, ne me parle pas, ne me regarde pas. C'est bien compris ?
— Je ne te demanderai rien, jamais, Leda, dit Fins. Je ne te donnerai rien non plus. Même si tu me le demandes, je ne pourrai rien te donner. »

Ils s'en allèrent. Quel dialogue ! Un mauvais téléfilm. Mais il m'avait ému. C'est évident qu'il m'avait ému. Alors que j'étais si bien, avec mon corps chaud dans le froid de l'Antarctique, plein de fourmis dans les pieds, en train de réfléchir à l'art des oursins et aux bernard-l'hermite. Putain de merde, il y a une sacrée douleur entre ces deux-là. Je suis en train de les revoir, lorsqu'ils étaient jeunes, en train de courir sur la plage, le jour où ils avaient traîné le mannequin jusqu'ici, jusqu'à l'École des Indiens. Les moqueries qui leur étaient tombées dessus ce jour-là. Et à présent je demeure dans mon coin sombre, tout recroquevillé, engourdi, regardant en direction du grand couple. Le Mannequin aveugle et le Squelette manchot. Je me demande combien m'en donnerait mon dealer. Un petit caillou de came peut-être. Une sphère de *cheval*. De quoi se faire au moins deux shoots, mon vieux. Mais il ne poussera même pas la porte d'ici, cette espèce de connard. On voit bien que ce grand couple n'a pas de prix.

Après sa tournée des points panoramiques — cette habitude qu'il a de se lever avec le soleil — qu'il accomplissait comme une vaniteuse obligation, Mariscal allait toujours s'asseoir le reste de la matinée, près de la fenêtre, pour lire la presse. Parfois, il prenait le temps de faire des mots croisés. Comme aujourd'hui. Sans même se retourner, il sentit qu'une offensive venait de franchir la porte pour se frayer un chemin tonitruant parmi les bancs et les chaises et venir freiner à sa hauteur. Il ne lui manquait pas grand-chose pour compléter la grille de mots croisés. Il montra qu'il avait un doute, en tambourinant avec son stylo. À présent, il sentait un bourdonnement, c'était le champ électrique de Brinco, furieux.

« On peut savoir où va Leda ?

— Aide-moi plutôt : "Partie qui reste dans le chéquier, une fois qu'on a retiré le chèque."

— Merde, Mariscal !

— M-E-R-D-E. Non, ce n'est pas merde.

— Je n'en ai rien à foutre qu'il ait sa plaque de police à

présent ! Je vais le manger tout entier, ici même, et aller le vomir un peu plus loin, là-bas, sur le pont. »

Mariscal aspire une bouffée de son havane et la savoure en mâchant la fumée, devenue très épaisse au moment de la recracher, comme collée à ses mots. Il inscrit en même temps dans la grille :

« T-A-L-O-N. Ça, c'est parfait. »

Il tourna un peu la tête et jeta un regard en coin à l'homme en colère.

« Écoute, Víctor Rumbo. Je n'aime pas qu'on me crie dessus, d'en haut, comme ça. Et encore moins quand c'est par-derrière. »

Brinco s'assit en face de lui. Fronçant les sourcils. Mais le regard plus apaisé.

« C'est moi qui lui ai demandé d'aller trouver Malpica. Pour voir ce que veut ce casse-couilles. Pour nous aussi, le renseignement est une chose primordiale. Le renseignement, Brinco ! »

XXII

Cette lumière ancienne, tombant des tubes au néon, glissait encore le long du mur pour éclairer le nom du cinéma-salle-de-bal París-Noitía. On pouvait la voir depuis la plage, en tout cas pour ce qui concerne Fins Malpica. Qui, de plus, pouvait entendre la voix de Sira, ce refrain, *não vou, não vou*, qui rythmait étrangement sa marche. *Pode passar o amor mais lindo, não vou, não vou.* Lorsqu'elle se mettait à chanter, le dimanche après-midi, les choses avaient déjà pris leur côté ombre sur la baie. Fins se souvenait de cela à présent, en apercevant sa propre ombre projetée sur la plage. La marche enjouée des ombres s'approchant de la salle de bal.

Não vou, não vou.

Voilà bien longtemps que le cinéma avait fermé. Et la salle de bal n'ouvrait que de façon sporadique, réservée à l'avance à l'occasion d'une fête. Une trace dans le sable, je n'y vais pas, une autre, je n'y vais pas. Il était loin, mais il était à l'intérieur. Il pouvait voir, pouvait entendre. Le souvenir avait l'intensité d'une absence. Il ne pouvait le raconter à personne. Voilà un an qu'il était revenu à Noitía et depuis quelques mois le petit mal était revenu avec lui. Par séquences bien plus espacées dans le temps. Mais il pouvait deviner à quel moment. Il éprouvait comme des intermittences. Des battements de cils. L'ouverture et la fermeture d'un trou. Il donnait un nom bien à lui à ses absences. Le vide de l'argonaute. Car il s'agissait du petit mal, oui. Mais c'était son petit mal bien à lui.

Peu de temps après son départ, ses absences avaient disparu. Il pensa alors que cette gêne ne reviendrait plus. Et pendant les premiers temps suivant son retour, il n'avait subi aucun court-circuit. C'était comme si son esprit le devançait toujours. Il travaillait bien. Il savait qu'il n'était pas au bout de ses peines, mais il commençait à avoir pas mal de fils pour tisser sa toile.

Ainsi, le petit mal n'était pas exactement une maladie. Après une séquence d'absence, dans un assaut d'humour, il décida de la considérer comme une propriété. Une possession secrète.

Il cessa d'entendre la chanson, de voir le spectre des lettres sur la salle de bal de l'Ultramar. Depuis l'endroit où il se trouve, dans les ruines de l'usine de salaison, Fins peut apercevoir la jetée de San Telmo. Quelques lampadaires l'illuminent. Il peut apercevoir les gens bouger, mais il ne distingue pas clairement tout le monde. Il étudie les ombres. C'est son métier.

Tout au bout de la digue, à l'endroit où se trouve un petit phare, on peut distinguer deux hommes. Il les reconnaît à distance. L'un d'eux est impossible à confondre. Il porte un chapeau et une canne, genre rotin. Il entre dans les cercles de lumière puis en ressort. Lorsqu'il entre dans un cercle, le blanc de ses gants et de la pointe de ses chaussures se détache et on a l'impression qu'il va entamer un numéro de claquettes. C'est Mariscal, bien sûr. Son éternel garde du corps, le colossal Carburo, immobile, les bras croisés, surveille tout autour de lui, tournant la tête à la même vitesse que le faisceau giratoire du phare.

À présent, Brinco avance sur la nouvelle digue, d'un pas rapide, décidé, martial. Il porte une combinaison de cuir noir qui prend des allures de souliers vernis, qui flamboient lorsqu'il passe sous les éclairages. Derrière lui, dans un vêtement du même style, avec davantage de fermetures Éclair et de renforts métalliques, Chelín le suit. Ils sont inséparables.

Dans certaines embarcations côtières, on décèle de l'activité avant de sortir travailler en mer. Les marins organisent leurs outils de pêche.

« Eh, Brinco ! » crie un des jeunes marins.

Víctor Rumbo poursuit son chemin, mais lance un salut de confiance : « Tout va bien ?

— Tu le vois, prêts à faire la course, Brinco. »

Ensuite à son compagnon : « Tu as vu ? C'est lui !

— Vraiment ?

— Eh oui, mon vieux ! On joue au foot ensemble. Regarde, l'autre, c'est Chelín. Tito Balboa. Un bon goal, eh oui, mon gars.

— Mais on ne l'avait pas suspendu ?

— Il a toujours été en première ligne. Pour le meilleur et pour le pire. »

Depuis sa cachette, et même si la mer amplifie les sons, Fins Malpica ne peut entendre cette conversation. Mais il peut entendre les saluts admiratifs que reçoit Víctor Rumbo sur son passage.

« Ciao, Brinco !

— Ciao, Champion ! »

« Vous m'avez fait appeler ? »

Mariscal répondit par un raclement de gorge, comme un

grognement affirmatif. Puis il s'éclaircit la voix : « Il serait temps que tu me tutoies, Víctor.

— Oui, monsieur », dit Brinco comme s'il n'avait pas bien compris.

Le Vieux regarda en direction de l'eau, apparemment calme, mais en bougonnant de façon rebelle entre les pierres de la jetée : « Les meilleures choses nous viennent de la mer.

— Et sans la moindre pelletée de fumier !
— Ça, c'est moi qui te l'ai dit, n'est-ce pas ?
— Oui, monsieur.
— Notre problème, à nous, les classiques, c'est que nous finissons toujours par nous répéter. »

Mariscal se racla à nouveau la gorge. Il examina fixement Víctor et lui parla sur un ton inhabituel, intime : « Tu es le meilleur pilote, Brinco !

— C'est ce qu'on dit...
— Tu l'es ! »

Mariscal fit un geste en direction de Carburo et celui-ci tira une lampe de sa poche, qu'il alluma et dirigea vers la mer, émettant des signaux en morse. Au bout d'un moment, on entendit le ronflement d'une embarcation à moteur, qui devait se trouver cachée tout près de là. Ce n'était pas une embarcation commune. Le bruit de ses chevaux couvrait la nuit.

« Et le meilleur pilote mérite un traitement particulier. Un stimulant. »

On n'avait jamais vu auparavant pareille embarcation à Noitía. Une vedette de cette longueur, et avec une puissance multipliée par plusieurs moteurs en poupe. Inverno, le pilote, manœuvra pour l'approcher de la digue.

« Que dis-tu de cette barque, Inverno ? »

Le subordonné était enthousiasmé.

« Ce n'est pas une vedette, patron. C'est une frégate. Un

navire amiral ! Avec un engin pareil, on peut traverser l'Atlantique !

— Elle a suffisamment de chevaux pour faire le tour du monde », dit Mariscal avec pétulance. Puis il s'adressa à Brinco : « Alors ? Qu'en penses-tu ?

— Je suis en train de les compter, les chevaux.

— Le navire amiral t'appartient ! dit Mariscal. Et ne t'en fais surtout pas pour les papiers. »

Il était en train d'organiser la passation.

« Tout est au nom de ta mère. »

Ça, c'est ce qu'il appelait un « coup d'affect ».

« Alors, il faudra le baptiser *Sira* », dit Brinco.

On sentait qu'il y avait une guerre au fond de lui pour trouver le bon ton.

« Pourquoi pas ? C'est un juste nom. »

Le Vieux se remit à marcher. Carburo allait derrière lui. Sans écraser son ombre. Il gardait toujours cette distance. Cette délicatesse. Soudain, Mariscal s'immobilisa, se tourna vers la darse et pointa sa canne sur le bateau.

« Il vaudrait mieux que tu le baptises *Sira I.* »

Et il poursuivit : « Tu n'essaies donc pas cette machine ? »

La dernière chose que vit Fins Malpica, c'est Brinco et Chelín sauter à l'intérieur de l'imposante vedette. Le pilote en prendre possession. Et après avoir viré devant la jetée, une cataracte d'écume jaillir dans la nuit.

XXIII

Il n'y avait pas de lune et personne ne l'attendait. Une formation de gros nuages sans fissures, la marque des Açores, troublait davantage l'obscurité de la nuit. À ras de la mer, emprisonnée entre deux dalles, on pouvait voir la veine d'une lueur granitique. Le patrouilleur à grande vitesse du Service de surveillance des douanes était invisible, à couple sur l'un des bateaux-grues utilisés pour la récolte des moules, amarré à son tour à un parc en réparation. C'est lui qu'ils attendaient. Brinco. Le pilote le plus rapide. Un as de la baie. Un héros pour les contrebandiers.

Peut-être les grouillements de son ventre résonnèrent-ils sur la mer. Le chef du Service de surveillance des douanes l'avait examiné fixement au moment où il avait émis son rictus, où il serrait les dents pour freiner l'intolérance de ses entrailles. Il avait compris qu'il avait la nausée, mais il n'avait rien dit.

« Vous avez le mal de mer ? »

C'est le pilote qui avait posé la question apparemment inévitable d'un ton narquois.

« J'ai une tête de défunt ? demanda Malpica.

— Non, pour l'instant, juste de mort.

— Ensuite, lorsqu'on navigue, ça va », assura-t-il, extrêmement complexé. Il ajouta une bravade, pour se redonner du courage : « Et plus ça va vite, mieux c'est. »

— Mais pour l'instant, nous devons patienter, commenta l'officier. Respirez profondément. Le mal de mer, c'est juste dans la tête. »

Mais Fins Malpica n'eut pas le loisir d'expliquer qu'il avait été mis au monde au fond d'une barque, comme on dit, pendant une procession maritime. Ou quelque chose dans le genre, histoire d'enjoliver ses propos. Car il faut bien dire que l'intolérance de son corps devait avoir quelque chose d'un jeu ou d'une vengeance.

Et puis l'opération passa au premier plan. Cela guérit n'importe quel mal de mer.

Il était là. À en croire la formidable vedette, ce ne pouvait être que lui. Une de ces embarcations qu'il exhibait à San Telmo et qui disparaissait soudain, juste avant la moindre inspection. Quoique, dernièrement, ils avaient changé leurs habitudes. Ils avaient décidé de cacher les bateaux rapides les plus valables sous des abris ou dans des hangars industriels, des endroits surprenants, parfois loin à l'intérieur des terres, à des distances qui se mesuraient en kilomètres nocturnes, le long de pistes secondaires. Ce voyage vers le secret faisait partie du plus important changement opéré dans toute l'histoire de la contrebande.

Celle qui part du blond à rouler et aboutit à la coke.

Celle qui part du tabac et aboutit à la cocaïne.

Mais aucun panneau publicitaire n'avait jamais annoncé une telle évolution historique. Et très peu d'officiers étaient prêts, non pas à croire, mais juste à entendre ce putain de roman. Sauf Fins Malpica ; qui était un sale emmerdeur, un fouineur et un prétentieux. On aurait mieux fait de lui confier une enquête sur le phénomène des ovnis.

Ils entamèrent un virage. La vedette sembla d'abord

s'éloigner en lançant un bouillonnement d'écume moqueur en pleine nuit. Mais à présent, elle revenait. En comparaison, le ralenti de l'embarcation à moteur semblait être un murmure. Elle vint s'arrimer à la plateforme numéro 53, exactement celle qu'avait indiquée Fins. L'officier et les deux agents du Service de surveillance des douanes observèrent avec un mélange d'admiration et d'incrédulité ce nouvel inspecteur de police, pâle, surveillant l'appareil photo comme si c'était un enfant et vêtu comme un jeune stagiaire.

« Un renseignement fantastique, en or. Félicitations, inspecteur. »

Un informateur surprenant. Ou une confidence tombée du ciel, par hasard. Ou une délation due au ressentiment. Voilà sans doute le type de source à laquelle l'officier des douanes réfléchissait dans sa tête. Il faudrait que Fins lui raconte un jour la vraie histoire du parc B-52. Les heures et les heures passées à compulser livres et registres. À analyser les opérations d'achat et de vente des plateformes. À déterminer les cas suspects dans une « zone grise ». À débusquer les prête-noms et les vrais propriétaires. L'utilisation, les rendements et les travaux de réparation de la structure. Au final, de nombreuses heures perdues, quelques-unes gagnantes. Et le parc B-52 était enfin repéré. Sa véritable propriétaire : Leda Hortas.

Quelqu'un saute de la vedette sur le châssis en bois de la plateforme. C'est Inverno. En tout cas, Fins a bien l'impression qu'il s'agit de lui, à sa façon de marcher. Il ouvre une trappe sur un des grands flotteurs du parc à moules. Avant c'étaient d'anciennes coques de bateau ou des chaudières ou des bidons qui faisaient office de flotteurs. Ceux des nouveaux parcs sont en matière plastique ou en métal. Dans ce

dernier cas, ils ont une forme de bathyscaphe. C'est sur un de ces flotteurs-là que se trouve Inverno. Et il pénètre à l'intérieur avec une lampe de poche.
«Marche avant toute! On fonce sur eux», commande enfin l'officier de la Surveillance des douanes.
Immédiatement, les autres poussent des cris d'alerte.
Le contrebandier ressort en emportant un paquet. Il grimpe agilement sur la carcasse, jette le sac à l'un des siens, sur le bateau. Puis il saute derrière.
Depuis le patrouilleur de la Surveillance douanière, on fait les sommations à travers un mégaphone. Les agents pointent leurs armes. Fort de son avantage, le pilote gouverne en barrant le passage à la vedette. Mais il ne s'attendait pas à une manœuvre aussi téméraire. Au démarrage éclair de la vedette rapide, qui cabre violemment la proue à la verticale, à la limite du retournement. Et à l'évidente intention suicidaire, indifférente à tout type de dissuasion, d'aborder le patrouilleur.
«Il est fou!
— Ce fils de pute va se tuer et nous tuer par la même occasion!»
Faire usage des armes ne ferait qu'empirer la situation. L'officier ordonne le changement de cap à toute machine. Et la vedette passe en frôlant le patrouilleur. En donnant juste le temps à Fins Malpica d'appuyer sur le déclencheur de son appareil photo. L'éclair du flash. Un violent et fébrile échange de regards.
C'était Brinco, oui, et il pilotait le *Sira III*.

XXIV

Dans le temps, il l'y conduisait lui-même. Oui, Chez Belissima. Au salon de coiffure. C'est lui qui avait eu l'idée de ce nom. Oui, et c'est lui qui la conduisait au travail, tous les jours. Et il passait la reprendre ensuite. Il était resté le même, merde alors, il se moquait de ce que pouvaient dire les mauvaises langues. Comptes en Suisse. Paradis fiscaux. Et ensuite, on retrouve tous ces racontars dans la presse : l'argent n'a pas de patrie. Eh bien voilà. Statu quo. En tout cas, à présent, Guadalupe, sa femme, ne se fait plus conduire au travail. Elle s'y rend dans sa voiture. Il est vrai que c'est lui qui la lui a achetée. Un cadeau. Une automobile très sûre. Tais-toi, ma chérie, tu es trop tête en l'air. Une 202 turbo. Palindrome.

Elle est assise, pieds nus. L'apprentie, Mónica, est en train de lui faire une pédicure. On voit qu'elles s'entendent bien entre elles. Il est encore tôt, dans la matinée, un jour ouvrable, il n'y a pas encore de cliente. Elles en profitent pour se faire belles. Comme il se doit. Une coiffeuse doit ressembler à une vedette. C'est ce qu'il pensait, lui. Ils s'étaient mariés, elle avait abandonné la conserverie et un jour il lui avait demandé : « Dis-moi, Guadalupe, qu'est-ce que tu aimerais faire ? » Elle avait alors répondu : « Je voudrais avoir un métier.

— Il vaut mieux avoir une affaire, ma chérie.

— Une affaire, c'est peut-être mieux, mais je voudrais surtout avoir un métier. »

Sur le radiocassette, on entend une bande de tangos. Les ongles de Guadalupe. *Encre rouge*. Le Polonais Goyeneche. Ça a toujours marché comme sur des roulettes pour lui.

« Va faire un petit tour », dit-il à Mónica.

Non, ce n'était pas parce qu'il n'avait pas confiance en elle. Mais aujourd'hui, il avait envie de se retrouver seul avec Guadalupe. Il n'oubliait jamais son anniversaire.

« Encre rouge sur le gris d'hier… Tu chantais si bien les tangos ! Tu te souviens. Le contremaître de la conserverie hurlait : Allez, chantez ! Chantez toutes ensemble ! Pour ne pas mettre une seule moule dans votre bouche… Allez, chantez ! Chantez ! Quelle misère ! »

Il lui avait apporté un étui à bijoux.

« Tu ne veux même pas l'ouvrir ? Allez, ouvre-le… »

Guadalupe l'ouvre. À l'intérieur, il y a un anneau incrusté de brillants. Elle referme l'étui. Un petit sourire. Un sourire douloureux. C'est toujours ça. Un brillant, une larme, et cetera, et cetera.

« Noces d'argent. Vingt-cinq ans ! C'est vite dit. »

Il fixe à nouveau son regard sur ses pieds. Les pieds lui ont toujours fait un effet fantastique. Lorsqu'il l'avouait, il y avait toujours un imbécile pour éclater de rire. Et s'il ne comprenait pas ce qu'il voulait dire, ce n'était certainement pas lui qui allait le lui expliquer. Les deux choses les plus érotiques du monde ? Les pieds. D'abord le pied gauche. Et puis le pied droit.

« Tu as des pieds merveilleux. Tes pieds m'ont toujours rendu fou ! »

Il avait pu les toucher. Passer la main sur l'empeigne. Courber la courbe. Pas de chance. Il ne sait plus à quel moment cela s'est produit. À quel moment le vent a tourné pour eux ? Elle savait déjà que ce n'était pas un homme fidèle. N'est-ce pas ?

Elle se leva et chaussa ses sandales.

« Tu as besoin de quelque chose ?

— Des appels. J'ai besoin que tu passes quelques appels. »

Ce n'étaient certainement pas quelques appels. Mariscal lui remet une pile de feuilles manuscrites. Des numéros et des messages. Ces choses qui lui semblaient être d'un humour absurde. Qu'il lisait de façon automatique.

« Si tu veux, on peut aller dîner dehors, ce soir. Des fruits de mer. Quelques invertébrés ! »

Guadalupe se retourne, le fixe, les yeux lui piquent, et elle met une éternité à répondre : « Je ne me sens pas très bien. Mais merci d'avoir pensé à moi. »

Dis-moi, la belle. Ne sois pas trop dure avec moi. Il me reste trois ou quatre coupes de cheveux à faire. Peut-être moins. Tu crois que je devrais me faire teindre les cheveux blancs ? Vous avez plus de chance que nous, vous, les femmes. Un jour vous êtes blondes, le lendemain brunes. Moi, je te préfère avec les cheveux bruns. Et cette superbe peau que tu as, c'est incroyable ! Tu as toujours été un peu brune. Mais nous, les hommes… Si je me présente devant mes gars en blond, je vais perdre toute autorité sur eux. Et pourtant j'ai vraiment été blond dans le temps. Plus que blond même ! J'étais carrément roux, bordel, aussi roux qu'un coucher de soleil. J'avais les cheveux flamboyants. Comme ce gars que m'a présenté Oliveira, un jour. Tu te souviens de lui ? Le gars qui avait fait partie de la PIDE[1]. M. Nuno. Le Legatus. Le Mão-de-Morto. Il y a soudain eu un coup de vent et sa perruque s'est brusquement envolée. Qu'est-ce que les gens moches peuvent être coquets ! Et en emportant son postiche, le vent a aussi emporté toute son autorité, elle est allée se faire voir ailleurs. Bah. Il mangeait à tous les râteliers celui-là : argent noir, armes, drogue. Mais cela ne l'empêchait pas de nous servir son discours sur l'autorité et sur sa terre sacrée. Putain de mec. Il disait que, si on l'avait laissé faire, le 25 avril, il n'y aurait pas eu de révolution des œillets ni rien de tout ça. Il lui aurait suffi de tirer quelques coups de canon sur le Tereiro do Paço et aussi sur la caserne do Carmo, pendant que Salguero Maia était encore là avec son mégaphone, et les choses auraient été remises en place. Moi, je lui ai répondu : Que vous le vouliez ou pas, monsieur Nuno, les gens doivent manger, être chaussés, il ne faut pas les maltraiter, si l'on veut qu'ils soient contents et aient de l'argent en poche. C'est lorsque les gens sont bien nourris et possèdent du cash, de la liquidité, que le commerce commence à devenir florissant. Voilà ma philosophie, monsieur Legatus. Oui, moi j'aime bien envoyer cette bande de grenouilles de bénitier se faire voir ailleurs. La moitié du pays est obligée d'aller travailler à l'étranger, et ça n'empêche pas ces dernières de passer toute la sainte journée à gloser sur leur patrie et sur leur empire. Je pense que c'est tout simplement une diffamation de l'ennemi communiste ! Concernant l'immigration, j'en connais un bon bout, croyez-moi. La moitié de la population de Galice est par monts et par vaux, de par le monde. Ensuite je me suis dit

---

1. La *Police internationale et de défense de l'État* était la police politique de l'État portugais pendant l'*Estado novo* sous António de Oliveira Salazar.

que j'étais sans doute allé un peu trop loin. Cet homme est un connard, mais un connard qui est dans notre camp. Alors je me suis mis à improviser sur-le-champ un éloge à Salazar et à Franco, les deux piliers de la civilisation occidentale. Dommage pour ceux qui sont venus après eux. Le professeur Caetano, un lâche. Et ceux d'ici, des traîtres. Et il m'a répondu que la PIDE n'avait pas torturé autant que d'autres polices politiques. Sans chercher plus loin, autant que la police espagnole. J'ai été un Viriathe, a-t-il affirmé. J'avais dix-neuf ans et, avec un millier d'autres gars, j'ai été engagé volontaire pour donner une bonne correction aux Rouges. Moi, je faisais partie de la Croisade, j'étais on ne peut plus mouillé, mais ce que j'ai vu, je vous assure que c'est vrai, m'a franchement fait peur. Un de mes camarades m'a dit : Cette terre est dangereuse, Nuno. Il avait cent fois raison. Et moi, toujours pratique, je lui ai répondu : Nous savons tous ce qui s'est passé, voyons. Mais lui ne voulait pas lâcher l'affaire. Ce que faisait la PIDE aux détenus c'était plutôt leur provoquer une *ausência de conforto*. Voilà quelle était la consigne. Et moi, j'ai apprécié ce style. La torture ? Non, pas du tout. Il s'agit d'une *ausência de conforto*. Oui, monsieur, j'ai trouvé cette expression formidable. Je l'ai même prise en note. Dommage de ne pas l'avoir découverte avant, pour la proposer au Boiteux, afin qu'il l'ajoute à son *Dictionnaire*. Regarde ce que je t'apporte, Basilio. Elle est vraiment superbe, cette expression, non ? *Ausência de conforto*. Et que désigne-t-elle ? La torture, Basilio, la torture. Eh bien ce lettré, je veux parler de Mão-de-Morto, est tout aussi fin pour les expressions que pour les affaires, c'est indéniable. Et pourtant nous avions plutôt mal démarré tous les deux. Après la Révolution portugaise, celle des capitaines d'avril, les œillets et tout ça, il s'était enfui en Galice, et il avait commencé à comploter avec d'autres gars, par-ci par-là. C'était en 1974 et Franco était encore de ce monde. Lui et ses acolytes avaient eu l'intention de provoquer une brouille entre l'Espagne et le Portugal. Je le sais parce que je faisais partie de la bande des comploteurs dont je parle. C'était l'occasion de monter une bonne affaire, avais-je pensé. Car, bien entendu, les armes trouvent toujours acquéreur, mais les choses n'ont finalement pas fonctionné comme prévu. Il a fallu tout revendre pas cher. Ensuite, lorsque cet infortuné a pris en main sa nouvelle vie, il a fait preuve de beaucoup de finesse pour le commerce. Son expérience, ses anciens contacts sont devenus un vrai capital pour lui. Et cette perruque lui a fait le plus grand bien. Il est carrément devenu un autre type. En tout cas, moi, je me souviens de tout. Parfois, je suis inquiet pour ma mémoire. Tout le monde se plaint de perdre la mémoire. Mais moi, plus ça va et plus je me souviens de choses. Je n'arrête pas de nager au milieu de tous les noms que je connais, de tous les souvenirs. Au point que cela devient parfois une *ausência de conforto*.

Mutatis mutandis il écarta son regard de Guadalupe Melga. Il sentit que sa présence n'avait plus l'aura triomphale de jadis. Il dit finalement : « Parmi tous les messages, j'attends une réponse urgente de celui-là. Tu peux l'envoyer par Mónica ? » Guadalupe acquiesça d'un geste. Mariscal ouvrit la porte. Il resta un moment immobile sur cette frontière. À présent, on entendait un de ses tangos préférés, *Garúa*. Celui qui parlait de la pluie. Lorsqu'ils étaient jeunes, ils avaient le courage de danser le tango tous les deux. Ils n'avaient que faire des regards et des qu'en-dira-t-on. À cette époque, pensa-t-il pour lui-même, l'homme représentait encore quelque chose. Il fredonna la musique de la cassette. « Le vent porte une étrange lamentation. » Ensuite, il regarda d'un côté et de l'autre de la rue, comme d'habi-

tude. Sans se retourner, il laissa la porte se refermer derrière lui. Et comme il n'y avait personne en vue, ni à gauche ni à droite, il cracha dans la rue.
 « *Ex abundantia cordis.* »

XXV

Pendant plusieurs jours, il se retrouva tout près d'elle, frôlant son visage, sans qu'elle le sache. Depuis un bateau de compétition amarré dans le port. Fins Malpica photographia la femme dans l'encadrement de cette fenêtre. Avec sa caméra Super 8, il immortalisa même certains moments particuliers, notamment ceux où elle se penchait à la fenêtre avec quelqu'un d'autre. Mais ce dont il se souviendrait toujours — et il éprouvait ce frisson inconnu, la tension du nerf optique mettant tous ses sens en éveil, plongeant tout dans un temps étrange, une espèce de présent renouvelé — c'est le moment où il parcourait, à travers l'œil de l'appareil photo et pour la énième fois, les façades des immeubles situés en face de la darse, jusqu'à retrouver toujours la même fenêtre. La même femme à la fenêtre. Leda Hortas. Il avait essayé plusieurs téléobjectifs. Avait fait la mise au point et détourné le regard plusieurs fois, puis à nouveau fait la mise au point. Avec son Nikon F, équipé d'un zoom 70-200, comme une excroissance perforatrice. Rude, pleine de désir, infaillible. Oui, c'était bien Leda qui jouait le rôle de la vigie. Une photo. La photo de Leda. Une autre, et encore une autre.

« Tu vas changer d'air, Leda, lui avait un jour dit le Vieux. Tu vas t'installer à la capitale.

— Vous voulez dire que vous allez me louer un appartement ? » répondit-elle avec malice.

Elle aimait jouer avec Mariscal. Et lui adorait lui donner le change. C'était un as du double sens.

« Toi, tu mérites plutôt un manoir, ma belle.

— Ça représente beaucoup de ménage.

— Avec tout le confort. Un manoir seigneurial.

— Vous dites des bêtises. Ici les hommes ont des oursins dans les poches !

— C'est la mémoire de la faim, ma belle. Les plus belles tendresses sont celles qui ne coûtent rien. Bienheureux les calmes car ce sont eux qui posséderont la terre...

— D'accord. Et que dois-je faire dans cet appartement ?

— Garder les yeux grands ouverts. »

Il avait dit cela sur un ton extrêmement sérieux. Sans plaisanter, à présent. Avec une voix différente. De grand chef qui commande la mission et ne souffre pas la moindre réplique ou la moindre remarque.

« Brinco te donnera tous les détails nécessaires. »

Depuis l'endroit où Leda surveille le port, on peut apercevoir les accostages et les départs des embarcations du Service de surveillance des douanes. Une petite table sur laquelle est posé un téléphone est installée devant la fenêtre. En ce moment, l'appareil est en train de sonner.

Il n'y a qu'une voix seule qui puisse dire bonjour et c'est bien celle-là qui le fait. La voix de Guadalupe. Malgré cela, elle se plie au rituel.

« Je suis bien chez Domingo ?

— Oui, vous êtes bien chez Domingo.

— Et comment va-t-il ?

— Il va bien. Mais il est en train de se reposer en ce moment. Il a travaillé toute la nuit.
— Alors, je rappellerai plus tard.
— Merci, madame. Vous êtes très aimable. J'attends votre appel. »

Leda raccroche le téléphone et entrouvre la fenêtre pour se pencher. Elle observe à nouveau l'endroit où sont amarrés les patrouilleurs des douanes. Fins est toujours là. L'espion de l'espionne. Il cadre doucement. Prend le temps de faire le portrait. Attend une expression mélancolique. Maintenant.
« Elles sont très bonnes, lui dit Mara Doval, au commissariat, après que les photos ont été révélées. Tu devrais en faire ton métier. Paparazzi. »

XXVI

Carburo n'aime pas que quelqu'un le presse. Mais aujourd'hui, le Patron est impatient. Il se frotte les mains. Il ne lui manque plus qu'à se mettre à chanter *Mira que eres linda*. C'est ce qu'il chante lorsque tout va pour le mieux. Il connaît parfaitement son répertoire. Le contrepoint, c'est par exemple lorsqu'il chantonne *Tinta roja*. Lui, Carburo, aime particulièrement ce tango. La façon dont le Vieux le chante ! *Y aquel buzón carmín, y aquel fondín donde lloraba el tano.* Ce n'est pas lorsqu'ils sont joyeux que les gens chantent le mieux. Pas du tout. Cependant, aujourd'hui, il est joyeux. *Mira que eres linda, qué preciosa eres.* Mais c'est foutu.

C'est à lui de mettre la sono en route et de parler. Car Mariscal chante, oui, mais jamais en public. Il n'émet jamais. Il ne touche jamais au téléphone. Et encore moins à un de ces engins dont on ne sait jamais qui est à l'autre bout. Ils sont garés à l'un de ses points panoramiques préférés. À la pointe de Vento Soán. On y accède par une piste secrète où l'automobile avance entourée de fougères protectrices, refermant le chemin après son passage. Lelé, le guetteur, est resté là-bas, à l'intersection, dans une autre voiture.

À l'intérieur de la voiture, Carburo manipule l'appareil

de radio, dont les commandes sont camouflées dans le tableau de bord.

« Tout est prêt, chef. »

Et alors il répète mot pour mot ce que Mariscal est en train de lui noter. Il parle avec le code international des signaux.

« Ici Lima Alfa Charly Sierra India Romeo, j'appelle Sierra India Romeo Alfa Uniform, tu me reçois ? À toi !

— Bien reçu. Ici Sierra India Romeo Alfa Uniform. Je te reçois cinq sur cinq. À toi !

— Okay. Bien reçu. Sur les coordonnées de l'*Imos Indo*. Donc, on ne s'occupe pas de *Mingos*. À toi !

— Exact, exact. Renseignement exact. *Mingos* ne viendra pas. *Mingos* se repose. Il a travaillé cette nuit. Bonne pêche. À toi !

— Okay, compris. On y va. À toi, terminé. »

Mariscal se pencha à la vitre :

« Dis-leur que cette fois ils passent les premiers, direction l'île de la Fortuna, que la mer ne peut pas contenir autant de bars. »

Carburo examina le Vieux du coin de l'œil. De façon étrange. Il semblait attendre une traduction ou une confirmation. On n'envoyait plus des messages de ce genre. Ces conneries n'avaient plus cours.

« Tu as raison, dit Mariscal. Qu'ils fassent gaffe. À toi, terminé ! »

Carburo répéta : « Faites gaffe. Terminé. »

Le subordonné débrancha, rangea l'antenne et ferma le double fond du tableau de bord. Il descendit de voiture pour se dégourdir les jambes. Il n'avait pas souvent vu Mariscal excité à ce point. Ils allaient rentrer les filets pleins. Il était là, au bord de la falaise, raide, étirant son cou, une attitude qui lui permettait d'aider les jumelles. Par deux routes différentes, les vedettes volent à fond la caisse. Plus que naviguer, elles bondissent de crête en crête. Loin de la baie, elles vont converger dans la même direction, vers le bateau nourrice.

« Qui peut apercevoir la *mamma*, en ce moment ! dit Mariscal en scrutant la ligne d'horizon.

— Oui, patron. Qui peut l'apercevoir ! »

Le jour où l'on verra la *mamma*, murmura-t-il, nous serons bien foutus.

XXVII

Depuis le yacht, Fins mit un peu de temps à cadrer Leda. Presque toutes les fenêtres étaient ouvertes. Cela ne le surprit pas, il faisait extrêmement chaud ce jour-là. L'inspecteur regarda autour de lui. L'habitude du guetteur. Ensuite, il chercha la présence de l'officier Salgueiro sur le pont du patrouilleur de la Surveillance douanière. Il était là, attentif. Il fit le signal convenu, qui consistait à se mettre un foulard vert devant le visage. Au bout d'un moment, les hommes de l'embarcation commencèrent la manœuvre d'appareillage.

Lorsqu'il reprit l'appareil photo équipé du téléobjectif, il s'aperçut que la fenêtre de Leda était vide. C'est ce qu'il attendait. Elle ne tarda pas à revenir avec des jumelles. Elle les dirige sur l'amarrage habituel des patrouilleurs. Il guette l'espionne.

Avec le puissant téléobjectif, Fins peut apercevoir le changement d'expression de son visage. La surprise. La stupéfaction.

Depuis sa position habituelle, Leda appelle au téléphone.

Sur le tapis du salon, un enfant manipule deux dinosaures qu'il fait s'affronter dans une bagarre. Il a environ six ans. C'est Santiago, le fils de Leda et de Víctor. Il a un pansement correcteur sur un œil.

« Le tyrannosaure Rex va te mettre en pièces, maudit vélociraptor... »

Leda lui demande de parler plus bas, tandis qu'elle compose rapidement un numéro de téléphone. À l'autre bout, au salon de coiffure, Guadalupe décroche.

« M. Lima est-il là ? C'est urgent.

— Non, M. Lima n'est pas là, mais je peux lui transmettre un message.

— C'est de la part de la femme de Domingo. Dites-lui que Domingo, que *Mingos* est sorti travailler. Qu'il est sorti à toute vitesse. Qu'il est remis sur pied. C'est très urgent.

— Compris. »

Guadalupe écrit rapidement une note, l'écouteur coincé sur l'épaule.

Elle couvre l'écouteur et fait un signe à Mónica.

« Rapidement. Pour Mariscal. Tu lui donnes ça en main propre ! »

Leda s'assura que l'embarcation des douanes sortait de la darse du port. Elle alluma une cigarette, s'assit sur le maudit canapé en skaï, le cauchemar de la nuit : rester collée sans pouvoir se décoller. Elle tenta de se changer les idées, en observant les jeux de son fils.

Fins décida d'attendre. À présent, c'était lui l'homme à la fenêtre vide. Le temps s'éternisait lorsque Leda disparaissait de sa vue. C'était une absence qu'il ne pouvait maîtriser. Pour laquelle il n'y avait aucun placebo. Sauf une nouveauté autour. Comme celle-ci. Une Rover rouge. Dans le parc automobile de Brinco, il y en avait une de la même série. Elle se gara en épi, près du quai d'embarquement. Oui, il y avait de la visite. Brinco marchait toujours un mètre devant

Chelín lorsque celui-ci l'accompagnait. Tous les deux marchaient de façon très différente. Brinco en ligne droite, à grandes enjambées, rapides, parfois en faisant tinter les clés de la voiture ou de la maison. Chelín, lui, tente de suivre son allure, mais il regarde de tous les côtés. Parfois, il s'égare sur un détail particulier. Une vitrine. Un graffiti. C'est pour cette raison que sur presque toutes les photos qu'a pu prendre Fins Malpica, ce jour-là, on distingue mieux Chelín. Sur certaines, on dirait même qu'il est en train de poser.

Leda entend un bruit dans la serrure. Elle se met sur ses gardes. Un petit vestibule donne directement dans le salon où elle se trouve, qui est également son poste de surveillance, à côté de la fenêtre. Brinco entre tout simplement. Il ne sonne pas. Ne prévient pas. Il se plante devant elle et l'embrasse.

Et la première chose que remarque Chelín, c'est le bandeau qui cache l'œil de Santiago.

« Ne me dis pas que tu louches, mon gars ? »

Brinco entend l'étrange question et se tourne vers l'enfant.

« Qu'est-ce qui lui est arrivé ? »

— Il ne lui est rien arrivé. C'est pour corriger sa vue. C'est l'ophtalmo qui a prescrit ça. »

Chelín ne peut éviter de rire.

« Superbe, le borgne ! »

— Ça s'appelle un strabisme, dit Leda. Il est strabique. »

Brinco s'accroupit et observe tendrement l'œil libre de l'enfant. Puis il se lève et pointe très fermement son index sur Chelín.

— Ni bigleux ni borgne. Tu as entendu sa mère. C'est de...

— L'extrémisme ! dit ironiquement Chelín, qui réussit à faire rire les autres.

— Du strabisme, imbécile, du strabisme !
— Ce n'est pas du tout grave, dit Leda. C'est une chance qu'on s'en soit aperçu à l'école. Il a un œil paresseux. Il a un œil qui voit mieux que l'autre. Il faut cacher le bon pour faire travailler l'autre.
— C'est comme cela que le monde tourne, mon vieux ! dit Víctor sur un ton solennel. En vérité, le bandeau lui va très bien.
— Ça lui va comme un gant !
— Pourquoi ne l'emmènerais-tu pas faire une promenade ? suggère Brinco à Chelín.
— Pas de problème. Allez, mon garçon ! On va faire travailler ton œil paresseux. »

L'inspecteur vit sortir Chelín avec le fils de Leda. Ils n'arrêtaient pas de rire. Malpica pensait bien le connaître. Il savait qu'il faisait office de lieutenant et de bouffon du chef. Chelín et le gamin montèrent en voiture. Il se demanda s'il devait les suivre ou rester là. Mais, dans le fond, il savait déjà très bien ce qu'il allait faire.

Il leva les yeux en direction de la fenêtre et la visa avec son téléobjectif.

Víctor et Leda étaient enlacés, en train de s'embrasser.

Malpica les photographia de façon compulsive. L'œil et le poignet étaient exempts de toute mission. Sans le savoir, le couple obéissait au désir de l'appareil photo. La façon qu'avait Leda de se retourner en direction de la fenêtre. Brinco en train de l'enlacer par-derrière. La façon de faire l'amour au-dessus du port, de grimper sur les collines de la ville.

Il retarda le moment de retourner à Noitía. Il voulait se retrouver seul au commissariat, sans questions, sans regards intéressés lorsqu'il sortirait du laboratoire de développement. En tout cas, il ne s'attendait pas que Mara Doval fût encore là.

Ce fut sans doute une des raisons pour lesquelles il avait décidé de rester. Mais elle était là, en train de lire, comme une de ces étudiantes qui attendent qu'on éteigne les lumières et qu'on les chasse de la bibliothèque.

« Comment s'est passée la séance ?

— Bien. Je les ai vus. Finalement, je l'ai vu, lui aussi.

— Je veux voir ce couple ! »

Avant d'entrer dans le laboratoire de développement, Mara expliqua qu'elle aussi avait une nouveauté importante. Le téléphone de l'appartement qu'occupait Leda ne recevait et n'effectuait des appels qu'à un seul endroit. Et cet endroit était un établissement public.

« Lequel ?

— Belissima ! Belissima ! » répondit-elle sur un ton amusé. Énigmatique.

Fins referma la porte, sans plus. Puis il alluma l'ampoule rouge.

Il ne savait pas très bien où il se trouvait, d'où il venait, ce qu'il faisait avec ces positifs charnels dans les mains, où l'on pouvait entendre les gémissements d'un couple d'amants. Mais Mara Doval était toujours là. Avec un air fâché. Professionnel.

« La prochaine fois, inspecteur, je te remercie de fermer la porte plus doucement.

— Tout ça c'est du passé.

— Je ne veux plus voir ces photos de paparazzi. Je voudrais que tu observes les miennes, à présent. Tu ne m'as pas laissée finir. En plus de Belissima, Belissima, j'ai une autre nouveauté. Si cela intéresse monsieur l'inspecteur. »

« C'étaient deux véhicules jumeaux. Ou jumelles. Deux Alfa Romeo, Nuova Giulietta. Je les ai remarquées, parce que j'aime cette voiture. Et cet emblème du serpent avec la tête du dragon ! Oui, tu me l'as déjà dit l'autre jour, j'aime les voitures qu'aiment les truands. J'aime aussi les azulejos portugais. Et c'est pour cette raison que nous étions là-bas, Berta et moi. Berta, mon amie peintre. Oui, elle aime aussi les chats. Mais moi j'en ai un, et elle doit en avoir une douzaine. Son atelier est plein de chats. La plupart d'entre eux ont été abandonnés. Non, elle ne peint pas de chats. Mais elle s'inspire de leurs yeux, c'est ce qu'elle dit. C'est merveilleux de les voir tous aussi attentifs, en train de guetter, tandis qu'elle peint. Elle n'utilise que des couleurs primaires. Des rouges. Les deux Nuova Giulietta étaient rouges d'ailleurs. Mais attends un peu. Prends patience. Nous nous sommes donc rendues à la gare de chemin de fer de Caminha pour aller voir les décorations murales en azulejos datant du XIXe siècle. Il faut que tu y ailles, ne rate pas ça. Moi, j'avais ouvert l'obturateur de mon appareil juste pour photographier ça. Je sais qu'on dit que si on est un bon enquêteur, on ne doit jamais fermer l'obturateur de son appareil. Mais hier, c'était mon jour de congé et j'avais décidé de ne pas m'en servir. Notre premier objectif était d'aller manger du *bacalao*, de la morue, à Viana do Castelo. Non, ni à la Margarida da Praça ni à la Gomes de Sá. Moi, finalement, j'ai choisi, voyons si j'arrive à le dire jusqu'au bout, *bacalhau lascado com broa de milho em cama de batata a murro e grelos salteados*. Mnémosyne n'oubliera jamais ça. Puis nous avons fait une halte à Afife, au Convento de Cabanas, la demeure de Homem de Melo. Oui, celui qui a écrit *Povo que lavas no rio*. C'est le plus beau fado de toute l'histoire, n'est-ce pas ? *As chaves da vida* ? Eh bien, non, je ne le connais pas. C'est vraiment bizarre ! Ensuite nous nous sommes arrêtées à Caminha, pour les azulejos.

« Et c'est justement là que commence mon histoire. Sois donc un peu patient.

« C'est Berta qui conduisait. Moi, je ne m'intéressais pas du tout à la conduite. J'étais son copilote, avec la carte, les feuillets et tout ça. Et alors que nous étions en train de rentrer à la gare, je l'ai soudain aperçue sur la droite, bien stationnée. La Nuova Giulietta rouge, immatriculée en Espagne. Très belle. Nous sommes allées admirer les azulejos. Une merveille, comme je te l'ai déjà dit. Nous avons pris des photos. Nous sommes allées voir un train qui arrivait. Tout se passait très bien. Au total, il s'était écoulé à peu près une heure. Nous étions sur le point de partir, et lorsque nous sommes arrivées à la porte de la gare, soudain l'Obturateur de l'Imagination s'est ouvert tout seul. J'ai saisi Berta par le bras. Je lui ai dit: "Attends! Attends!" La Nuova Giulietta se trouvait à notre droite. Et il y avait un groupe de quatre personnes à côté. Mais Mnémosyne savait parfaitement que, lorsque nous étions entrées, la Nuova Giulietta se trouvait de l'autre côté, sur notre droite. Qui était devenue notre gauche, à présent. Et c'était exact. En regardant de travers, depuis la porte vitrée, j'ai aperçu l'autre Giulietta. Elles avaient la même plaque minéralogique, la même immatriculation espagnole. Et j'ai dit à Berta: "Berta, je vais te faire un portrait style Andy Warhol. Alors, fais un peu la vamp." J'adore le Polaroïd. Ça fait un peu de bruit, mais on peut facilement le faire passer inaperçu, si l'on est en compagnie d'une amie tête en l'air. Pas de machinerie lourde. Comme font les autres.

— Oui. Et alors?

— Deux hommes, plutôt jeunes, ont pris place dans la première Giulietta et le couple, plutôt vieux, est monté dans l'autre. Ils ont pris des directions opposées. Les uns vers la

frontière. Et les autres vers Viana do Castelo. Comment trouves-tu cette histoire, hein ?
— Plutôt enfantine. Fais voir les photos ! »
Malpica reconnut immédiatement les deux hommes. Un duo délicieux, de plus en plus inséparables ces deux-là. L'as et le lettré. Víctor Rumbo et, avec des lunettes, Óscar Mendoza.
« Et les autres ? Le type si bizarre... Et la dame, qui porte un deuil très strict ? On dirait qu'ils sortent de chanter le miserere à l'office des Ténèbres.
— Pourquoi trouves-tu ce type bizarre ? C'est un vieux bien habillé, avec une cravate.
— Je ne sais pas, ce teint de cierge... Il a quelque chose de bizarre.
— Il a une perruque, dit Mara. Voilà ce qu'il a. Ce n'est pas si bizarre de porter une perruque.
— Dans son cas, ça tient de l'accident topographique.
— On l'a surnommé Mão-de-Morto, dit-elle rapidement. Tu veux en savoir plus ?
— Oui. » Malpica acquiesça. C'est elle qui avait raison, comme d'habitude. Il faut prendre patience.
Nuno Arcada, Mão-de-Morto, était un ancien agent de la PIDE, la police de la dictature de Salazar. Ce n'était pas un policier comme les autres. Pendant des années, il avait exercé depuis l'étranger, la plupart du temps depuis la France. Il avait infiltré les groupes d'exilés et fréquentait également les associations d'émigrés à vocation syndicale ou culturelle. Par cette voie, il obtenait non seulement des renseignements de leur part, mais aussi de l'intérieur.
« Il chassait à l'extérieur et à l'intérieur, dit Mara Doval. Et à l'intérieur il possédait une façon très particulière de mener les interrogatoires. On raconte que c'était un spécialiste en électricité. Inutile de dire qu'avec de semblables

intérêts et occupations, il s'était fait pas mal de très bons amis espagnols. Cette collaboration lui avait par la suite servi à se cacher en Galice après la révolution du 25 avril. Et, apparemment, elle lui avait frayé un chemin vers de nouvelles affaires.

— Ces voitures ! Il s'agissait d'un échange, bien entendu. Et la chose la plus probable est que celle où avait pris place Mão-de-Morto était bourrée. De pognon, évidemment.

— Et ce pognon se trouve au paradis, à présent !

— Je suis impressionné, madame Mnémosyne. En as-tu parlé à quelqu'un de la police judiciaire portugaise ?

— Non.

— Ah, non ? Mais tu sais qu'il y a de braves gens, parmi eux...

— Oui, bien entendu. Mais c'est un chat de Berta qui a reconnu le personnage sur la photo et qui m'a raconté son histoire. Il travaille au *Jornal de Notícias*. Il étudie les crimes de la PIDE depuis des années. Tu veux savoir autre chose ?

— Parle-moi de Belissima, s'il te plaît. »

XXVIII

Chelín conduisit Santiago sur une plage déserte, celle de Bebo, une de ces criques qui d'ordinaire savent se cacher, mais qui s'ouvrent comme une coquille lorsque quelqu'un les découvre. Le chemin zigzaguait, bordé de vieux murs de pierre protégeant d'impossibles cultures. Apparemment, ils ont été construits avec une intelligence supérieure, car ils présentent des trous stratégiques pour permettre au vent de s'y engouffrer. C'est par là que même les choux surveillent les parages. Parfois on envoie un oiseau inquiet pour guetter. Un rouge-queue noir.
Un havre de paix. Un bon champ de tir.
Au bout du chemin, là où celui-ci débouche sur le sable, on peut voir un panneau de signalisation routière jeté par terre et oxydé. Un triangle à bande rouge. Et à l'intérieur de ce triangle, une vache noire sur fond blanc.
« Que de choses ramène la mer ! »
Chelín installe le panneau en le coinçant à la base avec des cailloux, afin qu'il tienne droit.
« Je vais te montrer la deuxième chose la plus importante que doit savoir faire un homme. »
Il saisit le pistolet qui était caché dans son dos, coincé à l'intérieur de son ceinturon, sous le blouson.

« Ça aussi, c'est la mer qui l'a ramené », dit Chelín avec un sourire ironique.

Sa désinvolture calme la stupéfaction première du gamin. Il se place à ses côtés. Tous les deux regardent le panneau. La vache. L'homme se baisse et pose le genou droit à terre. Ensuite, il entoure le gamin de ses bras, l'aide à tenir l'arme et à viser.

« Comme ça, très bien, avec tendresse, dit Chelín, qui à mesure qu'il parle est en train de préparer le pistolet. Tu sais comment il s'appelle? Eh bien, il s'appelle Astra. Hein, qu'il est beau! Il est très particulier, avec cette crosse en bois. Tout le monde la préfère en nacre, mais il vaut mieux le bois. Le bois, c'est plus loyal.

— C'est vrai que c'est la mer qui l'a ramené? »

Il laissa la voix poursuivre, il ne savait pas très bien pourquoi. Peut-être le fait d'avoir retiré le cran de sûreté.

« En réalité, c'est un chameau qui l'a ramené. Tu sais ce qu'est un chameau? Bien entendu que tu le sais. Une bête à deux bosses. Eh bien il existe un animal encore plus curieux que le chameau, c'est le chameau de cheval. »

Santiago éclate de rire, répète: « Le chameau de cheval! »

L'homme fait claquer sa langue. Cette grande gueule qui parfois parle à sa place.

« Oui, nous irons le voir un de ces jours. Mais en attendant ne parle de lui à personne. À personne! D'accord? »

Il regarde en direction de la mer. Les vagues qui bondissent. Les crins des vagues. Le va-et-vient qui frappe, le son qui pénètre. Il expire. Il se concentre. Il arme le pistolet.

« La nature est une merveille, Santi. Elle est géniale. Maintenant on va viser comme il faut. On va se faire cette putain de vache. »

Le coup de feu atteint le but. Pratique un trou parfait

dans le corps de la vache. Au début, la pièce triangulaire gémit, semble résister à la chute.

« Encore un coup, Santi ! »

Le vent fouille dans le nouveau trou. Prend ça calmement. Enfin, le panneau se penche et tombe.

« Tu vois, ton œil paresseux commence à travailler. »

Se remettant debout, Chelín embrasse l'arme et la range. Il regarde autour d'eux. Il caresse les cheveux du gamin. Puis il sourit. Il va se placer face à la mer et ouvre la fermeture Éclair de sa braguette.

« Allez, champion ! Un peu de style. Jambes écartées. Et regarde bien en face de toi, mais en te protégeant le petit oiseau. Il ne faut jamais se placer contre le vent. Le petit oiseau doit braver la tempête. »

Chelín éclata de rire en voyant la façon rigoureuse, appliquée, avec laquelle le gamin imitait ses mouvements. Ensuite, il se redressa et fit un geste martial, le regard fixé sur l'horizon, avant de lâcher un message solennel.

« Voilà la première chose que doit savoir faire un homme. Ne pas se pisser sur les pantalons. »

« J'en ai ras le bol de compter des bateaux », dit Leda.

Ils étaient ensemble, à la fenêtre. Dans le crépuscule de la ville, on aurait dit que leurs yeux allumaient progressivement toutes les lumières, avec une contamination de bougies. Au contraire d'autres villes, Atlántica s'agrandissait avec la nuit. Au bord de l'eau, dans le port et dans la baie, les petites lueurs des grues et les feux de position des embarcations, verts et rouges, suggéraient un réveil hybride d'animal et de machine, des mouvements de somnambules formidables.

Leda s'écarta de Brinco. Alla chercher une cigarette et l'alluma.

« Ras le bol de tout ! »

La femme qui revenait vers le chambranle de la fenêtre souligna son exclamation en expulsant la fumée. Elle ajouta d'un air narquois et souriant : « Et surtout, ras le bol du canapé ! On finit par avoir l'impression que tout son corps est en skaï.

— Bientôt, tu habiteras un manoir », affirma Brinco.

Cette conversation était récurrente, mais cette fois il y avait bien plus de détermination dans ses mots.

« Ah, oui ? Et quel manoir ?

— Le tien ! Je m'en occupe personnellement. Je te le jure ! Avec une grande piscine. Pour que tu puisses nager toute seule, comme une sirène.

— Je préférerais qu'elle donne sur la mer. Toutes les sirènes préfèrent la mer.

— Sérieusement. Je vais te libérer de ce travail de guetteur.

— Et comment vas-tu t'y prendre ?

— Si j'étais Mariscal, j'aurais déjà acheté le chef des douanes.

— Et qu'attends-tu donc pour être Mariscal ? »

XXIX

C'est une merveilleuse journée de printemps, sur la côte. Ensoleillée, mais également venteuse. Le vent d'est non seulement frise l'océan mais, pour la première fois après le long hiver, semble vouloir l'éloigner de la terre, par rafales qui peignent la surface de l'eau. Il secoue tous les verts avec des désirs croisés. Mais c'est un vent qui encourage la lumière, une succession d'éclats, ce qui diminue peut-être la résistance et mobilise la sympathie.

Nous observons tout cela grâce à l'aide de Sira.

Nous l'observons à travers la fenêtre de la chambre principale de l'auberge de l'Ultramar. C'est la plus grande et aussi celle qui propose les meilleures vues. C'est elle qu'on appelle la *Suite**. Elle est assise sur le bord du lit. Habillée. Tout en regardant, elle est en train de dénouer ses cheveux qu'elle avait ramassés en chignon. Le problème des fenêtres qui possèdent la meilleure vue, c'est qu'elles convoquent également la curiosité de ce qu'elles sont en train de regarder. Et elles s'y dirigent. Pour rejoindre Sira.

Tandis que les cheveux se dénouent et dégringolent, elle demeure hiératique, inexpressive, mais tout ce qui se trouve dehors, à commencer par le vent et la lumière inquiète, est contenu dans les yeux. Sur la route de la côte, Sira voit s'approcher une voiture qui se déplace lentement, comme si elle voulait s'attarder volontairement dans les flaques. C'est la Mercedes Benz blanche de Mariscal. Elle passe près d'un étendoir où sont en train de sécher, flottant comme les bannières d'un bateau, les maillots jaunes, les shorts et les chaussettes noirs de l'équipe de football de Noitía.

Au rez-de-chaussée, dans la salle du bar de l'Ultramar, qui est fermé à cette heure de l'après-midi, Rumbo essuie un verre avec un torchon blanc. De temps en temps, on entend le sifflement d'une rafale de vent et le grincement d'une vieille enseigne en fer. Le barman a chaussé ses lunettes. Il tente de faire briller le verre d'une façon que n'importe quel témoin de la scène qualifierait d'obsessionnelle. Il approche l'objet de ses yeux et l'observe à contre-jour, le scrute, comme s'il était à la recherche d'une tache intermittente qui se cacherait, puis réapparaîtrait.

Le travail obstiné de Rumbo s'interrompt au moment où Mariscal frappe à la porte. Rumbo aperçoit le visage du nouveau venu à travers la vitre et le léger rideau dont l'ourlet est brodé. Il porte un costume de lin blanc, un ruban rouge, et un chapeau de paille. Il a aussi sa canne en rotin suspendue à son bras par la poignée.

Rumbo jette un dernier coup d'œil au verre et le pose précautionneusement sur le comptoir. Avant d'ouvrir, le regard des deux hommes se croise par l'ouverture du rideau. Le barman semble hésiter, pose son regard sur la serrure, mais il continue le mouvement en tirant la clé de sa poche pour ouvrir sans plus attendre.

Le raclement de gorge de Mariscal pourrait être pris pour un salut. Quique Rumbo lui tourne le dos et se dirige vers le téléviseur pour l'allumer. Il appuie sur le bouton avec l'extrémité d'un manche à balai. On aperçoit la carte météo avec ses isobares.

Mariscal observe Rumbo d'un œil mauvais, le dos de Rumbo, avec le téléviseur en fond, puis il commence à gravir les marches.

« Ils n'y connaissent rien, dit Mariscal. Ils se trompent toujours, pour notre région. Nous sommes *terra incognita*, absolument, monsieur ! Demain c'est le 1er avril. Il y aura des tambours dans le ciel... »

Rumbo demeure dans la même position. Sans commentaire. Tandis que Mariscal continue à égrener son pronostic, sur un ton de litanie, comme qui tenterait d'amortir le bruit de pas pendant la montée des marches de bois ; « Et les premières araignées sortiront pour tisser leur toile. »

Il avance lentement parmi le clair-obscur du couloir. À présent, il y a des lampes sur le mur, munies d'une tulipe verte, et une série de petits tableaux avec des scènes champêtres anglaises, des cavaliers qui chassent le renard. Achetés en lot. Tout cela donne une impression de scénographie coloniale, de paravents provisoires, représentés par le mouvement des rideaux que berce le vent. Le tunnel aux drapeaux, pense-t-il. Est-ce qu'on ne ferme jamais ces putains de fenêtres, ici ? Il s'arrête devant la porte de la *Suite**, au fond du couloir. Suspend la canne en rotin au poignet de sa main gauche et retire très lentement ses gants blancs. Pour la première fois, nous découvrons ses mains nues, labourées sur le dessus par les cicatrices des vieilles brûlures. Sa main droite plane un instant dans les airs. Puis il toque enfin doucement à la porte. Ensuite, il tire un mouchoir de sa poche pour attraper la poignée et ouvrir.

Lorsque Mariscal entre, Sira ne bouge pas. Elle demeure le regard perdu en direction de la fenêtre avec vue sur la mer. Mariscal regarde vers elle, et suit le regard de la femme. Sans rien dire, il passe de l'autre côté du lit. Il s'assoit, s'éponge le front avec son mouchoir, quel tic, puis il le plie nonchalamment et l'enfourne dans la poche supérieure de la veste.

« Demain, il va faire de l'orage. »

Sur la cloison, sur le papier peint qui imite des feuilles d'acanthe, on peut voir un tableau genre *souvenir* avec une image du pont de bois de Lucerne, entouré de fleurs, sur fond de montagnes alpines. Mariscal observe fixement, comme s'il venait de découvrir cette photo de fleurs et de neige.

« Nous devrions voyager quelque part ensemble. Un de ces jours. »

Sira ne répond pas. Elle continue à regarder le paysage de la nature à travers la fenêtre. Le vent est là, balaie tout, porte un tourbillon de choses sur son dos. Mariscal se lève et va se laver les mains dans une bassine posée sur la coiffeuse. Il verse d'abord le contenu de deux sachets qu'il tire de l'une de ses poches. Lorsque la poudre se mélange au liquide, elle produit une espèce de bouillonnement et Mariscal plonge alors les mains dans la bassine. Pendant ce temps :

« Il y a des coins, par-ci par-là, qui sont merveilleux, Sira. Tu as toujours rêvé d'aller à Lisbonne, je le sais. Tu as passé toute ta vie à chanter des fados et nous ne sommes jamais allés à Lisbonne. *No bairro da Madragoa, á Janela de Lisboa, nasceu a Rosa María...* Il faut aller à Alfama, pour la Saint-Antoine, Sira ! On n'est même pas allés à Madrid, quel désastre ! Je pourrais t'emmener dans un bon hôtel. Au Palace, au Ritz. Et puis nous irions à l'opéra. Au musée du Prado. Oui, au musée... »

Au rez-de-chaussée, dans le bar, Quique Rumbo se regarde dans un des miroirs verticaux qui flanquent le présentoir central des boissons. Sur le cadre du miroir, on peut voir une petite plaque qui cache le trou d'une serrure. Rumbo tire une clé de sa poche et ouvre lentement la petite porte. Une arme est rangée à l'intérieur, un fusil à double canon. Un paquet de cartouches également. Rumbo en extrait deux et charge l'arme.

Mariscal se penche, regarde par terre, il est en train de fouiller dans les souvenirs et sa voix devient plus grave.
« En vérité, je n'avais jamais eu l'idée d'entrer au musée du Prado, mais le rendez-vous était là-bas. Une lubie d'Italien, m'étais-je dit. Mais quelle chance, Sira, quelle merveille. Les musées sont les meilleurs endroits du monde, Sira. Mieux que les paysages de la nature. Mieux que le canyon du Colorado ou que l'Everest, c'est moi qui te le dis. Toujours à même température. C'est un climat idéal. »
Quelque chose est en train de se passer de l'autre côté du lit. À présent, le regard de Sira est le regard de quelqu'un qui tente de contenir ses larmes.
« C'est à cause des tableaux. Il faut qu'ils soient à température... constante. Les tableaux sont très fragiles. Plus que les gens. Nous, nous supportons le froid et la chaleur bien mieux que les tableaux. C'est curieux, n'est-ce pas ? Un paysage de neige ne serait pas capable de supporter aussi bien le froid que nous. Nous sommes les êtres les plus étranges de l'univers, Sira. Tu te souviens des gars qui partaient d'ici pour aller pêcher la morue à Terre-Neuve ? Ils se mettaient de la mie de pain entre les orteils pour que la peau ne se décolle pas. Et aussi sur les parties génitales. Il paraît que le froid est ce qui brûle le plus... Ce doit être vrai ! Cette fille avec la bouche sèche qui avait collé sa langue au pain de glace, tu te souviens, Elle était restée accrochée, sans pouvoir appeler de l'aide... Bah ! »

Il ouvrit le tiroir de la table de nuit et fouilla. Là aussi il y avait de quoi gratter. Les cartes postales qu'il envoyait?

Basilio Barbeito avait passé là les derniers moments de son existence. Pour être plus à l'aise. Sa présence avait modifié le lieu. C'était quelque chose que partageaient Mariscal et Sira sans le dire. Le maître d'école avait laissé en héritage, lors de son passage, une étagère pleine de cahiers manuscrits. Tous de la même usine. Miquelrius. C'est là qu'on pouvait trouver, par ordre alphabétique, les entrées pour son triste et infini *Dictionnaire*. Il écrivait n'importe où.

Mariscal vient de s'asseoir à nouveau sur le lit. Il se penche vers la femme. Puis il caresse et tire doucement ses cheveux. Le Boiteux profitait de tout. Il avait des mots plein les poches. Il écrivait sur des enveloppes, sur le verso des programmes de cinéma, sur les tickets de l'autocar de ligne, sur les bouts de papier gris de l'épicerie, sur les paumes de ses mains, comme un gamin. Il n'avait jamais renoncé à cela, écrire sur ses mains, en revanche il avait perdu cette sensation que procure la peau écrite. Et tout était rempli de petits bouts de papier. Le tiroir de la table de nuit était bourré de vers de mots.

Traite-moi de plein de choses, Sira. Insulte-moi. Ça réveille bien les vieux, Sira. Maquereau, chien galeux, truand, souteneur, voyou, vipère, bagarreur, connard, Belzébuth, fils de pute, entrepreneur, chevalier d'industrie, animal... Archaïque! Caduc. Non, pas caduc. Archaïque, ça réveille beaucoup mieux. Et animal encore plus.

Mariscal ne dit rien. Il se contenta d'enrouler les boucles de Sira avec ses doigts. Pour lui, c'était un plaisir électrisant. Comme le premier jour où Guadalupe lui avait coupé les cheveux, cette façon de lui caresser les tempes. Pauvre coiffeuse. Il y a des gens comme ça, qui ne sauront jamais trouver la sérénité, qui ne seront jamais contents. Ils continuaient à dormir ensemble. Parfois il la baisait. Mais elle ne s'embrasait plus. Elle ne brûlait pas comme avant. Elle était comme un réfrigérateur. C'est bien ce que je dis. S'escrimer à vouloir se souvenir est un *déconfort*, oui, le temps finit par se pourrir, comme tous ces mots au fond du tiroir... lorsque soudain la porte s'ouvre.

Quique Rumbo. La respiration haletante. Le vent, qui avait trouvé la façon d'entrer. Sira et Mariscal tournent la tête vers lui, mais à part cela ils restent immobiles, assis chacun de leur côté. Au début, Rumbo vise Sira, puis il hésite, ensuite il fait lentement basculer l'arme jusqu'à prendre Mariscal pour point de mire.

Rumbo retourne le fusil contre lui-même. Il vise sa tête, sous son menton. Et tire.

Le coup résonne.

Tout s'enfuit. Le vent le long du couloir.

Sur le mur, des filets de sang soulignent les nervures des feuilles d'acanthe du papier peint. Des gouttes tombent du plafond. Mariscal tend la main. D'où peuvent bien tomber ces gouttes de sang? Du plafond, bien entendu. Elles ne font pas de bruit. Il n'avait pas pensé à cela. Que le sang ne fait pas de bruit en dégouttant.

« Ne pleure pas, Sira. Je me chargerai personnellement de tout. Il est mort parce qu'il l'a voulu ainsi! »

Per se.

XXX

« Deux rois… celtes, par exemple, jouent aux échecs au sommet d'une colline, tandis que leurs troupes combattent. Mais le combat s'achève et ils continuent à jouer la partie. J'aime beaucoup cette image. Tu es un roi, Brancana. Tu es au sommet. C'est à tes pions de lutter ! »

Ils s'étaient réunis dans le bureau de Delmiro Oliveira. En réalité, une tour rapportée, avec balcon et terrasse privés, depuis laquelle les invités pouvaient profiter d'une belle vue sur l'estuaire du fleuve Miño et sur ses îles. Les voix des invités, qui se trouvaient dans le jardin ou dans les autres pièces de la maison de la Quinta da Velha Saudade, n'arrivaient pas jusque-là. Elle n'était qu'en partie visible depuis la rive du fleuve, car elle était protégée par de hauts murs et des écrans de végétation, d'où ressortaient les bougainvilliers en fleur.

On fêtait le soixante-quinzième anniversaire de l'hôte. Cette fête était un prétexte. Il était extrêmement heureux sur terre et il trouvait ridicule de fêter la chute des feuilles. Mais il avait reçu un coup de fil, il ne le raconterait certainement pas, et il profita de l'occasion. Ils étaient tous là, autour du bureau, en plus de Mariscal et du silencieux associé galicien qui l'accompagnait, *Macro*, Gamboa, il y avait l'avocat

Óscar Mendoza, l'Italien Tonino Montiglio, et Fabio, qu'ils appelaient, entre eux, l'*Éléphant* Fabio, un Colombien qui résidait à présent à Madrid, et qui avait récemment séjourné en Galice. Il avait reçu son surnom, l'Éléphant, après l'enthousiasme qu'il avait démontré lors de son passage à l'Éléphant Branco, une joyeuse boîte de Lisbonne.

Ils allaient bientôt tous ensemble descendre pour se rendre au banquet, où l'on porterait des toasts aux années futures. Mais pour l'instant, ils étaient en train de parler du présent. Mariscal savait que, dans une grande mesure, le présent avait quelque chose à voir avec lui. Il avait été reçu par de chaleureuses accolades après la mort de Rumbo, à l'Ultramar. Un malheur. Un accident, Mariscal. Les gens finissent par avoir des accidents. Il se tut, mais ce diagnostic mécanique ne le réconfortait pas beaucoup. Un accident en amène toujours un autre, et cetera, et cetera. Il était bien trop vieux pour se suicider. Il avait l'impression qu'il n'avait pas assez de classe pour péter aussi haut. C'est la première chose qu'il avait pensée. Enfin. *Ite missa est.*

« De plus, tu pourras toujours compter sur Mendoza pour poser un bandage avant même que ne surgisse la blessure, poursuivit l'hôte des lieux. Pour éviter les désaccords. L'entreprise protège tout le monde. Les factions sont vouées au pillage.

— Ça c'est vrai, dit Mendoza. Le mérite de ma profession n'est pas de gagner des procès, comme l'on pense, mais de les éviter. Ce n'est pas de chercher des ennemis, mais des alliés.

— Et comment va le nouveau capitaine de fret ? demanda Fabio.

— C'est un type courageux et il est… ambitieux. »

Delmiro Oliveira eut l'air de se réveiller, avec cette habileté qu'il possédait pour réussir à se glisser entre choses audibles et inaudibles, et il associa les deux adjectifs à sa façon : « Courageux et ambitieux ? *Uma desgraça nunca vem só !* »

Toutes ses blagues, proférées avec une voix sérieuse, comme le font les bons humoristes, avaient du sens. C'étaient des actes. Par conséquent, Mariscal éclata de rire avec tous les autres jusqu'à ce que le rire s'éteignît.

« C'est sûr. Il est courageux. Peut-être un peu trop. Le loup devra apprendre à devenir un peu renard, n'est-ce pas, Mendoza ? Sur les écussons de la noblesse de Galice, c'est surtout le loup qui apparaissait, et beaucoup moins le renard. Ensuite, il se trouve qu'il y eut trop de renards et peu de loups. Ou vice-versa.

— Je crois qu'il a hérité de ce que le loup et le renard ont de mieux, asséna Mendoza. Il possède un talent inné, à la hauteur de son ambition.

— Avant de venir ici, j'ai pu parler au Gran Capicúa, dit Fabio de façon énigmatique. Et sais-tu ce qu'il m'a dit, Mariscal ? Eh bien il m'a dit : Mariscal est comme Napoléon...

— Napoléon ?

— Il s'expose trop. Voilà ce qu'il a dit. Et il a ajouté quelque chose qui m'a impressionné. Primo : Le pouvoir requiert de l'ombre. Et secundo : Il n'est de meilleure ombre que celle du pouvoir. Je pense la même chose que lui, Mariscal.

— C'est ce que nous pensons tous, n'est-ce pas ? »

L'apostille rapide de Mendoza. L'assentiment des autres, si l'on excepte l'impassibilité de *Macro* Gamboa, signifiait, Mariscal le savait, qu'il y avait eu une sorte de réunion entre eux à laquelle lui-même n'avait pas été invité.

« Le temps de jouer aux *félins* est dépassé, ajouta Oliveira. Que dit le proverbe exactement, Tonino ?

— *Il potere logora chi non ce l'ha.* »

Mariscal cracha la fumée de la cigarette avec l'enthousiasme de quelqu'un qui soulignerait le dicton.

« C'est ça, le pouvoir use qui n'en a pas. À quoi pensez-vous, monsieur l'avocat ?

— Je pense que c'est le moment », répondit Mendoza.

Il avait du flair pour saisir les occasions historiques. Lorsqu'il avait entendu évoquer le nom de Napoléon, ses neurones les plus aiguisés s'étaient adressés à ce qu'il appelait le Département de serrurerie de l'hippocampe. Une des serrures s'était alors ouverte et il n'avait pas pu s'empêcher de penser à un de ses livres préférés, celui qu'avait écrit Karl Marx : *Le 18 Brumaire*, non pas de Napoléon Ier, mais *de Louis Bonaparte*. La serrurerie fonctionnait. Une porte en ouvrait une autre. Il avait mémorisé plusieurs paragraphes de l'ouvrage. Le jour où il les avait ressortis, dans une assemblée de la faculté de droit, il avait pris conscience de l'impact de son discours, de l'effet de ses mots sur les résonances des corps de ses contradicteurs et sur les tics de leurs visages. Il se souvint : « Ils n'ont pas reçu seulement la caricature du vieux Napoléon, ils ont reçu le vieux Napoléon, lui-même sous un aspect caricatural, l'aspect sous lequel il apparaît maintenant au milieu du XIXe siècle. »

« Oui, c'est le moment. Tout le monde parle de crise ! Les hommes politiques ont peur, ils sont discrédités. Dans les enquêtes, ils font figure de vrais problèmes. Pour la plupart des gens, ils sont incompétents et corrompus. Aux yeux de la population, ils ont des casseroles aux fesses et une réputation, dont ils ne peuvent se débarrasser… Dans les casernes, on entend déjà des bruits de bottes. »

En parlant, Mendoza éprouva cette ivresse première, jouissive, distillée par la liqueur que produit la salive lorsqu'elle se mêle aux céréales du langage. Une fermentation possible seulement si elle est partagée. À l'époque où il était encore étudiant, pendant la dictature, il défendait des idées révolutionnaires. Il évitait les « descentes », les manifestations dans la rue, ou les actions plus ou moins risquées consistant à jeter des pamphlets sur la voie publique, à accrocher des pancartes ou à écrire des graffitis sur les murs. Cela consistait pour lui à jouer au chat et à la souris avec bien plus fort que soi. La dictature était en ruine, elle souffrait des mêmes maux que le dictateur, une sclérose multiple avec des organes complètement pourris. Le vrai travail consistait à former des cadres dirigeants pour l'avenir, pour le lendemain de la prise du pouvoir. Il se préparait, mais pour l'instant ne se consacrait pas à affronter la police. Il allait à ses cours de faculté en cravate, avec un costume de bonne qualité, et s'offrait les services d'un cireur de chaussures pour avoir l'air bien lustré. Dans les assemblées, son apparence physique surprenait, surtout lorsqu'il prenait la parole et chauffait la salle à travers un discours éloquent et radical, dont la principale cible n'était plus le régime caduc, qui perdait ses dents tant il était vieux, mais les révisionnistes, les sociaux-démocrates et les marionnettes du capitalisme.

Toute situation sert à quelque chose. Et ces événements avaient été pour lui une bonne école. Il avait clairement et pour la première fois éprouvé le sentiment d'être capable de prendre sérieusement les rênes d'un mouvement.

« Il est temps pour le roi de monter au sommet de la colline et de déplacer ses pièces sans s'exposer lui-même au sein de la bataille. Oui, c'est le moment, fit l'avocat en préparant avec la dynamo de ses mains une conclusion permettant de mettre rondement un terme au conciliabule et de rendre Mariscal à son rôle de chef. Comme disaient les anciens, *Hic Rhodus, hic salta!* Oui, messieurs. "Voici Rhodes, c'est ici qu'il faut sauter!" »

Mariscal se sentit honoré et acquiesça d'un air méditatif. Sa tête devrait à présent supporter le poids de sa couronne. Et il s'aidait en se pressant la tempe.

« Tout cela est d'un niveau remarquable, dit-il enfin. C'est agréable de travailler avec des gens comme vous ! »

Macro Gamboa était resté silencieux. Les mains coincées à hauteur de son entrejambe. Il avait travaillé pendant longtemps comme « transporteur », sur mer et sur terre, et avait accédé à la condition d'« entrepreneur », à la sueur de son front. Il ne s'était pas une seule fois arrêté à contempler le paysage. Il ne semblait intéressé que par les chaussures des autres. Que par leurs mouvements oscillants.

Sa voix rauque mit un peu de temps à sortir de sa bouche inhospitalière :

« Mais de quoi sommes-nous en train de parler, putain ? »

XXXI

Un grand globe terrestre est posé sur la table de travail du bureau d'Óscar Mendoza. L'avocat se tient debout, en train de l'observer et de le faire tourner. Víctor Rumbo est assis en face de lui.
« Tu es devenu muet. À quoi penses-tu ?
— J'ai une opinion, mais elle n'est pas encore parvenue à atteindre ma tête. »
L'avocat sourit. Il reconnaît la blague. C'est une de ses histoires favorites concernant les Galiciens. Mendoza pense qu'il va devoir freiner cette habitude. Celle de raconter des blagues de Galiciens. Les Galiciens rient aux blagues qu'il raconte, oui. Mais ils rongent aussi les mots dans leur coin, comme les vaches avec leur herbe. Non, il ne va pas dire ça tout haut. Ce Víctor, en plus, a un sacré caractère. Le surnom de Brinco lui colle parfaitement à la peau. C'est un violent, il bondit. Si on lui coupait les bras, il serait capable de ramer avec ses dents. C'est mieux ainsi. Sans détour, sans double sens, sans circonvolutions. Il avait horreur des éternels sous-entendus. C'est un type volontaire. Son ambition est franche. Il est finalement bien plus loup que renard. Ils s'entendent déjà bien. Et s'entendront encore mieux à l'avenir.

« Ce Brinco est complètement fou », avait-il dit un jour à Mariscal à propos de Víctor Rumbo. Et c'était évident que ce dernier avait commis une folie, une prise de risque infondée avec ce débarquement en plein jour. Mais l'avocat cherchait d'abord à savoir ce que pensait vraiment le Vieux. On l'appelait ainsi et cela était plutôt à son goût. Ainsi, devant le silence de Mariscal, il répéta sa question sous une forme différente : « Il faut être très fou, pour faire ce qu'il a fait. À ce train-là, je vais avoir des difficultés pour le défendre.
— Il a brûlé l'argent ? demanda soudain Mariscal.
— Pourquoi voulez-vous qu'il ait brûlé l'argent ? répondit Mendoza déconcerté.
— Eh bien s'il n'a pas brûlé l'argent, il n'est pas fou. »
Et il donna pour clos le diagnostic mental de Brinco. De cet homme que Mendoza a maintenant devant lui. De ce fou qui ne brûle pas l'argent et qui va bientôt être le vrai satellite de Mariscal. Son bras droit.
« Ça c'est sûr ! Finie la légende du pilote le plus rapide de l'Atlantique. Maintenant tu es un patron. Il va te falloir prendre bien soin de toi. »
L'avocat pousse le globe du bout de son index, en le faisant tourner sur lui-même, mais plus lentement cette fois.
« C'est un long voyage qui nous attend ! Mais avant ça, tu devrais aller rendre visite au Vieux, Víctor.
— Je le vois tous les jours ! répondit-il d'un air sombre. C'est mon fantôme préféré.
— Pour lui, tu es comme son fils... »
À présent, c'est Brinco qui s'approche du globe terrestre et qui le pousse violemment.
« Comment, son fils ? Je vais devenir ton chef, alors ne me parle pas comme ces lèche-cul qu'on voit dans les films à la télé !

— Si le client n'aime pas un discours, il faut lui en proposer un autre. »

Mendoza pousse le globe en sens contraire et on dirait que sa voix glisse sur la surface.

« Un jour, Confucius partit en voyage et on lui dit : "La vertu règne sur ce royaume : si le père vole, le fils le dénonce, et si le fils vole, c'est son père qui le dénonce." Et Confucius répondit : "La vertu règne également dans mon royaume, car le fils couvre son père et le père couvre son fils." »

À cet instant, Mendoza aurait aimé que ce fût Mariscal qui se trouvât devant lui. Il aurait lâché quelque expression latine bien choisie pour honorer le haut niveau de son discours.

« C'est bon, Confucius », dit Brinco avant de fermer violemment la porte. Comme il le faisait avec les portières des voitures. Ce qui le rendait extrêmement nerveux.

XXXII

Fins Malpica conduit un véhicule banalisé sur la route de la côte. Il est accompagné du lieutenant-colonel Humberto Alisal, de la garde civile. Ce dernier vient d'arriver de Madrid. Il est habillé en civil. Ils circulent en direction de la caserne de Noitía. Il s'agit d'une visite d'inspection surprise.
« D'où êtes-vous, inspecteur ?
— Je suis né ici, monsieur. Tout près. Un hameau de pêcheurs de Noitía. A de Meus.
— Et vos parents habitent ici ?
— Mon père est mort, il y a longtemps. En mer...
— Je suis désolé.
— Une cartouche de dynamite lui a explosé dans les mains. »
Au moment de révéler ce détail — il avait tenté de le faire le plus rapidement possible —, Fins savait qu'il allait se produire un temps infini, identique à celui qui se glisse entre le tic et le tac de la montre. L'échappement.
« Eh ben dis donc ! »
Il tombait un crachin très fin. Fins attendit que les essuie-glaces fassent deux ou trois parenthèses. Puis il compléta son renseignement : « Ma mère vit toujours. Elle a un problème de mémoire. Ou plutôt, d'oubli.

— L'Alzheimer est une maladie terrible, dit le lieutenant-colonel Alisal. Ma mère également en a souffert. Elle me confondait avec le présentateur de la météo ! Elle lançait des baisers lorsque celui-ci apparaissait sur le téléviseur… » Il fit le geste contenu de quelqu'un qui lancerait un baiser depuis la paume de sa main. « Je n'ai jamais su d'où venait cette association.

— Peut-être confondait-elle la baguette du présentateur de la météo et votre bâton de commandement », suggéra Fins.

Humberto Alisal éclata de rire et nia : « Non, elle ne m'a jamais vu avec mon bâton de commandement. »

Malpica allait dire quelque chose sur le langage du corps, mais ils approchaient déjà de leur destination. Il réduisit sa vitesse. Les essuie-glaces glissaient paresseusement. Depuis l'emplacement où ils s'étaient garés, on pouvait entendre le balancement paisible de la mer, aujourd'hui, couvert par les rafales de l'eau vagabonde.

Sur le parking, situé juste en face de la caserne de la garde civile, il y avait une majorité de véhicules neufs et haut de gamme. Étant donné qu'il s'agissait d'une zone de stationnement restreinte, la concentration de voitures de luxe était encore plus voyante. Et le contraste entre celle qui venait de se garer, la Citroën Dyane de Fins Malpica, et le reste des automobiles était semblable à celui d'une mangeoire au milieu d'un parc de yachts.

Après être descendu du véhicule, suivi de Fins, on aurait dit que le lieutenant-colonel Humberto Alisal passait en revue les impressionnantes berlines. Il s'agissait d'une inspection silencieuse qui ne cachait cependant pas le malaise de la situation. La progression lente, l'examen minutieux des détails sur les bas de caisse des voitures, à commencer par le numéro d'immatriculation, qui indiquait la date récente de mise en circulation.

« C'est vraiment une honte ! »

Malpica avait été très surpris lorsque le commissaire Carro l'avait appelé au bureau pour lui annoncer la visite d'Alisal et son souhait d'être accompagné par lui, en personne. Depuis que, enquêtant sur une autre affaire, il s'était retrouvé avec les « ripous », il avait toujours été en contact avec le commandant Freire, de la garde civile. Un de ces types à qui l'on pouvait faire confiance et avec lequel il parviendrait au cœur de l'obscurité. Freire s'était rendu sur les lieux, incognito. Et c'est lui qui avait transmis le renseignement à ses supérieurs.

« J'ai eu beaucoup de mal à admettre la vérité, monsieur. Au début, j'ai tenté de regarder ailleurs, mais je n'arrêtais pas de tomber sur des "ripous" en tout genre. Alors, je m'en suis ouvert au commandant Freire. Il est venu ici, incognito. Et il a pu voir par lui-même ce qui se passait.

— Des "ripous" dites-vous ? Vous êtes trop poli, mon cher. Vous pensez qu'ils sont vraiment tous… éclaboussés ?

— Non, monsieur. Trois d'entre eux sont propres. Mais ça leur a coûté cher.

— Cher ? Et pourquoi ? Parce qu'ils ont fait leur devoir ?

— Ils sont en arrêt de travail. Dépression sévère.

— Dépression ! »

Le lieutenant-colonel Humberto Alisal se dirigea vers la caserne. L'engrenage de l'indignation résonnait dans son pas ferme. Tandis qu'il marchait, il exprimait sa pensée à haute voix : « Trois hommes honnêtes donc, mais dévastés. C'est toujours ça ! » Soudain il s'arrêta de parler et se tourna vers Fins : « Que se passe-t-il ? Expliquez-le-moi, je vous prie. »

Fins s'était préparé à cette réaction, mais il n'avait cependant pas trouvé de réponse claire. Il pouvait une fois pour toutes dire : « C'est une affaire de corruption, monsieur, et ça, ce n'est jamais que la partie visible de l'iceberg. » Mais il voulait éviter d'être aussi direct. Il n'était jamais direct. Le lieutenant-colonel Alisal regardait à présent en direction de la façade de la caserne sur laquelle on pouvait lire la légende suivante : « Tout pour la Patrie », puis il chercha l'horizon sur la mer. C'était une mer dense, sombre, d'huile, au-dessus de laquelle des lambeaux de nuages glissaient et circulaient en désordre.

« Et tout cela pour du tabac et un peu de drogue ?
— Bon, ça c'est juste la préhistoire, monsieur.
— Les statistiques... Cela ne cadre pas avec les statistiques. Nous avons multiplié les saisies.
— Les statistiques. Vous permettez que je vous dise la vérité ?... »

Le lieutenant-colonel se planta devant la sentinelle qui se trouvait devant la porte.

« Je veux parler avec le commandant de la caserne. Immédiatement ! »

Le garde civil le regarda, hors de lui. Il n'avait pas du tout apprécié le ton sur lequel on lui avait parlé, et encore moins venant d'un homme vêtu en civil.

« Immédiatement ? Qui êtes-vous, le Généralissime ? »

Le lieutenant-colonel tira ses papiers de la poche intérieure de sa veste.

« Je suis le lieutenant-colonel Aguafiestas. »

Le garde civil identifia l'officier. Comme un ressort, il se mit au garde-à-vous et le salua.

« À vos ordres, monsieur ! »

Il allait appeler le caporal au poste de garde. Lui demander de localiser le commandant de toute urgence. Mais ce supérieur, vêtu en civil, ne semblait pas être très à cheval sur les formalités. Il avait d'autres chats à fouetter.

« Dites-moi. Une de ces voitures vous appartient ? »

Le garde civil regarda le troisième homme de travers, celui qui demeurait silencieux. Il avait l'impression de le connaître, mais n'arrivait pas à le situer. On aurait dit une ombre. Fins, lui, savait parfaitement qui était le garde civil. Un fil le conduisit à un autre fil sans vraiment l'avoir cherché. La plupart des voitures avaient été achetées chez le même concessionnaire. Personne n'avait pris la peine de se cacher. Le patron avait des affaires communes avec Mariscal. Même si ce dernier n'appréciait pas spécialement les voitures. Car il avait conservé sa Mercedes Benz année 66. Et les ailerons de celle-ci étaient devenus partie intégrante du paysage de la route Ouest.

« Vous en êtes content, tout roule ?

— Je ne me plains pas. La voiture roule bien. Si l'on va vite, on dépense davantage. Mais, moi, je n'aime pas aller vite.

— Repos !

— Merci, monsieur. »

XXXIII

« Une entrevue ? Pour quoi faire, monsieur l'avocat ? *Cui prodest ?*
— Pour vous. Tout le bénéfice est pour vous. Vous êtes un monsieur, vous ne pouvez pas passer à la postérité comme un voleur. »
Óscar Mendoza avait déjà répondu oui à sa place. C'est une campagne d'image, lui expliqua-t-il. *Cui prodest. Cui bono.* Et cetera, et cetera. Il n'avait rien à perdre. Bien au contraire, il avait tout à gagner.
« Mais j'ai une bonne image, dit Mariscal. Je suis un Casanova en pleine activité. »
L'avocat insista en prolongeant sa plaisanterie : « Oui, mais c'est préférable. Savez-vous ce que disait Churchill ? L'histoire ne pourra être qu'aimable avec moi, car j'ai l'intention de l'écrire moi-même.
— Qui a dit ça ?
— Churchill. Winston Churchill.
— Je sais qui était Churchill, maître ! »
Et il en profita pour raconter une histoire où il établissait une familiarité ironique : « Mon père lui a vendu du wolfram à un bon prix. Et aux autres aussi. Les nazis cherchaient du wolfram pour fabriquer des armes, et les Anglais en cher-

chaient pour que ceux-ci ne puissent pas les faire. Et donc mon père, comme tant d'autres, vendait parfois deux fois le même minerai.

— Une authentique neutralité, dites donc ! pointa Óscar Mendoza.

— Oui, monsieur. Une authentique neutralité. De nombreuses fortunes de la frontière se sont bâties grâce à ce minerai, recherché pour la fabrication des canons hitlériens. *Mutatis mutandis.* »

L'idée de cette campagne d'image lui plaisait énormément. Il avait porté sa main à son cou et s'était pincé la peau du menton. La dernière fois qu'il avait rencontré un journaliste, ç'avait été pour lui donner un ultime avertissement. Justement là, au niveau du cou.

« On dit que vous êtes un parfait exemple de self-mademan, monsieur Brancana.

— Pas de cérémonie. Appelez-moi Mariscal. »

Il regarda fixement la journaliste, en silence. Cela donnait à penser qu'il était en train de réfléchir à la question posée mais, en réalité, il se contentait de penser à elle. Et elle le savait. On pouvait déceler un animal intelligent, dans le regard de cette jeune femme, se dit-il. Car la première chose qu'elle avait faite en entrant dans l'arrière-salle de l'Ultramar avait été de remarquer la présence du hibou. Et lorsqu'ils s'étaient assis à la table, après avoir ouvert son cahier, le premier mot qu'elle avait écrit, ainsi qu'il avait pu le lire à l'envers, fut le mot *hibou*. Les lames des persiennes étaient à demi ouvertes et laissaient filtrer un escalier de lumière. Mariscal avait allumé un havane et des ronds de fumée montaient dans l'air, puis redescendaient négligemment. Mariscal comprit bientôt que le silence rendait la jeune femme nerveuse. Et le malaise de celle-ci lui avait permis de se sentir sûr de lui. L'animal était intelligent, mais pas rebelle. Cela le rassura quelque peu. Il n'avait pas de patience pour les hauts voltages.

« Je veux dire, insista la journaliste, que vous êtes un homme qui s'est fait lui-même. À la force du poignet.

— *Stricto sensu*, mademoiselle.

— Lucía. Lucía Santiso. »

Bien, Lucía, bien. Il se sentait à l'aise. Il bomba le torse et dit en voulant imiter le style du légendaire cow-boy : « *A man's got to do what a man's got to do.*

— Vous parlez également anglais ?

— Américain, dit Mariscal. Je parle de nombreuses langues. Je suis troglodyte ! »

Et il éclata de rire. Il savait se moquer de lui-même : « La mer ramène un peu de tout sur le rivage. Les langues aussi ont la faculté de flotter. Il faut cependant avoir une bonne oreille. Comment trouvez-vous John Wayne ? »

La jeune femme sourit. Elle allait finir par devenir celle qu'on interrogeait.

« Il est d'une autre époque. *L'homme qui tua Liberty Valance*. Mais je l'ai adoré, dans ce film.

— Un homme est un homme, dit-il de façon solennelle. Et cela ne fait pas partie d'une autre époque, mademoiselle. C'est intemporel. Le cinéma est né avec les westerns. Et il mourra, il est déjà presque mort, lorsqu'il n'y aura plus de westerns. C'est le déclin des genres classiques. Notez cela. Vous l'avez noté ?

— Je vais le noter, dit-elle, patiente, conciliatrice. Nous disions que vous étiez un homme qui s'était fait lui-même.

— Disons que j'ai appris à braver la tempête en menant ma propre barque. Sans crainte, mais avec lucidité. Il faut prier, oui, mais il ne faut jamais lâcher la barre. Que s'est-il passé avec le *Titanic*, hein ? Non, ça n'a pas été à cause d'un putain de bout de glace ! Mais à cause de l'empressement dans la convoitise, de la perte de mesure. L'homme voudrait être Dieu, mais il n'est que... qu'un ver de terre. C'est ça, oui, un ver de terre ivre, qui se croit propriétaire de l'hameçon.

— Monsieur Mariscal, on dit que... »

Mariscal pointa le cahier du bout de son havane : « Vous avez noté ce que j'ai dit sur Dieu et le ver de terre ? »

Lucía Santiso acquiesça avec inquiétude. Elle savait que l'entretien avait été arrangé entre le rédacteur en chef de la *Gazeta de Noitía* et l'avocat Mendoza. Et qu'ils étaient convenus d'une trame. Mais Mariscal avait soudain attrapé la grosse tête, tout en lui avait gonflé, les yeux, les bras, tandis que de son côté elle se sentait de plus en plus rétrécir.

« Monsieur Mariscal, on murmure de plus en plus votre nom pour évoquer le futur maire de la ville et même le futur sénateur. »

Mariscal ironisa en prenant un ton de tribun. « Mesdames et messieurs, avant de commencer mon discours, je voudrais adresser quelques mots... » Et il ne s'arrêta pas jusqu'à ce que la journaliste parte dans un grand éclat de rire.

« Écoutez, Lucía... Je peux vous appeler ainsi ? Oui, bien entendu. Je suis devenu une figue sèche à présent, je ne présente aucun danger pour les femmes », et en disant cela il lança un clin d'œil à la journaliste. « Quoique parfois les femmes dangereuses me raniment. Comment dit-on ? Qui a bu boira. Ne notez pas cela, hein ? »

Lucía leva son stylo au-dessus de la feuille. Elle commençait à s'amuser, se sentait plus calme, tout en se laissant mener à la baguette par le parrain.

« Voyez-vous, Lucía, je ne vais pas tourner autour du pot. Les politiques sont des bouffeurs de merde, des charognards. Vous avez noté cela ? Eh bien ne le notez pas. Vous pouvez noter ceci : je suis apolitique. Absolument apolitique. Ab-so-lu-ment ! Mais notez également cela : Moi, Mariscal, je suis prêt à me sacrifier pour le bien de Noitía. »

Il attendit de voir l'effet de sa déclaration, mais la journaliste baissait les yeux, concentrant toute son attention sur sa propre écriture.

« À me sacrifier, oui, et à lutter pour la liberté. »

Mariscal accompagna sa phrase du plat de la main sur la table. Lucía Santiso fut surprise par la rhétorique du coup et leva enfin les yeux. Elle se retrouva face à un Mariscal transfiguré. Très sérieux, avec des yeux étincelants.

« La liberté ! Peut-être pensiez-vous que je n'aimais pas ce mot, n'est-ce pas ?

— Mais pourquoi penserais-je cela ?

— Eh bien, oui, ce mot me plaît. J'aime la liberté ! Bien plus que ces sangsues qui aspirent pour leur propre compte. La liberté, oui, pour créer de la richesse. La liberté de nous laisser gagner notre vie à la sueur de notre front. Comme nous l'avons toujours fait. »

À présent, la fumée du cigare formait des nuages bas. Pour la première fois, la journaliste, décidée à dépasser un tabou optique, posa longuement son regard sur les mains gantées de Mariscal.

Il le remarqua. Il n'avait jamais rien dit à ce propos, mais il décida de faire une exception avec cette jeune femme qui écoutait et prenait des notes avec un calme tout à fait intelligent.

« Non, vous n'allez pas me demander pourquoi ?

— Pourquoi quoi ?

— Pourquoi est-ce que je porte toujours des gants ? »

Le rédacteur en chef lui avait donné quelques renseignements et quelques indications à propos du personnage, mais il y avait eu une chose, une bizarrerie, à propos de laquelle il avait lourdement insisté : « Il porte toujours des gants blancs. En coton. Ne lui pose surtout pas de question à leur propos. On connaît des milliers de versions les concernant. On dit par exemple qu'il s'est brûlé les mains en tentant de récupérer de l'argent caché dans le moteur d'un camion. L'engin a pris feu. Il transportait des émigrants, en France, dissimulés dans une citerne. Ça s'est passé plus ou moins en 1959. Ils s'en sont sortis par miracle. »

Lucía leva le stylo, avec un geste destiné à transmettre une certaine confiance à son interlocuteur. Elle dit :

« Un journaliste de la *Gazeta* est allergique aux poignées de porte, aux écouteurs des téléphones... Et aux touches des machines à écrire.

— Alors ce doit être lui qui commande ! dit Mariscal en arrachant enfin un éclat de rire à la journaliste.

— Ne vous inquiétez pas, je ne parlerai pas de votre tenue vestimentaire. Il me suffira d'expliquer que vous êtes habillé façon gentleman.

— Et c'est la vérité ! Mais je voudrais que vous me posiez une question à propos de mes fameux gants. Je sais que des rumeurs circulent de-ci de-là, des absurdités, des âneries.

— Pourquoi portez-vous toujours des gants, monsieur Mariscal ?

— Je vais vous le dire. Et c'est la première fois que je raconte cette histoire. C'est parce que j'ai juré à ma mère, sur son lit de mort, que je ne toucherais jamais plus un verre d'alcool, avec mes mains. Et j'ai tenu parole. Qu'en pensez-vous ? Une superbe exclusivité, hein ? »

Elle l'observa, étonnée, en s'efforçant de faire semblant de le croire. Puis elle se dit que c'était le bon moment de poser une question d'intérêt non seulement professionnel, mais aussi personnel.

« Comment avez-vous commencé à construire votre fortune, monsieur Mariscal ?
— De façon tout à fait simple. Grâce à la culture.
— Grâce à la culture ?
— Eh bien, oui. Grâce à la culture ! Grâce au cinéma, à la salle de bal... J'ai fait venir les plus grands à Noitía. Juanito Valderrama, par exemple. Il faut voir comment il chantait *El Emigrante* ! Tout le monde avait la larme à l'œil. C'est à cela qu'on reconnaît les vrais classiques. Aujourd'hui, plus personne ne s'en souvient, bien entendu. Ma devise a toujours été la même que celle de la Metro Goldwyn Mayer : *Ars Gratia Artis*. Nous avons même été les pionniers en matière de hamburger, bien avant ce cher McDonald's. Et ils étaient bien meilleurs que les siens, vous pouvez me croire. Personne ne m'a jamais fait de cadeau, mademoiselle. Mais je vais vous révéler un secret. J'ai toujours, toujours, cru en Noitía. Noitía est un chantier interminable, toujours, toujours en progression. À présent, la mode, c'est de conserver le paysage autour de nous. Bien, bien. Mais qu'allons-nous manger alors ? Le paysage, peut-être ?... Vous avez noté cela, manger le paysage ?
— C'est une magnifique métaphore.
— Ce n'est pas une métaphore du tout ! s'exclama Mariscal qui était encore sous l'effet de la colère. Je vous ai déjà dit que je suis apolitique. Il y a deux catégories d'hommes politiques. Ceux qui ont une case en moins. Et ceux qui marchent dans l'eau en demandant où se trouve l'eau. Moi, je ne suis pas là pour pousser la chansonnette ! »
La journaliste décida de poser une question compliquée sur un ton le plus doux possible.
« Sous quelle étiquette allez-vous donc vous présenter, monsieur Mariscal ?

— Je vais vous le dire. Sous l'étiquette qui va gagner, bien entendu ! »

Oui, elle comprenait son ironie. Mariscal accompagna le sourire de la jeune femme d'une grande et agréable bouffée de fumée. Lui aussi était souriant : « Je vais vous dire quel est mon seul parti, mademoiselle, mon seul parti, c'est Noitía. J'aime notre façon de vivre. J'aime la religion, la famille, la fête... Et si tout cela gêne quelqu'un, eh bien il n'a qu'à aller se faire foutre.

— Mais il se passe des choses... étranges, à Noitía. Que pensez-vous de la contrebande, monsieur Mariscal ? On dit que le trafic de drogue est en train d'étendre ses filets jusqu'ici... »

Mariscal prend son temps, sans détacher son regard de la jeune femme. C'était une heure silencieuse, à l'Ultramar, un silence juste interrompu par le bruit des fournisseurs de passage. La fourgonnette du boulanger. Le camion du livreur de bière. Et ainsi de suite. Mais à présent, la voix de cette fameuse journaliste en train de dénoncer le pouvoir grandissant des narcotrafiquants à Noitía parvenait jusqu'à son Département Mental des Bourdonnements Gênants. Un autre Mohamed Ali. Avec des ailes de papillon cette fois, mais qui pique comme une abeille. Paf !

« Des filets ? Savez-vous qu'on pêche bien plus de poissons si l'on conduit une femme bossue jusqu'au bateau pour la faire pisser sur les filets ? Oui, oui. Voilà quelque chose de réel, mademoiselle, tout le reste, c'est de la foutaise. Notez-le, notez-le donc. Ça, c'est du renseignement. Écoutez, mademoiselle. Moi, je ne traîne pas dans tous les coins en train de me lamenter, de crier sur tous les toits : "Mais c'est vraiment un village de merde, ici !" Moi, je n'ai jamais dit que nous étions le trou du cul du monde... Jamais, non. *Velis nolis.* Moi, j'aime cet endroit tel qu'il est.

J'aime même les mouches. Avez-vous vu à quel point nous sommes en train de prospérer ? Nous avons même un magnifique commissariat de police. Et à supposer qu'il y ait des contrebandiers — c'est une hypothèse ! —, eh bien même ces contrebandiers seraient des gens honnêtes, mademoiselle. En tout cas, en ce qui concerne les contrebandiers de Noitía. Qui gênent-ils ? Voulez-vous me le dire ? Le ministère des Finances, peut-être ? Écoutez, mademoiselle, si les parapluies n'existaient pas, il n'y aurait pas de banques.

— Je ne saisis pas très bien l'analogie, monsieur Mariscal.

— Comme chacun le sait, sauf les innocents, bien entendu, les banques ne prêtent des parapluies que l'été. Et lorsqu'il commence à pleuvoir, elles les réclament. Le fait est qu'il y a des gens qui font de superbes parapluies pour leur propre compte. Et cela intéresse les banques. Et le ministère des Finances. À sa façon, tout le monde s'y intéresse. Vous comprenez à présent ?

— Vous ne m'avez rien dit à propos du narcotrafic.

— Vous avez noté l'histoire des parapluies. Bien. Alors écoutez-moi, si je deviens maire, j'en finirai avec toutes les drogues et avec tous les drogués. Je veux dire que j'enverrai les drogués casser des cailloux. On parle beaucoup du crime organisé. Et crime organisé par-ci, et crime organisé par-là. Et ces derniers temps, votre journal parle également de ce "crime organisé" dans la ville de Noitía. Moi, ce que j'en dis, c'est qu'il y a des chiens aux pieds nus partout. Si le crime est organisé, alors pourquoi l'État ne s'organise-t-il pas mieux ? Nous devons tous contribuer à cela. *Ipso facto.* »

Víctor Rumbo passa la tête par la porte à battants de l'arrière-salle de l'Ultramar. Mariscal le regarda en coin et lui fit un geste lui demandant de patienter. Ensuite il se tourna pour observer la reptation calligraphique de la main

de la journaliste. Il allait faire un commentaire sur les doigts et le vernis des ongles de Lucía Santiso, une réflexion en rapport avec les crustacés, mais sa langue s'immobilisa dans la seule anomalie de sa dentition. Il consulta sa montre.
« Vous avez noté ce que je vous ai dit à propos du crime et de l'État ?...
— Oui, bien entendu. C'est une bonne thèse.
— Eh bien à présent, je voudrais que vous notiez la chose la plus importante de toutes. »
Mariscal s'était soudain transformé. Intégralement. Dans l'expression de son visage. Dans sa voix. Et il souligna cette mue organique, totale, en se levant.
« Bien entendu, si la première affirmation n'est pas vraie, le reste non plus. *Modus tollendo tollens,* disaient nos ancêtres. En niant, je nie. Et moi, je m'abreuve toujours à la fontaine des anciens. Elle ne faillit jamais. À Noitía, il n'y a pas de mafias, mademoiselle. Ce sont des foutaises. Il peut sans doute y avoir juste un peu de contrebande. Comme toujours. Comme partout. Mais pas plus. »
Il avait dit cela en élevant la voix afin que Brinco puisse bien l'entendre. Il voulait lui montrer de quelle façon il contrôlait la situation. De quelle façon il tenait les rênes de cette conversation.
Point final.
Certaminis finis.
« C'est le premier entretien que je concède », dit ensuite Mariscal. Il avait l'air satisfait de l'expérience. Il tutoyait la journaliste : « Et j'espère que ce ne sera pas le dernier... Insères-y quelques critiques, hein ! La meilleure façon d'enfoncer quelqu'un, c'est de trop le porter aux nues. »

Il se tourna vers la porte à battants. Le regard oblique, vigilant, de Brinco se trouvait toujours là.

« Viens par là, mon gars ! »

Víctor Rumbo entra comme quelqu'un qui se fraierait un chemin dans le courant d'air.

« Tu es... Non, tu n'es pas toi ?

— Je suis Personne », l'interrompit Brinco.

Lucía perçut la violence contenue de cette voix. Elle tenta de se protéger derrière la présence de Mariscal.

« Vous permettez que je vous prenne en photo, monsieur ? Je ne comprends pas ce qui s'est passé avec le photographe. Il ne s'est pas présenté. »

Le Vieux lança un regard en coin à son jeune capitaine. Il ne le connaissait que trop. Il repéra une certaine houle dans sa respiration, l'étincelle d'une collision.

« Il y avait un homme, là, dehors, dit soudain Brinco. Il était en train de prendre les voitures en photo. Et moi, je n'aime pas les gens qui photographient les voitures des autres.

— Et que s'est-il passé ? demanda Mariscal, ennuyé par la situation. Tu l'as envoyé à l'hôpital pour avoir photographié les bagnoles ?

— Non. Il faudra juste qu'il s'achète un autre appareil photo. Sans plus. »

Mariscal regarda Lucía et fit un geste d'apaisement et d'excuse avec ses bras. Il accepta qu'elle le prît en photo. Une façon de compenser les dommages.

« Prête pour cette photo ! Chez un vieux galant comme moi, tout est bon ! »

Le chef coiffa son chapeau, ajusta le bord et croisa les bras de façon étudiée, mettant bien en vue, à côté de sa pochette de soie, comme une mascotte, la poignée métallique de sa canne. De l'argent ouvragé, représentant une tête de faisan.

« Cette canne est de toute beauté, monsieur Mariscal.

— De l'argent, c'est de l'argent ; et le bois, c'est du *Prosopis caldenia*, ma belle. Il durcit avec le temps. »

Son visage aussi commença à se buriner, à se durcir, comme s'il offrait une résistance instinctive à la succession des flashes.

« Tu as terminé ? Si elle est réussie vous allez épuiser tout le tirage. Ce sera un grand jour pour la *Gazeta*.

— Et si elle est ratée ? » demanda Víctor Rumbo.

Cette fois, il ne se contenta pas de regarder seulement son visage. Lucía Santiso se sentit explorée par le regard aiguisé de celui que ses amis, elle le savait, appelaient Brinco, et qui à présent s'adressait à elle d'un air effronté : « Si tu m'attends un moment, dehors, je te raconterai qui est Personne. »

Elle hésita, puis expliqua : « J'ai beaucoup de travail. » Immédiatement après : « D'accord, j'attendrai. »

Carburo descend d'une fourgonnette et s'approche de la vendeuse de journaux du kiosque de la place du Camelio Branco, à Noitía.

« La *Gazeta* », bougonne-t-il.

C'est sa façon de toujours réclamer les choses. La vendeuse y est habituée. Elle aussi force volontairement son attitude. Elle plie le journal et le lui tend comme si elle venait de le vendre à une personne incongrue.

« Non non. Je les prends tous ! »

Elle le regarde soudain avec une grande perplexité. Cependant, lorsqu'il s'agit d'affaires concernant l'Ultramar, elle a pour principe de ne jamais poser de questions. Elle lui tend donc tous les exemplaires. Puis elle ose, enfin :

« Qu'est-ce qu'ils publient, ce matin ? Ton avis de décès, peut-être ? »

Carburo pointe son doigt sur la une, où l'on peut voir la photo de Mariscal.

« On parle du Patron. »

La photo occupe le centre de la première page. Le chapeau et les vêtements blancs lui donnent une allure de dandy, renforcé par sa façon d'exhiber sa canne, la poignée en guise de mascotte.

« Je l'avais déjà vu, mon gars. Il est sûr de lui ! dit la femme du kiosque, avec une douce ironie. On voit très bien que c'est lui qui mène la barque… Tu ne veux pas quelques fleurs, Carburo ? Il ne me reste plus que celles-là à vendre. »

Le géant regarde dédaigneusement en direction des roses.

« Non. Je n'ai pas faim ! »

Il est marrant, lui, se dit la femme. Surtout lorsqu'il s'imite lui-même.

XXXIV

« Le Vieux regrette vraiment. »
Víctor Rumbo se leva du rocher où il était assis, au pied du phare de Cons, près des croix des marins morts en mer, puis il lança un galet plat dans l'eau. Il se retourna et regarda Fins bien en face :
« Il regrette d'être bon avec toi.
— Que pensait-il ? Que je suis revenu pour lui acheter de la dynamite ?
— Tu vois que tu es un fanatique ? Le Vieux a raison. Ça ne te coûterait pas grand-chose de te montrer plus aimable ! Tout simplement, plus... honnête.
— Honnête ? Mais de quoi parles-tu ?
— Eh bien oui, quoi... Ça ne te coûterait rien de fixer un prix. C'est ça qui serait honnête.
— Quel prix ? Aide-moi. Quitte cette toile d'araignée le plus vite possible. Cette affaire ne durera pas toujours, Brinco. Elle va finir par éclater au grand jour.
— Tu es con ou quoi ? Ne retourne pas la proposition. Je ne serai jamais un indicateur, mon vieux. Ni un traître. Tu sais pourquoi ? Pour une simple raison. Parce qu'il y a plus d'argent de ce côté-ci. Le Vieux a dit : Va le voir et discute avec lui, je ne sais toujours pas si c'est vraiment un con ou

s'il le fait exprès. Et je lui ai répondu : Et comment est-ce que je peux le savoir, moi, Mariscal ? Et alors il m'a dit : S'il n'a rien à foutre du pognon, c'est qu'il est complètement con. Combien donne-t-on pour un flic mort, Fins ? Une médaille, peut-être ? Et plusieurs lignes de condoléances dans le journal.

— Parfois, même pas.

— Ce sont des médailles que tu veux ? Alors on t'achètera des médailles. Tu veux de la presse, peut-être ? Mais il vaut mieux qu'on parle de toi vivant que mort, non ?

— Tu es toujours aussi en forme, dis donc ! »

Ils éclatèrent de rire en même temps, pour la première fois, après tout ce temps.

« Et puis tu pourrais te consacrer à plein temps à la photographie artistique. »

Tout en faisant sa proposition, Víctor Rumbo venait de tirer plusieurs photos de la poche intérieure de son blouson. Il en tendit une à Malpica.

« Tu vois, nous avons des gens de confiance un peu partout. Celle-là, tu me l'as prise sur le terrain d'aviation de Porto, avec mon ami Mendoza. Ç'a été un voyage très intéressant, comme tu le sais déjà.

— Oui, j'en sais quelque chose », dit Fins en accusant le coup.

Sans autre cérémonie, il tendit la main afin que Víctor lui passe une autre photo. Brinco joua avec le deuxième cliché. Il dessina le mouvement circulaire d'un avion en train de voler avant de le lui remettre.

« Celle-là, ce n'est pas toi qui l'as prise. »

Malpica observe le papier photographique sous tous les angles. Il tente de découvrir s'il s'agit d'un montage. Il est stupéfait. Il a peur. On peut y voir Brinco en compagnie du parrain colombien Pablo Escobar. Tous les deux sont très souriants.

« Oui, oui... Regarde-la bien ! Non, ce n'est pas une hallucination, Malpica. C'est bien Pablo Escobar, dans l'hacienda Nápoles, entre Medellín et Bogotá. Si tu avais vu ce zoo. Formidable. Des éléphants, des hippopotames, des girafes, des lagunes avec des cygnes au cou noir... Mais ce qu'il préfère par-dessus tout, ce sont les voitures. Ce jour-là j'ai cru qu'il allait devenir fou. On venait de lui livrer une des voitures que James Bond, l'agent 007, avait conduites au cinéma. C'était un cadeau de sa femme. Il m'a aussi montré la voiture de Bonnie and Clyde... Non, ne te fatigue pas à chercher, il n'y a aucun truc. C'est une photo historique, hein ? »

Il tend la main et Malpica la lui rend en silence.

« Combien penses-tu qu'elle coûte ?... Ou qu'elle coûtait plutôt ? »

Brinco tira un briquet de sa poche et mit le feu à la photo. Il la laissa brûler jusqu'à ce que la dernière flamme s'éteigne entre la pince de ses doigts. Puis il passa une troisième et dernière photographie à Fins.

« C'est difficile de faire mieux que celle-ci ! C'est ma préférée. Un chef-d'œuvre. »

C'est une des photographies prises par Fins depuis la darse. On y voit Leda en train de guetter à la fenêtre, avec une moue de bonheur, les yeux fermés, la bouche entrouverte et Víctor en train de l'enlacer par-derrière.

« Ce jour-là, je l'ai bien baisée, mon gars. Je te la donne. Tu peux la garder... »

Il se leva. Lança un autre galet plat dans la mer. Commença à se diriger vers l'automobile garée sur la piste conduisant au phare. Mais avant de l'atteindre, il se retourna :

« Le jour où tu auras réfléchi à ton prix, tu l'inscriras au verso. »

« Alors ? »

Mariscal était là, en train de l'attendre dans l'arrière-salle de l'Ultramar.

« Il est devenu plutôt moche et pas moyen de le faire changer d'avis », dit Brinco.

Le Vieux allait dire quelque chose, mais il se mit à tousser. Il avait ce don. Il s'apercevait à temps de ce qu'il ne convenait pas de dire et il utilisait une technique qui consistait tout simplement à noyer les mots au fond de sa gorge.

« Et son père... Il n'a rien demandé à propos de son père ?

— Non, on n'a pas parlé de l'Antiquité.

— Tant mieux », dit le Vieux.

Il se leva, balança sa canne, et tourna son regard en direction du hibou : « *Mutatis mutandis*, que se passe-t-il avec sa collègue, cette enquêteuse qui est venue l'aider ?

— En voilà une autre. Elle n'arrête pas de fouiner. Elle n'a peur de rien, celle-là.

— Elle doit bien avoir...

— Je sais qu'elle a un chat, oui, c'est tout ce qu'elle a. J'ignorais qu'il existait des chats policiers ! »

Brinco avait répondu de façon narquoise et le Vieux savait apprécier ce genre d'effort.

« Une fois, au cinéma, quelqu'un a jeté un chat depuis le poulailler. Il a gâché la séance. Tu ne peux pas imaginer comme c'est compliqué d'attraper un bon chat. »

XXXV

Une mappemonde comportant des annotations fixées avec des épingles : Paradis fiscal, Off-shore, Port de base, Bateau nourrice, Transfert, Débarquement, Contrebande... Des tracés de routes et de voyages également, marqués de différentes couleurs. La ligne noire indique tabac et « autres » ; la jaune, hachisch ; et une troisième, en rouge, cocaïne. Une ligne verte, déplacement de personnes. Parmi ces dernières, une ligne comportant des étapes Porto-Rio-Bogotá-Medellín-Mexico-Panamá-Miami-Madrid, avec l'indication R&M (Rumbo et Mendoza). Sur un autre panneau, des photographies accrochées avec des épingles de différentes couleurs, semblables à celles utilisées par les brodeuses. On peut également voir des annotations et des Post-it rangés par couleur, de façon à former une certaine symétrie. Ce dernier graphique prend la forme d'un arbre généalogique, avec une légende tout en haut : Société Limitée. Au sein de ce panel de personnages, au sommet, on peut voir des photos de *Mariscal* Brancana, de *Macro* Gamboa, de Delmiro Oliveira et de Tonino Montiglio, ainsi que d'autres silhouettes non identifiées. Au niveau inférieur, on trouve Óscar Mendoza, avec une parenthèse contenant des points d'interrogation, et *Brinco* Víctor Rumbo, qui forment une sorte de noyau central, d'où partent des connexions vers divers apartés. Dont l'un est plus étendu, Círculo S. L., avec des dizaines de photographies. Parmi les photos des nombreux assistants, Leda Hortas, encadrée par sa fenêtre de guetteuse, et un *Chelín* Balboa qui semble sourire à l'appareil photo. Sur un troisième panneau, portant la dénomination Zone grise, les établissements, les propriétés et les entreprises qui servent de couverture ou de laverie. Enfin, un graphique intitulé Zone d'ombre, avec des ramifications qui mènent à des Tribunaux, Forces de Sécurité, Communications, Douanes et Banque. Dans ce cas, l'épigraphe semble désigner le contenu. Il n'y a pas de notations concrètes, seulement des chiffres codés.

La carte, les photos, les épingles et les adhésifs de couleur, l'ensemble de tous les panneaux démontrent une laborieuse construction artisanale et confère à la petite pièce de travail une apparence de salle de classe. Voilà l'espace au sein duquel la sous-inspectrice Mara Doval passe de nombreuses heures de sa vie. Bien qu'elle soit plus jeune que lui, et une pionnière en tant que femme admise dans le corps des enquêteurs, Malpica s'adresse à elle en toute confiance en l'appelant *Mnémosyne* ou également *la professeure*. Grande et fluette. Crâne rasé. Un spectre de longs cheveux semble présent dans les mouvements de sa tête, d'une inquiète mélancolie. En ce moment, elle profite de la solitude et travaille pieds nus. Elle réfléchit à l'endroit où elle va accrocher la photo de Mão-de-Morto.

Lorsqu'elle entendit frapper à la porte, puis le grincement provoqué par la poignée, sa première réaction fut d'aller chercher ses sandales pour se rechausser. Ainsi, lorsqu'elle releva la tête, elle se retrouva tout de suite nez à nez avec les visages connus de Malpica et du commissaire Carro. Et celui d'un troisième homme en uniforme. Le regard de Mara enregistra la signification des insignes et des galons. Quant à lui, il regarda, juste un instant, un réflexe involontaire, les ongles vernis des orteils de la femme.

« Mara Doval, monsieur. »

Le lieutenant-colonel chaussa ses lunettes et observa très attentivement, avec un regard géologique, tout ce monde qui émergeait de l'invisible. Elle se retrouva au début et à la fin de ce regard.

« Tout ce travail...

— Non, ce n'est pas que moi. »

Malpica en profita pour porter sa collègue aux nues. C'était la première occasion qu'il avait de le faire.

« La déesse de la Mémoire, monsieur. Je vous présente Mnémosyne en personne. Tout se trouve dans cette tête. »

Elle voulut le faire taire par gestes, mais Malpica ne lui obéit pas.

« Et, de plus, il faut souligner qu'elle est la seule à parler plusieurs langues étrangères, ici. »

Ils prirent place autour d'une table ronde. Au centre, on peut voir un magnétophone à bande de marque Uher. Mara appuie sur la touche de lecture et les bobines se mettent à tourner. Deux voix de femmes. Une des conversations de Leda et de Guadalupe. Mara bouge les lèvres en silence. Elle connaît par cœur chacune des phrases qui sont dites. La constante allusion à Lima et à Domingo.

« Expliquez-moi, Fins, quelle est la distribution, dit le commissaire après la fin de l'écoute.

— Au départ, c'est Leda qui appelle, Leda Hortas est l'épouse de Víctor Rumbo, connu à Noitía sous le surnom de *Brinco*. Un mythique pilote de vedettes. À présent, il paraît qu'il se trouve en stand-by, mais tout indique qu'il est en train de prendre de plus en plus de pouvoir dans l'organisation. Le rôle de Leda, à ce moment-là, était d'espionner tous les mouvements des patrouilleurs des douanes. Elle appelle un salon de beauté, qui s'appelle Belissima. L'autre voix est celle de la patronne du salon. Guadalupe, la femme du fameux Lima. Et *Lima*, monsieur, n'est autre que Tomás Brancana. À Noitía, tout le monde l'appelle *Mariscal*, ou *le Vieux*. *Le Patron*. *Le Deán*.

— Et Domingo ? Qui est Domingo ?

— *Domingo*, ou *Mingos*, ce sont les patrouilleurs de la Surveillance des douanes, monsieur.

— Et aujourd'hui, ça fonctionne toujours comme ça ? » explosa Alisal.

Mara s'était levée pour consulter une chose sur un des panneaux. Elle rapporta une photo et la posa sur la table. Mais avant cela, elle prit le temps de répondre à la question scandalisée du lieutenant-colonel.

« Je suis désolée, monsieur. Mais aujourd'hui, ils n'ont plus besoin de guetteur. Ils ont directement engagé un chef des douanes.

— Je suppose que nous sommes toujours sur le terrain des hypothèses, dit Alisal.

— Écoutez, dit Fins. Ils opèrent de façon très précautionneuse, avec de nombreuses complicités, mais parfois ils nous offrent de grands moments de bonheur. Écoutez plutôt ça. »

Il actionna à nouveau la touche de lecture. Leda prend congé de Guadalupe sur un ton moins distant que d'habitude et lui dit que ce sera leur dernière conversation.

« Quelle surprise ! Et en quel honneur, dis-moi ? » demande Guadalupe.

On sent que Leda est extrêmement heureuse : « Nous n'allons pas tarder à déménager. Il était temps d'abandonner cette guérite !

— Et que va-t-il se passer avec Domingo ? »
On peut entendre une courte pause. Enfin, Leda rit et lâche spontanément : « Il a gagné au loto !
— M. Lima ne m'en avait rien dit. »
On entend une autre pause. Leda, distante : « Tu sais bien qu'on ne crie pas ces choses-là sur les toits. » Elle dit : « Ciao. À bientôt ! » Et elle raccroche.
« Quel bijou ! commenta Alisal. Une merveilleuse indiscrétion.
— Une rareté, monsieur, dit Malpica. Car ils ont également de bons indicateurs aux Télécommunications. Ils savent toujours à quel moment nous allons intervenir. Dans ce cas, nous avons eu beaucoup de chance. Et beaucoup de patience surtout.
— Beaucoup de travail de pédicure, hein, Mara ! » dit le commissaire.
Elle acquiesça en silence.
« Et comment savons-nous que Lima et Mariscal ne font qu'un ? » demanda soudain le lieutenant-colonel.
Fins Malpica se leva, ouvrit un des tiroirs d'archives fermés à clé et posa une chemise sur la table. Elle contenait de nombreux bouts de papier manuscrits protégés par des pochettes de plastique transparentes, certains froissés, déchirés et recomposés.
« La calligraphie du parrain ! »
Malpica était rayonnant. Le bonheur d'un paléontologue devant une écriture préhistorique : « Il n'appelle jamais lui-même. Il ne se montre jamais là où il ne faut pas. Il mesure chacun de ses pas. Il vit comme un ermite. Mais nous avons ici sa main, en train de donner des ordres. Ces gribouillis représentent l'esprit tordu du Vieux. Un trésor pour la graphologie. Enfin ! »

Il était venu constater une plainte pour corruption dans une des casernes de la garde civile. Le commandant Freire était dans le vrai. Mais à présent, avec les nouvelles révélations, l'expression du visage du lieutenant-colonel Alisal était celle d'un homme éberlué et dépassé.

« Mais de quelle quantité de cocaïne sommes-nous en train de parler, en réalité ? Les statistiques centrales disent que nous les maîtrisons parfaitement...

— Le premier mensonge, ce sont les statistiques. Dans ce cas, c'est le fait qui prime. »

Malpica sentait qu'il approchait mieux de la précision lorsqu'il parvenait à utiliser l'ironie : « J'ai entendu dire que certaines statistiques, du moins dans les parages, ont été corrigées à la main par l'avocat préféré de l'organisation. Par Óscar Mendoza. »

Alisal l'écouta d'un air affligé. Les regards suivirent Mara Doval lorsque, après avoir ouvert une des armoires métalliques, elle était revenue avec un autre imprévu entre ses mains. C'était un échiquier. Elle le plaça sur la table. Les pièces avaient une taille peu habituelle, elles étaient plus grandes, et d'une séduisante facture artistique, imitant des silhouettes médiévales. Leur couleur était également singulière. Rouge et blanche.

« Quelle merveille ! s'exclama Alisal, fasciné par l'échiquier de Lewis.

— Une copie magistrale, dit l'enquêtrice. Pour gens raffinés. Bien entendu les pièces ne sont pas taillées dans des crocs de morse. Vous jouez aux échecs, colonel ?

— J'adore ça, dit Alisal. Même en solitaire.

— Moi aussi. Sans pièces. »

Mara Doval dévissa un pion, en forme d'obélisque.

« Ici, on pense encore que la cocaïne c'est cela... »

Elle vida l'intérieur et quelques grammes de poudre

blanche se répandirent sur une des cases. Elle renouvela la même opération avec le fou, la silhouette d'un évêque. Puis avec le guerrier qui faisait office de tour. Jusqu'à en venir au roi et à la reine.

« Mais ce qui est sûr, c'est que ceci et ceci et ceci... »
Elle souleva soudain l'échiquier et un double fond rempli de drogue apparut.
« Et ceci ! Ce n'est que de la farine. De la *farine* ! »

« Nous sommes en train de parler de tonnes de marchandises, monsieur, dit Malpica. De milliers de kilos de cocaïne à chacune des livraisons. Et de milliers de millions de bénéfices. Blanche, neige, chnouf... Ils veulent transformer cette côte en poste avancé de débarquement pour toute l'Europe. Peut-être l'est-elle même déjà devenue. »

Et Mara Doval ajouta :
« Ils achèteront les volontés des personnes, le territoire... Ils achèteront tout. Un authentique capitalisme magique ! »
Méditatif, Alisal avait fixé son regard sur l'échiquier.
« Les institutions me préoccupent énormément. Un ver n'est jamais qu'un ver. Le problème, c'est lorsqu'il pourrit toute la pomme. Commissaire, le moment est venu de rédiger un rapport percutant, quelque chose de définitif. Il faut le faire en évitant les demi-teintes. De mon côté, je m'engage à ce qu'il soit pris au sérieux, et en haut lieu.

— Nous avons déjà noirci plusieurs ramettes de papier, monsieur, dit Malpica.

— Cette fois, allez-y franchement. Comme si vous rédigiez un ultimatum. Ça va produire son effet. Je vous le jure ! »

Et le lieutenant-colonel Alisal frappa du poing sur la table : « Si cela ne tient qu'à moi, le monde entier va trembler ! »

XXXVI

Dans la zone située près du phare de Cons, dans une petite crique, entre les rochers, le cadavre de Guadalupe est étendu par terre. On peut voir des policiers locaux, des gardes civils et du personnel sanitaire. On avait extrait un corps de l'intérieur d'un véhicule. Celui-ci s'était précipité dans la mer, avait chuté comme du plomb, du haut de la falaise, pas très élevée mais tombant à pic. Immédiatement prévenu, Mariscal était arrivé tout de suite sur les lieux. Il était éprouvé. Un accident. Un moment de distraction. Des phares qui l'auraient aveuglée. Le juge arrive, exprime ses condoléances. Mariscal avait les yeux rouges. Il semblait plus vieux que jamais. Il avait du mal à parler. Il émettait parfois des murmures ressemblant à un délire. Les clés de la vie. La bouche carmin, *não vou, não vou*, et cetera, et cetera.

« Comme chacun le sait, dit-il au juge, nous étions séparés depuis quelque temps. Ce n'est pas moi qui l'avais décidé. Moi, j'en ai été vraiment malheureux. Elle était dépressive... »

Il cessa ses confidences lorsque le médecin de la Croix-Rouge s'approcha pour livrer les premières constatations au juge.

« Cela s'est passé très tôt. Au petit matin. Elle est probablement morte depuis six heures, d'après nos calculs.
— Dans quel état se trouve le corps ?
— Rien de suspect, monsieur. Même pas une égratignure. Tout indique qu'il s'agit d'une mort par immersion. »
Mariscal parlait pour lui et pour les gens autour.
« Elle adorait marcher pieds nus sur le bord, sentir les chatouillis de l'eau sur ses pieds. Elle était incapable de vivre sans contempler tous les jours la mer. Elle avait ça dans le sang. Toute petite déjà, vous savez ? Non, vous ne le saviez pas ? Elle a travaillé ici, sur la plage, à cueillir des fruits de la mer, avec de l'eau jusqu'à la taille. Et à présent c'est la mer qui vient de la cueillir !
— Je suis désolé, monsieur Brancana. Étant donné les circonstances, nous devons ordonner une autopsie. Pratiquée par un médecin légiste. »
Il respira par les fenêtres de ses narines. Une énergique et sonore inspiration d'air qui fit frémir tout son visage. Une autopsie pratiquée par un médecin légiste. Il observa du coin de l'œil cette bonne femme, la collègue de Malpica, qui n'arrêtait pas de photographier le cadavre comme une possédée.
« Bien entendu, monsieur le juge ! Tout le monde doit faire son devoir. »

Mónica, l'employée du salon de beauté Belissima, est ponctuelle à l'heure de l'ouverture. D'habitude, c'est Guadalupe, la patronne, qui ouvre l'établissement le matin. Et elle le fait une heure plus tôt. Il n'y a pas de clients à ce moment-là, mais elle en profite pour passer des « coups de fil ». Elle fait ses commandes. Ce genre de choses.
Mónica fait à nouveau retentir la sonnette. Elle est

étonnée. Elle consulte sa montre, tente d'apercevoir quelque chose à l'intérieur.

Ce n'est jamais arrivé. Lorsque Guadalupe a un problème, elle prévient toujours.

Aujourd'hui, rien.

Elle se prépare à attendre. Une demi-heure, au moins. Guadalupe n'aime pas qu'on l'appelle chez elle. Mais si elle n'arrive pas, elle appellera. Elle tire un paquet de cigarettes blondes de son sac à main. Elle en allume une.

Elle connaît l'homme qui traverse la rue. Un type très costaud. Un géant. C'est Carburo. Il grommelle un bonjour. Bonjour, ma belle. Bonjour.

« Je vais te dire quelque chose. Guadalupe ne viendra pas.

— Elle ne viendra pas ? Jusqu'à quand elle ne viendra pas ?

— Jusqu'à... Je ne sais pas. Elle ne viendra pas.

— Je ne comprends pas.

— Tu n'as rien à comprendre. Elle n'est pas là. Elle est partie. Elle ne reviendra pas. Elle a fermé cette *beauté*. Tu comprends maintenant ? »

Mónica parvient à désenclaver une bouffée de cette maudite fumée coincée au fond de sa gorge. Elle s'aperçoit que Carburo tire une enveloppe de la poche de son blouson. Il la tapote sur la paume de sa main. Un geste aussi significatif que redondant. C'est ce qu'on fait d'habitude avec une liasse de billets.

« Tiens. C'est un message pour toi. Un message très précieux. Dix mille balles... »

L'employée range l'enveloppe dans son sac, comme un automate. Elle est affolée.

« Pendant tout le temps que tu as travaillé ici, tu n'as rien vu, tu n'as rien entendu. Tu ne te souviens de rien. N'est-ce pas ? »

Elle n'est pas capable d'articuler un mot. Même pas un monosyllabe. Paniquée, elle secoue la tête. Non, non, non.
« Parfait, eh bien à présent le mieux qui te reste à faire, c'est de partir toi aussi. Où tu voudras, loin. Tu comprends ?
— Loin ? Où ça ?
— Loin d'ici. Plus tu iras loin et mieux ce sera. Et n'attends pas demain, d'accord ? Demain, c'est déjà trop tard. »
Et en lui disant cela, le regard de Carburo embrassa tout l'espace, y compris l'intérieur des gens qui passaient par là.

Non, il ne pouvait pas le croire. Que ce soit elle qui ait chanté, que ce soit elle la *donneuse*. Il a fallu qu'elle attende vingt-cinq ans, comme une chatte crevée.
Il leva les yeux au ciel. Trop de lumière.
C'est ainsi que le diable paie celui qui le sert ? Ma prima donna !
Et l'on coule toujours d'être trop monté.
Et ce morveux de Malpica en train de me traiter de parrain. Un de ces imbéciles, de ces fanatiques, qui pense pouvoir réparer le monde.
Parrain ? Il n'y a pas de parrain, ici ! Comme l'autre qui est allé le traiter de *mero mero*[1]. Vous êtes le *mero mero*, don Mariscal. Et il l'a prévenu comme il faut. Ici, on ne pêche pas de mérou et encore moins de mérou mérou. Avec un tel surnom, non seulement on vous soupçonne, mais en plus on vous ridiculise. On imagine déjà la une de la *Gazeta*. Tomás Brancana alias *mero mero*. Et il pensa alors à ce qu'il était. Il observa l'horizon et chercha le clocher de Santa María. Il était... Qu'était-il donc. Un doyen. Un *deán*. El

1. *Mero mero* : « Chef » en langage familier mexicain.

Deán. C'est cela, il y a des curés pour les paroisses et ensuite il y a le doyen. Non, le directeur du séminaire n'avait pas du tout apprécié cela. Car ça suffit de se raconter des histoires, des légendes. Ce qu'il avait dit, il était le seul à le savoir, avec le recteur, et personne d'autre. Il n'était pas allé s'en vanter, tout balancer aux quatre vents. Et toi, es-tu sûr d'avoir la vocation ? lui avait demandé le recteur. Je le suis, monsieur. Et de quelle façon comptes-tu servir Dieu ? À ce moment-là, il avait déjà remarqué que le curé se moquait de lui. Ne bronche pas nuage. Il savait tout à fait voir venir l'orage. Lorsqu'il était enfant, c'est lui qui faisait sonner la cloche de Santa Bárbara pour prévenir la tempête. Non, il n'a jamais dit cette histoire qu'il voulait devenir pape. Ni évêque. Ni même doyen. Comme Dieu le voudra, monsieur le recteur. Mais tu dois bien avoir une idée dans la tête ? Une bonne paroisse. C'est ce qu'il avait entendu dire lorsqu'il était enfant de chœur, dans la sacristie, c'est ce qu'un curé expliquait à un autre curé : « Écoute, Bernal, les paroisses doivent être jugées au nombre d'hosties qu'on y ingurgite et à l'argent qu'on y récolte. » Je ne veux être ni pape, ni doyen. Moi ce que je veux, c'est avoir une bonne paroisse, monsieur. Voilà ce qu'il avait dit. Et qui pourrait vouloir autre chose ?

Mutatis mutandis.
Qui aurait dit que ce serait elle, justement elle, qui allait chanter ? La prima donna !
Elle voletait comme un papillon, piquait comme une abeille.
Cassius Clay. Oui, à présent il s'appelle Ali.
Le papillon et l'abeille.
Épitaphe pour Guadalupe.

XXXVII

Les doigts tentaient de rattraper l'esprit sans y parvenir. Ils galopaient en trébuchant sur les touches, c'est la raison pour laquelle ils devaient de temps en temps revenir sur leurs pas, et alors Malpica, contrarié, faisait claquer sa langue. Il ne s'arrêta brusquement que lorsqu'il entendit la voix moqueuse : « Allez, vas-y, Simenon !
— Je ne possède pas ce don. Je crois qu'il était capable d'écrire et de baiser en même temps. Je suis désolé.
— C'est très bien d'être conscient de ses propres limites. Repose-toi un peu. »
Mara avait posé ses pieds nus sur le clavier de sa machine à écrire. La couleur bleu indigo des ongles. Un des derniers travaux du salon de beauté Belissima. Le regard de la collègue de travail n'invitait en rien à un jeu érotique avec le langage.
« Tu vois quelque chose ? »
Les photos de Guadalupe Melga, photographiée sur la plage et sur la table d'autopsie, étaient posées sur son giron.
« Je vois le visage de quelqu'un qui a eu peur avant de mourir. Bien peur. Et bien avant de mourir. Sans doute des années de peur... Mais je ne crois pas que cela puisse être

exploitable, ni pour le rapport médico-légal ni pour le juge. C'est comme faire une critique artistique.

— Il n'y a pas de traces de freinage sur la route. Tu t'es entretenue avec le médecin légiste ?

— Il s'est très bien conduit. Quoi qu'on en pense, il n'y a pas moyen, pour l'instant, de trouver un lien entre Mariscal et cette mort. Et cette fille, Mónica, s'est évanouie dans la nature. Il est vrai que Guadalupe prenait des tranquillisants. Et cela conforte la thèse de la distraction ou du sommeil de la conductrice. Plusieurs personnes peuvent témoigner de multiples erreurs de conduite. Sans conséquence. Jusqu'à hier. Évidemment les barbituriques ont dû être, vers la fin, ses seules sources de tendresse.

— Je suis abasourdi. C'est impressionnant de travailler avec quelqu'un qui a fait sa thèse sur *Les Expressions post-portem des hommes et des animaux.*

— Le professeur m'avait conseillé de la faire sur *post mortem auctoris*. La durée des droits de l'auteur après sa mort. Ça va devenir les procès de demain. Surtout lorsque ces merveilleux engins qui vont en finir avec le livre-papier domineront le monde. Mais moi, j'ai préféré me mesurer à Darwin, qui avait déjà écrit sur l'expression des émotions chez l'être vivant. »

Elle posa les pieds par terre. Appuya son coude sur le bureau dans une attitude pensive et observa fixement Fins.

« Toi non plus, tu n'as pas été mal servi. Ce n'est pas moi qui t'ai surnommé *Simenon*. Moi, je suis plutôt Hammett, à fond. On dit que le rapport est un vrai roman. Un bon roman, en plus.

— Ils vont se le payer, ce rapport, Mara ! Tu vas voir ce que je te dis !

— Eh bien, moi, je l'ai adoré. "Très cher monsieur, à Noitía, le vrai pouvoir s'exerce dans l'ombre et le silence…" Merveilleux. On dirait un tract anarchiste. »

Et puis on entendit la voix de la journaliste d'une lointaine émission sur les ondes courtes : « La seule façon de faire quelque chose de concret contre le crime organisé est de parvenir à voir et à entendre dans cette zone d'ombre et de silence. »

L'homme qui, comme d'habitude, ouvre la porte sans frapper n'est autre que Grimaldo, un inspecteur âgé, dont nul ne compte plus les kilos, avec des yeux de poisson et une langue venimeuse. Il s'habille avec un mélange de dandysme et de négligé. Il a la *Gazeta de Noitía* à la main et il la jette sur le bureau de Fins.

À la une, on peut voir Mariscal tout sourire, avec ce gros titre entre guillemets :

Brancana donné favori pour les municipales
NOITÍA DEVIENDRA UN MODÈLE DE PROGRÈS

Sous la photo, un sous-titre :

Ici, les contrebandiers sont d'honnêtes gens

On voyait que Grimaldo s'amusait énormément :
« Voilà une œuvre maîtresse à insérer à votre fameux graphique du Jugement dernier. Les contrebandiers sont d'honnêtes gens. Avec une sacrée bonne paire de couilles ! Il ne faut pas t'aigrir, Fins, amuse-toi un peu plutôt. Le vieux Mariscal est un grand comique. Regarde donc cette autre perle :

ÓSCAR MENDOZA,
NOUVEAU PRÉSIDENT
DE LA CHAMBRE DE COMMERCE

« Et comme pour les miracles, on peut tout à fait dire : jamais deux sans trois. Passons à la page des sports, laisse-moi faire, là, là...

Avec Víctor Rumbo, président
LE SPORTING DE NOITÍA,
EN TOURNÉE EN AMÉRIQUE

« Ce n'est pas fantastique, ça ? Une équipe de troisième division à la conquête du monde ! Et pour capitaine de cette expédition, le nouvel entraîneur : Chelín, un ami de la "pharmacie". C'est bon ! J'y vais. Je vous laisse travailler laborieusement pour l'Apocalypse. Au petit jour, la lune s'éclipsera en même temps que les poules s'envoleront ! Vous pourrez le voir depuis cette tour de guet où l'on rédige le Grand Rapport Confidentiel sur le Narco Pouvoir. Il est tellement confidentiel qu'à Noitía il reste encore quelques personnes, très peu, qui ne le connaissent pas du tout. »

Haroldo Grimaldo s'en va. Abandonne les feuilles du journal éparpillées comme un sillage cynique et triomphant. Fins le met en joue avec le canon imaginaire d'une arme.

« Va te faire enculer, Grimaldo !

— Ne perds pas ton temps, lui dit Mara. Ne te pourris pas la vie avec cette langue de vipère.

— C'est lui qui devrait écrire le rapport. Et tu sais pourquoi ? Tout simplement parce qu'il est dans la confidence. »

Ils lisaient les nouvelles annonçant les nouveautés sociales à Noitía avec l'air abattu de quelqu'un qui se serait attardé sur des obituaires. À présent, oui, quelqu'un frappait à la porte. Mara alla ouvrir.

« Fins ! »

C'était le lieutenant-colonel Alisal et le commissaire Carro. Leur allure n'était pas précisément celle de chefs en débandade, déroutés par la marée de la corruption. Le commissaire prit les devants en utilisant une métaphore effusive.

« Le feu vert a été déclenché !

— Ce soir, l'Opération Noitía se met en route, annonça Alisal. Après les instances supérieures, vous êtes les seuls à le savoir. Nous ne disposerons que du temps indispensable pour engager des renforts non corrompus.

— Les communications téléphoniques, monsieur... Elles fichent toujours tout en l'air.

— Ne vous inquiétez pas, dit Alisal. Cette fois, nous avons coupé des langues et des oreilles. Nous avons versé du poison dans les taupinières. »

XXXVIII

« Tu fais peur aux boules, Carburo. C'est pour ça que tu gagnes. »
Le geste intimidant de son garde du corps jouant au billard amusait beaucoup Mariscal. Carburo penchait tout son corps et, avec son regard et la queue du billard, il donnait le sentiment de transmettre des consignes péremptoires aux boules.
Le téléphone sonna, un appareil complémentaire de couleur noire fixé au mur de l'arrière-salle.
Le Vieux fit un geste d'ennui. Laisse-le sonner. Il ne maîtrisait pas bien la médiation des appareils. Ni la fascination pour les nouvelles technologies. Dans le fond, le Portugais Delmiro Oliveira avait raison en racontant cette blague : « Mariscal fait partie de ces gens qui pensent que les gringos n'ont jamais mis le pied sur la Lune. » Oui, il en faisait une affaire personnelle. La télévision et les vidéos étaient en train de couler le cinéma. Et la contrebande de cassettes d'enregistrement était rentable, mais pas très enthousiasmante. *Peccata minuta.* Péché véniel. Ç'avait été la même chose avec les salles de bal, qui commencèrent à décliner jusqu'à finir par fermer, à cause de ce qu'il appelait la « quincaillerie » moderne. Les juke-box, les *pick-up*. Quant à

la sonnerie du téléphone, c'était pour lui le triomphe technique de l'intrusion dans la sphère privée. Il prenait la chose à cœur. Le téléphone a détruit la famille des cow-boys et a anéanti les chevaux au cinéma. Et sans chevaux, il n'y a pas non plus de centaures dans le désert. « Ni de vedettes rapides sur la mer ! » ajouta un jour Rumbo. Pauvre Rumbo. Quel humour possédait donc cet abruti !

Il y eut trois appels consécutifs, qui s'interrompirent à la première sonnerie. Un temps de silence. Puis un quatrième appel qu'il ne laissa pas sonner. Mariscal se fixa sur l'appareil. Sur le mur, avec sa couleur noire, et la blancheur du cadran, il avait acquis la mélancolie animale d'un œil panoptique.

Sans attendre les ordres, Carburo décida de décrocher le téléphone.

« Qui que ce soit, dis-lui que je n'y suis pas », dit Mariscal, comme d'habitude.

Et il tourna son regard vers l'autre animal, le hibou empaillé. Il y a bien longtemps que ses yeux électriques ne fonctionnaient plus. Il avait demandé plusieurs fois qu'on leur redonne de la lumière, mais voilà les conséquences de la technologie, avait-il pensé, contrarié. Il n'y avait pas moyen de réparer les pauvres yeux du vieux hibou.

« Bien reçu », dit Carburo. Et, avant que Mariscal ne puisse donner une indication, il ajouta : « Donnez le bonjour à M. Viriato. »

Mariscal, le rictus grave, murmura : « Viriato, hein ?

— Ce soir même, patron. »

L'esprit de Mariscal n'a pas besoin de renseignement supplémentaire pour comprendre. C'était un code de sécurité pour les situations extrêmes : « Nous partons, Carburo. Il faut avoir passé la frontière avant minuit. »

Carburo retira immédiatement le tapis vert qui recouvrait

la table de billard et souleva les panneaux qui dévoilèrent une cache contenant une mallette. Carburo la tendit à Mariscal. Ce dernier l'ouvrit et vérifia son contenu. Il y avait des papiers et une arme.

Un Astra .38 Spécial.

Le patron regarda Carburo du coin de l'œil, puis fit tourner le cylindre et enfin soupesa l'arme. Plus petite que la main, mais d'apparence plus féroce. Bois vicieux. Acier gris-noir. Canon aplati.

« Ne me dis pas qu'elle est petite, Carburo. C'est tout un monde ! »

Brinco et Leda dînent dans un restaurant récemment ouvert, dans la zone du nouveau port sportif. Le Post-da-Mar. Une nouveauté, une avant-garde de la *nouvelle cuisine**, à Noitía. Ils sont attablés avec un couple de leur âge mais, d'entrée, on perçoit le contraste. Dans la façon de se tenir et de parler. De s'habiller également. Tous les quatre sont élégants, mais les vêtements et autres accessoires du nouveau couple possèdent encore un clinquant de vitrine de mode. L'homme est, depuis six mois, directeur d'une agence bancaire, à Noitía. Et la femme vient d'obtenir la franchise d'une enseigne de bijouterie, détail dont le compagnon informe l'autre couple avec un enthousiasme où les yeux et les lèvres resplendissent.

« Ta dame des naufrages est extrêmement belle ce soir », dit Mara.

Fins ignora le commentaire. Quelque chose le tracassait.

« Qui sont les deux autres ?

— Ceux au papier couché ?

— Oui. D'où sortent ces snobinards ?

— À l'attention de Mnémosyne. Lui, c'est Pablo Rocha. Le directeur de l'agence bancaire dont je t'ai parlé, qui éprouve un soudain et enthousiaste intérêt pour les virements de Noitía au Panamá et aux îles Caïmans, transitant d'abord par le Liechtenstein et Jersey. Un phénomène.

— Il n'avait pas besoin d'aller aussi loin. On blanchit mieux l'argent ici, directement.

— Parles-en à la fille. Estela Oza. Elle vient d'ouvrir une bijouterie, sans le moindre crédit ni rien. Jusqu'à présent, elle n'avait pas un sou vaillant. Un miracle.»

Ils étaient en filature. Ils avaient suivi la voiture de Brinco jusque-là. Il conduisait décontracté. Il était clair que, cette fois, il n'y avait pas eu de fuites. Les choses se passaient bien. On avait prévu de passer à l'action à minuit. Il fallait synchroniser les arrestations pour éviter toute alerte et disparition dans la nature. Jusqu'à présent, on avait donné l'ordre d'éviter le plus possible l'usage de la radio. Les contrebandiers possédaient déjà des appareils à scanner. Lorsqu'on avait perquisitionné la villa de Tonino Montiglio, on se serait cru au palais des télécommunications.

Mara posa ses pieds nus sur le tableau de bord de la voiture. Elle fit bouger ses orteils, comme des marionnettes.

«La couleur est vraiment sombre...

— Bleu orage.

— On dirait des argonautes.

— Quoi?

— Tes orteils. On dirait des argonautes.

— Qu'ont-ils de commun avec les argonautes? Ils ne sont pas du tout en train de chercher de l'or à gauche et à droite.

— Je parle des êtres réels. De ceux qui vivent dans la mer. Ce sont les bestioles les plus moches de la création.

— Charmant!»

Mara actionna la touche du radiocassette. En entendant

la bande magnétique, elle exagéra son air étonné. Simulant une extase comique.

La voix de Maria Callas.

« Pauvre Malpica ! Qu'est-ce que c'est que ce truc-là ?

— *Casta Diva, La mamma morta... Un bel dì, vedremo.* Elle restera là jusqu'à ce qu'elle casse ou qu'elle meure ! Pas une ne résiste. Avant cette cassette, c'est celle de *Kind of Blue*, de Miles Davis, qui s'est cassée. Et encore avant, *Baladas de Coimbra*, de Zeca Afonso. Et *La Leyenda del tiempo* de Camarón de la Isla y est également passée. Si tu trouves quelque chose de mieux, dans tout l'univers, préviens-moi ! »

Malpica porta quelque chose à sa bouche.

« Qu'est-ce que tu manges ?

— Des perles d'ail.

— Donnes-en une.

— Ce ne sont pas des perles d'ail.

— Ça ne fait rien, donnes-en une. J'aime les nouveautés.

— Non. Tu ne peux pas prendre ça.

— Ce ne serait pas de l'acide par hasard ? Un trip avec Maria Callas. Le bonheur !

— Mieux que ça, dit Fins avec un certain humour. J'ai le mal de Santa Teresa. Le petit mal. »

Il attendit. Il savait qu'elle était en train de méditer le renseignement. Le Département de détection des mensonges de la déesse Mnémosyne travaillait à plein régime.

« Tu parles d'une sorte d'épilepsie ? demanda enfin Mara. Vraiment ?

— Chut ! Les vieux appellent ça des "absences". Avoir des absences. Ce n'est donc pas une maladie. C'est une propriété... poétique. Et secrète. Elle avait disparu pendant quelques années, mais dernièrement elle est revenue.

— Eh bien, raison de plus. Donne-moi un de ces cachets.

— Non.
— Si!»
Mara tend la main : « Le savais-tu ? Elle aussi faisait partie du club des barbituriques.
— De qui parles-tu ?
— De la Casta Diva. »

Au Post-da-Mar, Víctor Rumbo et le banquier Rocha ont l'air de s'entendre à merveille. Ils deviennent complices. Sans parvenir à se montrer désagréable avec Estela Oza, Leda se sent plus attirée par la conversation des hommes. Elle approuve Brinco, il lui plaît, mais elle est surtout de plus en plus attirée par son intérêt croissant et passionné pour le monde des affaires.

« Mais tu crois qu'il y a suffisamment d'acheteurs pour une urbanisation de cinq cents villas sur la côte de Noitía ?
— Évidemment. Tu peux même multiplier par trois.
— Et qu'est-ce que je dois multiplier par trois ? »
Pablo Rocha ouvrit ses bras dans un geste qui contenait l'infini : « Tout ! »
Dans une demi-heure, il serait minuit.
Un serveur s'approcha et posa un étui en cuir sur la table, à côté de Brinco. La pochette contenant la note.
« Monsieur Rumbo, si vous voulez bien... »
Brinco fut surpris. Il ne l'avait pas demandée, la note. Il connaissait ce serveur. Ils avaient quelquefois été ensemble en mer. Pepe Rosendo. Il avait été sur le point de le renvoyer. De le remettre violemment à sa place, et en public. Mieux valait ne pas faire un scandale devant ce couple. Il ouvrit l'étui.

Il n'y a pas de note. Brinco aperçoit la carte de visite du restaurant illustrée avec le Code International des Phares

et Balises. Il la retourne et lit discrètement, en maintenant l'étui entrouvert. Sur le verso, écrit à la main, se trouve un message :
Victor India Romeo India Alfa Tango Oscar
Avant tout, du calme. Brinco croise le regard de Leda : « Souviens-toi qu'il nous faut appeler Viriato sans faute. Avant minuit ! » Ensuite, s'adressant à l'autre couple :
« Quelle chance ! C'est la maison qui invite. »
Leda se lève et saisit son sac à main.
« Excusez-moi. Je vais un instant aux toilettes. »
Au bout d'un moment, Brinco se lève à son tour. Pablo Rocha et Estela Oza semblent quelque peu déconcertés. Mais ils sourient.
« Mais qu'allez-vous imaginer ? Moi, je vais aux toilettes des hommes, hein ! »

La sortie de secours du Post-da-Mar donne dans une ruelle, illuminée par des lampadaires à la lueur fatiguée. Au milieu, Leda attend dans une automobile en marche. Elle ne s'est pas aperçue qu'elle était suivie. Malpica et Doval se cachent derrière les véhicules en stationnement. « La Nuova Giulietta ! » susurre Mara. Lorsque Brinco se prépare à prendre place dans la voiture, Malpica lui saute dessus. Mara couvre son collègue en visant avec son revolver. La proie n'est pas facile.

« Lâche-moi, connard ! Toujours à faire son larbin celui-là. Tu pues la merde ! »

Malpica le force à se mettre à plat ventre et réussit à lui passer les menottes.

« Tu vis à crédit depuis que tu es revenu, murmura Brinco. Mais je te jure qu'à partir de maintenant, je vais m'occuper de ton cas. Mais pour qui tu te prends ?

— Apparemment, il vous reste encore des cercueils, hein ?
— Le Vieux avait raison. On aurait dû t'envoyer au cimetière de la Chacanta tout de suite, lorsque tu es revenu. »
Leda ouvre brusquement la portière de la voiture. Elle se penche sur eux et hurle.
« Lâche-le, Fins ! C'est pour ça que tu es revenu, espèce de connard ? »
Mara met en joue la voix qui parle. Elle avance lentement en direction de la Nuova Giulietta.
« Et toi, qu'est-ce que tu veux ? Ne me dis pas que tu tires sur tout ce qui bouge. Fins, elle tire bien, cette putain de maigre ?
— Bien mieux que moi.
— Ça se voit.
— Barre-toi, Leda ! » crie Brinco sur un ton péremptoire.
Mara est très près d'elle. Elle regarde avec une surprise contenue ses pieds nus, la couleur irisée du vernis des orteils. Mais incapable de se déterminer autrement, ni même de pousser de grands cris, elle laisse Leda se réinstaller dans la voiture, qui fait marche arrière, tourne et accélère brusquement en sortant de la ruelle.

Mara baisse son arme. Elle est muette, cassée, comme la lumière qui éclaire l'endroit. Elle se baisse et attrape quelque chose par terre. Les chaussures à talons de Leda Hortas.

Après le générique du journal, le présentateur lit les nouvelles. Une information de politique internationale et une autre de politique espagnole. Ensuite, une information économique, traitant de l'augmentation des prix du pétrole. On entend enfin citer Noitía, et Mariscal crache une bouffée de fumée.

Trente-six personnes soupçonnées d'appartenir à des réseaux de contrebande ont été arrêtées ce matin, dans différentes localités de Galice, au cours de ce qu'on a appelé l'Opération Noitía. Parmi les détenus figure Víctor Rumbo, le président du Sporting de Noitía et chef présumé de la plus puissante organisation. L'opération, à laquelle ont collaboré les différentes forces de sécurité, a été préparée avec un maximum de discrétion. Au cours des perquisitions et des contrôles effectués, on a pu saisir d'énormes quantités de tabac, d'argent liquide, dont une partie en devises étrangères, et même des armes à feu. On a ainsi pu constater un intérêt croissant de ces organisations pour le trafic de stupéfiants.

Écoutons à présent l'estimation d'un des responsables de cette importante opération, le lieutenant-colonel Alisal : « Ç'a été un coup dur pour les réseaux de contrebande du tabac. Et également une opération de prévention en vue d'éviter tout type de trafic illégal. C'est bien plus qu'un avertissement. La société doit vivre en paix, et les délinquants dans l'insécurité. À partir de maintenant, ces derniers doivent savoir que nous allons arracher les racines du mal. »

« Je t'ai déjà dit que d'ici on captait très bien la télévision espagnole.

— On la capte même mieux que là-bas ! »

Nord du Portugal. C'est le début de l'après-midi. Delmiro et son invité ont déjà déjeuné. Ensuite, ils se sont confortablement installés dans un canapé de l'une des pièces de Quinta da Velha Saudade, pour regarder les nouvelles. À la fin de l'émission, le Vieux avait allumé un havane. Il avait recraché une bouffée de fumée et observé la façon dont elle montait, semblable à l'herbe de l'air, pour aller s'enrouler autour des branches du lustre.

Il avait fait claquer sa langue.

« Il faut que tu goûtes à un de ces cigares, Delmiro ! »

L'océan, tout près du pôle Sud, vient juste d'être soulevé. Chelín s'assoit en tailleur sur l'Antarctique. Il observe l'image de Lord Byron en train de méditer sur la liberté de la Grèce. C'est le meilleur compagnon qu'il ait jamais eu. Une sereine inquiétude sur son visage. Il referme le volume et le place sur l'autre, dans la bibliothèque, à sa hauteur. Lorsqu'il ouvre la valise de cuir, on voit apparaître son nid. Les instruments de pharmacie. Tous les outils indispensables pour se shooter. La seringue, le ruban élastique, le flacon d'eau distillée, la cuillère à café, les filtres de cigarette, le briquet. Et le plus important. Le caillou sacré. Il glisse le manche de la cuillère à café entre les deux tomes de *La Civilisation*. Ainsi, il peut avoir à hauteur des yeux le cratère où mettre le caillou à fermenter. Oui. Il lui reste encore un petit caillou de cheval pour se faire un bon shoot. Un shoot en trois temps. Pomper en trois temps. Pomper. Une souris l'observe depuis le milieu de l'océan. Il est habitué à en voir galoper dans le coin. Il est également habitué au regard aveugle du Mannequin aveugle et à la mélancolie du Squelette manchot. À la grue empaillée. Mais le regard d'une petite souris est énorme. Bien qu'elle soit loin, elle le touche avec le graphite de ses yeux. La souris en train de méditer sur la liberté de la Grèce.

Dans la valise, son nid se trouve dans un trou pratiqué entre des liasses de billets. Des dollars. Il y a juste la place pour le pendule et pour la Flamme. Un trésor pour la liberté de la Grèce. Il donnerait tout ça pour un baiser. Pour un peu de salive dans la bouche.

Chelín cache tout cela sous les planches de l'océan.

La première réaction de Fins Malpica fut de flairer l'air autour de lui. Pas du tout pour extérioriser théâtralement son indignation. Il le fit parce qu'il ressentit réellement un certain malaise, toujours accompagné d'une odeur de fumée de gas-oil mélangé à du salpêtre. De mer incendiée. Il se contrôla. Puis il transforma son rictus de dégoût en un air extrêmement sérieux.

C'est de cette façon qu'il quitta le palais de justice. Descendant l'escalier comme quelqu'un qui compterait les marches et remarquerait qu'il en manque quelques-unes. Il y avait du public et un groupe de journalistes, qui avaient attendu que le juge se prononçât à propos de Víctor Rumbo, qui apparaissait comme le principal interpellé de l'Opération Noitía.

Malpica ne répondit pas aux questions. Il ignora les micros. Il rumina des phrases historiques. Et les avala comme de l'herbe fraîche, pour apaiser son malaise.

« Mais que s'est-il passé, inspecteur ? demanda un journaliste.

— On va vous transmettre l'information, de bonne source et de première main. »

Il commençait à savoir parler comme un cynique. Il n'esquiva pas le groupe de gens qu'il avait intuitivement senti hostile à sa personne. Il ne le défia pas non plus. Il marcha comme un homme tranquille. C'est-à-dire comme un homme fini.

Il retrouva Mara à mi-chemin pour se rendre à la voiture. Mnémosyne, elle, semblait ailleurs. Troublée par cet événement incompréhensible.

« On va le relâcher. C'est incroyable, expliqua Fins. En échange d'une caution dérisoire. Il paraît même que *RH Négatif* est venu lui donner un coup de main.

— RH Négatif ?

— Un euphémisme. C'est comme ça qu'on appelle une huile du tribunal suprême. »

À présent, c'est Leda Hortas qui ouvre la porte du palais de justice et hurle de joie.

« Il est libéré ! »

Et voilà Brinco qui apparaît avec son sourire d'as, accompagné de deux autres détenus importants, Inverno et Chumbo, et de l'avocat Óscar Mendoza. Depuis le haut de l'escalier, ce dernier est le seul à prendre la parole.

« Messieurs, voici une excellente nouvelle pour Noitía. Mon client, Víctor Rumbo, vient d'être remis en liberté. Nous vous donnerons ultérieurement tous les détails. Pour l'instant, l'important est de fêter que justice a été faite et que notre cher compatriote est en liberté, avec nous. Merci à tous !

— Monsieur Rumbo, comment allez-vous ?

— Je crois que je vais mieux que ceux qui m'ont arrêté. Finalement, j'ai même bien dormi. Avec la conscience tranquille en tout cas. »

Il fit une caresse à Leda. Il la saisit par la taille, l'embrassa. Une scène qui rappelait la remise des trophées dans les grandes épreuves sportives. Brinco savait qu'il avait un bouton entre les mains qui lui permettrait de déclencher des rires et des applaudissements. Il embrassa Leda une nouvelle fois. Puis il dit :

« Et je crois que je vais dormir encore mieux, beaucoup mieux même ! »

En s'installant dans la voiture, Mara demanda soudain à Malpica :

« Que ferais-tu si tu rentrais chez toi et que tu trouvais ton chat mort ?

— Tu veux dire mort de chez mort ?

— Oui. Je veux dire qu'ils l'ont tué. Ils l'ont tué et l'ont accroché à la poignée de la porte. Comme dans le temps. »

Malpica posa ses mains sur le volant. Le silence de ne savoir que dire. Il n'osa pas la regarder non plus. Ni la toucher.

« Tu veux bien que je mette la Casta Diva ? demanda-t-elle.

— Bien entendu. Elle est là jusqu'à ce qu'elle casse. »

XXXIX

Au centre de la scène du Vaudevil, on peut voir une Chevrolet Eldorado. C'est Víctor Rumbo qui l'a achetée à Cuba. Il l'a découverte à Miramar, a contacté le propriétaire et n'a cessé de le harceler, pour finir par lui annoncer que c'était le dernier jour qu'il passait sur l'île et lui proposer de monter pour l'essayer : « Let's go une petite promenade. » Il racontait toujours ça, ce connard. Et lorsqu'il se mettait en colère c'était aussi toujours sa phrase. Il faisait peur, ce salopard, lorsqu'il disait « Let's go une petite promenade ». Car l'achat de la Chevrolet s'était quelque peu compliqué. Lorsqu'on l'avait enfin débarquée à Vigo, le visage de Brinco s'était soudain transformé. Il s'était mis à faire des claquettes avec les dents. Il était si en colère que ses jurons perçaient les nuages. On n'avait envoyé que la carrosserie de la Chevrolet Eldorado. Et cela n'avait pas vraiment d'importance pour lui, malgré le tas de démarches qu'il avait dû faire. Car il voulait la berline juste pour décorer le club. Mais ce qui l'avait vraiment mis hors de lui, c'est qu'il manquait la mascotte, l'oiseau, sur le capot.

« Et la calandre ? Où est donc passée la calandre ? »

L'envoi était arrivé plombé, avait-on expliqué à la douane. Dans des caisses en bois. Ce qui était là était exactement ce qu'on avait envoyé. Ici, personne n'avait pu voler la figurine de l'oiseau. Víctor Rumbo fumait de toutes parts, comme si ses os étaient en train de brûler. La colère lui avait fait oublier le nom du type. Alors il l'appelait Let's Go. En hurlant. Des hurlements qui traversaient la mer. Une folie. Let's Go et la Calandre.

« Ne te mets pas dans des états pareils pour un putain d'oiseau en acier, lui dit Mendoza. Je vais te trouver l'emblème d'une Rolls. L'Esprit de l'Extase. Ça, c'est de la mascotte !

— Tu ne comprends pas, lui dit Brinco. Elle était à moi. C'était ma putain de calandre ! Je ne savais pas ce que c'était. Et c'est lui, ce grand salopard, qui me l'a dit. Que c'était une calandre. »

Et il avait envoyé Inverno à La Havane avec tous les détails et l'adresse de Let's Go en lui confiant une mission : « Ne t'avise pas de revenir sans la mascotte ! »

À présent, la Chevrolet était là, et avec sa calandre.

Víctor Rumbo avait voulu faire du Vaudevil une boîte de rêve. Un avant et un après, dans l'histoire de Noitía. Jusqu'alors, les clubs à hôtesses, sur les routes de la côte, étaient en majorité des lieux pourris et sinistres, avec une architecture dépressive aux néons suppurants. Le Vaudevil devait être quelque chose de différent. Que personne ne pourrait oublier. Un club pour encanailler les élites, avec du style, pour passer des nuits folles. Mendoza, Rocha et la toujours plus active et entreprenante Estela Oza étaient associés, avec la couverture qu'ils avaient choisie. Brinco, de son côté, voulait que le Vaudevil devînt un cadeau de luxe pour Leda. Il l'imagina même comme une grande dame, gouvernant tout depuis son bureau, sur des écrans permettant de contrôler chaque recoin. Les salles, les arrière-salles et aussi les chambres. Elle avait du caractère, de l'ambition et du style. Merde alors ! Elle avait plus de style, avec son charme sauvage, ses cheveux châtain-roux affrontant l'orage, que la très belle Estela Oza. Mais les choses avaient fini par se gâter. Comme prévu, il avait apporté sa contribution. Il avait trouvé et acheté des femmes. Car les affaires se passaient comme ça. Les gens pensent que les putes se promènent par là, comme des touristes. Eh bien pas du tout. Il faut se présenter aux enchères. Examiner leurs dents. Surenchérir sur d'autres acheteurs. Il faut aussi dompter les récalcitrantes. Et même les dociles. Et puis, il faut les protéger. Disons-le de cette façon. Et tout ça, c'est Brinco qui s'en était occupé. Il s'en était parfaitement acquitté. C'est lui qui avait fourni la chair.

L'inauguration avait été spectaculaire. Il y avait des invités surprenants, des gens distingués, des personnages dont Brinco était conscient qu'ils tournaient la tête ailleurs, dans la rue, pour ne pas avoir à le saluer. Et tout ne fut qu'étonnement, effarement, lorsque les visiteurs avaient pénétré sur la terrasse couverte, avec sa grande colonne cylindrique et transparente remplie de colibris en train de voleter autour du serpent fleuri du bougainvillier. Et dans l'arrière-salle, réservée aux jeux de cartes, mais surtout à un jeu de paris plutôt exotique, qui au début avait fait sensation autant chez les hommes que chez les femmes. C'était un aquarium où de petits poissons guerriers se battaient. Des dragons rouges. Une espèce d'animateur, portant une veste en satin brillant, s'occupait de remplacer à mesure les morts déchiquetés et d'annoncer à haute voix les paris. Et sur la scène, avec la Chevrolet Eldorado en décor de fond, sa carrosserie plus étincelante que le satin de l'animateur, on pouvait admirer un show annoncé comme s'il s'agissait du vrai cabaret Tropicana.

Mais quelque chose était en train de rater, au milieu de toute cette agitation. Brinco avait plusieurs fois demandé où se trouvait Leda, puis il avait envoyé Inverno la chercher à l'Ultramar. Elle était finalement arrivée. Elle s'était excusée pour son retard. Des problèmes domestiques. Et son arrivée n'était pas passée inaperçue, avec son authentique allure de dangereuse élégance. Alors, le visage de Brinco avait perdu son air d'être en train de chercher partout une dent venant de lui tomber. On avait également commenté une absence très remarquée, spécialement dans les cercles les moins informés. Où est donc Mariscal ? Mais ni Víctor Rumbo ni son entourage ne s'étaient posé, eux, cette question. Le vieux n'aimait pas la foule. Il devait être en train de divaguer par-ci par-là, son œil panoptique calculant certainement le moment où le vide lui demanderait de prendre la parole.

Leda ne retournerait jamais plus au Vaudevil. Brinco s'aperçut très vite qu'elle évitait toute conversation sur le sujet. Elle avait décidé que le cabaret n'existait pas. Mais pour lui, au contraire, cette grande enseigne bleutée au néon, avec la mascotte de la calandre rose clignotant en arc de cercle, au-dessus des lettres, avait peu à peu atteint une puissance hypnotique. Depuis n'importe quel point de la vallée, on pouvait apercevoir l'enseigne à flanc de montagne, affrontant la revêche nuit de la mer.

La marée de snobinards disparut rapidement du Vaudevil. Parmi les associés, seul l'avocat Mendoza se laissait voir de temps à autre. Par fidélité. Il aimait les filles et il avait l'occasion de baiser gratis. Bien que le Vaudevil soit plus fréquenté que les autres boîtes à hôtesses du secteur, la clientèle finit par devenir la même. Des jeunes en train de faire la fête. De vieux solitaires argentés. Les contrebandiers qui s'étaient reconvertis à la coke, qui se présentaient surtout les jours fastueux suivant une livraison importante.

« Qui c'est, ce type ? Belvís ? Merde alors. Mais on ne m'avait pas dit qu'il lui manquait une case ? Et les joueuses de maracas, c'est pour quand ? »

Oui, c'est Belvís, le ventriloque, l'homme-orchestre, avec son compagnon El Pibe. Les fins de semaine, Víctor Rumbo continuait à programmer des attractions. Ce n'étaient plus les extraordinaires prestations des débuts. À présent, c'étaient des numéros plus normaux, quelque vieille chanteuse de charme, des couples proposant un numéro érotique. Mais un jour, Brinco avait croisé Belvís qui descendait de l'autobus à la bifurcation du Chafariz. Il portait une valise à la main. Il avait arrêté son Alfa Romeo et lui avait dit : « Monte, Phénomène ! » Et Belvís était tout content, justement parce qu'il l'avait appelé Phénomène et parce qu'il avait toujours aimé les voitures rapides.

« Qu'est donc devenu Charles Chaplin ? » lui avait demandé Brinco.

Belvís l'avait regardé d'un air surpris. En réalité c'était sa façon naturelle de regarder les gens.

« El Pibe ? El Pibe est là, dans la valise. Il préfère quand on reste à Conxo. Là-bas il a plus de conversation. Mais il faut bien sortir un peu. »

Et alors Brinco lui avait dit tout de go, comme il parlait d'habitude :

« Eh bien tu peux te préparer. Aujourd'hui, c'est samedi. Ce soir, El Pibe et toi, vous allez présenter votre numéro au Vaudevil. »

Et donc, voilà que Belvís et sa valise entrent en scène. Il salue, avec une révérence, la Chevrolet Eldorado. Pas parce qu'elle joue, mais parce qu'elle ressemble à un merveilleux bateau arborant une calandre sur son museau. Il ouvre la valise. En tire El Pibe. Puis il s'assoit sur le tabouret. Il regarde le public pour la première fois, mesure le vacarme. Car la plupart des gens ne font pas attention à lui, attendent que les joueuses de maracas entrent en scène. Au fond, il y a un grand comptoir. Les gens sont en majorité des solitaires en train de faire chauffer leurs glaçons. Ils ont des yeux de fauconniers. Ils étudient le terrain. Mais il y a aussi un groupe qui rit et parle fort, sans remarquer le moins du monde la présence de Belvís avec El Pibe. Il n'y a guère que quelques couples, au deuxième rang des tables, le plus proche de la scène, qui lui prête quelque attention. Belvís cherche Brinco des yeux. Il était là, à l'angle, lorsqu'il l'avait poussé sur scène. Avant cela, il lui avait présenté une jeune femme aux très grands yeux, qui s'appelait Cora. Et lui, il avait présenté El Pibe à Cora. En réalité, c'étaient de grands yeux pour réaliser une vue panoramique. Mais à présent, il n'y avait personne. Ni Brinco ni Grands Yeux. C'est Inverno qui se trouvait dans l'angle à présent. L'éternelle vigie.

« Merci pour votre brillante indifférence, dit enfin Belvís au public. Je vous présente Carlitos, El Pibe. C'est un intellectuel.

— Je peux raconter une histoire, *che*?

— Bien entendu, Pibe. C'est ce que tout le monde attend... et qu'on en finisse le plus vite possible. Ce sont des gens très importants. Ils ne peuvent pas perdre leur temps à mesurer ton intelligence.

— Eh bien voilà. L'autre jour j'ai surpris une conversation. Sans le vouloir, tu sais parfaitement que j'entends toujours tout, sans le faire exprès bien sûr. Ça c'est passé ici, à Noitía, bon, peut-être ailleurs. En tout cas, un type a expliqué à un autre type : Voyez-vous, chef, je ne sais pas quoi faire. Le juge m'a demandé de choisir entre un million de pesetas et un an de prison. Et alors l'autre lui a répondu : Je me demande bien pourquoi tu hésites. Prends donc l'argent !

— Les gens sont merveilleux, Pibe. Je me souviens toujours d'une boîte comme celle-là, remplie de fieffés gredins et de traînées en tout genre...

— Mais sais-tu ce que tu viens de dire, *che*?

— Tu veux dire que j'ai offensé quelqu'un ?

— Bien entendu ! Présente donc tes excuses au patron. Ici, ce n'est pas une *boîte*, mon gars. C'est un club !

— Regarde-moi aussi, Pibe.

— Non, toi, je préfère ne pas te regarder, dit la marionnette, en tournant son regard vers le ventriloque et en sursautant brusquement. Regarde ta main. Tu as vu par où tu m'attrapes, espèce de salopard ! »

Et c'est alors que Pibe lança un regard panoramique sur l'ensemble du public qui avait enfin réagi à quelque chose en se mettant à rire.

« Mais eux... *Tu vois, tu vois, che!* Ils sont faits à l'image de Dieu. *Regarde, regarde!* Quelle blague, l'Être suprême ! Il a dû se sentir super content après avoir fait ça !

— C'est comme ça, ils sont tous à son image, Pibe. C'est ce que dit la Bible. »

Et El Pibe chercha et trouva quelqu'un à regarder en particulier. Un type qui semblait être la caricature du mauvais coucheur. Un buisson de poils dépassait de chacune de ses narines et faisait office de moustache. Ses sourcils très épais, en forme de corniche, cachaient des yeux de rat. Chacune de ses rides était une vraie cicatrice. Il serrait les dents, n'allait pas tarder à grogner. Assise à ses côtés, très sérieuse, il y avait une fille. C'est à elle que s'adresse El Pibe.

« Dis-moi, ma chérie. Comment te sens-tu lorsque tu es assise aux côtés de Dieu ? *Que ressens-tu donc, che ?* »

Le couple rit, surtout l'homme. Mais un malaise alcoolisé se fait sentir parmi le groupe du fond, qui jusque-là n'avait pas prêté attention au spectacle. Inverno les connaît. L'un d'entre eux s'appelle Lelé Toén, c'est un des hommes de main de Carburo, l'homme de confiance de Mariscal. L'autre s'appelle Flores, tout le monde l'appelle *Maître*. Il traîne par là, ces jours-ci. C'est un hôte mexicain de *Macro Gamboa*. Il sait qu'il vaut mieux ne pas s'occuper d'eux. Ils se fatigueront tout seuls. Ils finiront bien par s'en aller.

Mais Flores, Dieu sait pour quelle raison, avait décidé que cette marionnette ne pouvait pas continuer à parler. Et le scandale avait commencé. Il avait fixement regardé El Pibe, pas Belvís. Il l'avait insulté. Fils de pute... poilue ! Et Inverno s'était dit qu'il serait peut-être temps de prévenir Brinco. Celui-ci devait être occupé avec la fille aux grands yeux, mais il allait le déranger tout de même.

« Calme-toi, mon gars, dit Lelé à *Maître* Flores. C'est juste un comique avec sa marionnette. Un clown. Un taré.

— Un taré ? Tu crois que je vais me laisser traiter comme un éleveur de porcs ? »

Belvís dit :

« Tu as entendu quelque chose, Pibe ? »

Pourvu qu'il ne réponde pas, qu'il ne dise rien, pensa Brinco qui s'était déjà présenté à l'angle opposé du comptoir.

« Nous étions en train de parler de Dieu, là, avec ce monsieur et cette demoiselle, et quelqu'un a changé de sujet de conversation, dans le fond. Qui aurait une laisse pour attacher ce porc ? »

Maître Flores brandit son arme. Un petit revolver fixé à son mollet, sous la patte d'éléphant de son pantalon. Un changement de sujet. Sans autre cérémonie, il avait visé la marionnette et lui avait tiré une balle dans la tête. On avait entendu un autre coup de feu. À présent, *Maître* Flores gémissait, blessé, désarmé. Il se plaignait de la main qui avait tenu l'arme.

« Emporte ton dur-à-cuire avant que les flics se pointent ! dit Brinco à Lelé.

— Ça ne va pas du tout plaire au patron.

— Il n'avait qu'à bien se tenir. Ici, au Vaudevil, c'est moi qui commande ! »

Belvís avait posé la marionnette sur son giron. Il était en train de la bercer.

« Tu m'entends, Pibe ? Tu ne m'entends pas, *che* ?

— Tu as eu de la chance qu'il n'ait pas fait voler la tienne... de tête ! »

Brinco ramassa quelques esquilles de bois par terre.

« Si les flics se pointent, tu te tais, hein ! La bouche sert à se taire. »

XL

« Ça, oui, c'est un vrai paradis... monsieur le juge », dit Óscar Mendoza en arrivant à la fête. Et tout le monde comprit que c'était une blague. Et que c'était sérieux.

Le manoir de Romance possédait une porte ouvrant sur la mer, comme le voulait Leda, mais également une piscine. À inaugurer. La porte de la mer menait en réalité à un Éden. Une plage de sable fin et blanc, sur laquelle débouchait un petit ruisseau, le Mor, qui formait sur son passage, et sans l'aide de personne, un verger, avec un prolongement naturel où le vent distribuait végétation et dunes. De l'autre côté, après l'étendue de sable, à l'abri d'une falaise, on pouvait voir l'ancien embarcadère de pierre, permettant la mise à l'eau des yachts et l'amarrage des barques et des bateaux.

Víctor Rumbo attira l'attention des invités en frappant dans ses mains. On sentait qu'il était euphorique et il parvint à improviser un discours de bienvenue constellé de rires et d'applaudissements.

« Bien, alors voilà... En réalité, en réalité, le manoir appartient à Leda. Moi, je dois me contenter du lit... Mais il y a quelque chose de particulier pour Santiago également... suivez-moi. »

Il souleva son fils à bout de bras, l'assit à califourchon sur ses épaules et prit la tête de l'expédition en direction du lieu de la surprise. On pouvait voir un espace couvert de grandes bâches bleues. Brinco fit un geste de la main, comme battant la mesure, et un violoniste commença à jouer une valse. Un autre geste indiqua aux opérateurs qu'il était temps de retirer les bâches, alors que les invités s'étaient placés tout autour du grand rectangle.

La piscine se trouvait là. Mais elle n'était pas vide. Du fond de l'eau, on vit émerger un dauphin. Et en même temps que lui, un murmure admiratif. On n'avait plus besoin de battre la mesure. Tout le monde demeura dans un silence perplexe, tandis que l'archet semblait arracher la musique au dos et à l'aileron du cétacé.

« Tu voulais un ami ? Maintenant, tu as un ami ! »

Chelín suit Leda du regard. Il parvient à attirer son attention. Il tire le pendule de sa poche et l'approche du sol. Le pendule se met à tourner. Elle acquiesce en souriant. Oui, c'est vrai. C'est elle qui prend à présent la main de son fils pour faire une promenade autour de la piscine, envoûtés par la présence du dauphin, tandis qu'un groupe d'hommes, les associés et les amis, entourent Brinco, leur verre d'apéritif à la main.

« Bien, Brinco, nous aussi, tes amis, nous avons prévu une petite attention pour toi, dit l'avocat avec plus de familiarité que jamais. Allez, mon gars ! Pour toi aussi, il y a des merveilles de la nature. »

Le groupe se dirige vers le portail du manoir et Mendoza et Rocha appellent le reste de l'expédition.

« Inverno ? Où est passé Inverno ? », demande Brinco.

L'avocat frappe plusieurs fois dans ses mains et le portail s'ouvre. Une limousine aux vitres fumées pénètre dans la propriété, à petite vitesse. Juste derrière, un groupe de mariachis, dont Inverno a pris la tête, interprète *Pero sigo siendo el rey.*

Soudain, les portes de la limousine s'ouvrent. Trois filles en descendent. Très séduisantes, vêtues de chemises de nuit attirantes. Cintrées, décolletées, brillantes.

« Voilà tes princesses du Vaudevil ! »

Elles font honneur à leur accueil, tournent sur elles-mêmes, comme des mannequins, puis embrassent l'hôte. Le chef.

Leda a entendu la musique. Elle a reconnu le chant de la voix puissante d'Inverno. Elle vient se joindre, avec curiosité, à la fête. Santiago joue avec d'autres enfants. Alors, elle y va toute seule. Ou presque seule. Chelín la suit de près. Il sait, car il la connaît, qu'elle va faire demi-tour, furieuse, lorsqu'elle apercevra la limousine et la scène de l'accueil des jeunes femmes du club Vaudevil. Et Chelín a tout à fait raison. Car Leda fait demi-tour et presse le pas pour atteindre l'escalier qui mène à la terrasse et à l'une des entrées du premier étage. Il s'approche d'elle.

« Attends. Où vas-tu ? »

Elle le regarde comme un étranger. Comme quelqu'un qui aurait perdu le sens des réalités.

« Qu'est-ce que ça peut te faire ? Je vais m'habiller en grue !

— Leda, tu sais que je t'ai toujours porté chance. »

Chance ? Elle va continuer sans l'écouter. En voilà un à qui il manque une case. Mais elle fixe son regard sur lui. Le reconnaît. Voilà bien longtemps qu'elle n'avait pas eu envie de pleurer à ce point. Elle ne pleure pas. Elle lui caresse le visage du bout des doigts. Il est extrêmement maigre. Un regard d'enfant avec des pointes d'acier dans la barbe.

« C'est vrai, Chelín.

— Tu te rappelles lorsque nous cherchions des trésors ? À présent, j'ai découvert quelque chose. J'ai découvert que les trésors se trouvent seulement sous l'océan. Là où les rangent les morts et les naufragés. Il faut aller les chercher là. Sous l'océan. Dis, s'il te plaît, océan. »
Leda l'écoute étrangement, avec une certaine inquiétude. Ce gars a quelque chose qui ne tourne pas rond dans sa caboche. Il ne va pas bien à nouveau. Il a replongé. Elle n'est pas idiote. Il n'est rien qui la trouble davantage que la découverte de la désolation. Elle sourit et il sourit. Cela fonctionne. Ensuite elle pose sa joue sur la sienne. Concave convexe. Cela aussi fonctionne. Océan. Ensuite un baiser. Un bécot. Elle se met à courir et monte l'escalier aussi vite que l'éclair.
Chelín murmure : « Un peu de salive. Quelle chance ! »

Brinco appelle Chelín. Il tient Cora par la main.
« Tu vas voir la deuxième chose qui me plaît le plus dans la vie. Où sont les étoiles, Chelín ? »
Si c'était une blague, il ne l'avait pas comprise. Sa tête est ailleurs. Les étoiles ? Ah, oui, bien sûr, quel imbécile ! Il courut chercher la fusée avec les feux d'artifice. Les voilà ! Un soleil, un palmier et un grand feu de Bengale. Cette lente extinction du resplendissement.
En descendant du ciel, Cora cligna des yeux. Elle ne voulait pas qu'ils pleurent. Mais ils n'en faisaient qu'à leur tête. Elle pouvait faire semblant avec tout le reste, sauf avec les yeux. Maudits soient-ils !
« Il y a bien longtemps qu'on ne m'a pas fait un cadeau aussi original. »

Víctor Rumbo entra dans la chambre. Il trouva Leda en pyjama, assise devant le miroir. Elle se lissait les cheveux avec une brosse, de façon compulsive.

« Que se passe-t-il, ma belle ? Tout le monde demande où tu es passée. Tu as disparu sans crier gare.

— Je ne désire que ça, disparaître ! Tu aurais pu me prévenir que tu allais ramener ton harem de putes dans ma propre maison.

— Leda... Ce ne sont que des... employées, fais pas chier. Des employées de notre club.

— Des employées ? Notre club ? Tu me dégoûtes lorsque tu parles de cette façon.

— Que préfères-tu, que je les appelle des putes et seulement des putes ? Et la pute par-ci, et la pute par-là ! Elles sont ici, parce qu'elles le veulent bien ! Vas-y, ouvre la porte en grand et demande-leur de partir. On verra combien vont t'écouter !

— Comme des chiens. Les chiens non plus ne veulent pas partir, hein, Brinco ! Mais pour qui me prends-tu, Brinco ? Vous achetez ces filles comme si c'était du bétail. Combien t'a-t-elle coûté, celle-là ?

— Celle-là ? Laquelle, celle-là ?

— Celle-là. Celle à qui il manque un orteil au pied droit. »

L'orteil, ce putain d'orteil au pied droit. Pourquoi est-elle venue en sandales ? Je le lui avais pourtant dit. Ne te balade pas comme ça, ma belle, on dirait une esclave, merde. On dirait que je tranche des orteils par-ci par-là avec une machette.

« Moi, je n'ai rien coupé, bordel. Elle est arrivée comme ça.

— Ah, bien sûr ! Alors tu l'as achetée déjà marquée. Je prends celle-là, l'amputée. Tu es vraiment très généreux, Brinco, la putain de ta mère !

— Oui, j'en connais un bout sur les putes... », explosa-t-il, furieux.

Elle allait se prendre une baffe colossale. Il ouvrit un des tiroirs de la commode, fouilla sous le linge et tira une des bibles reliées, avec un étui en cuir et une fermeture Éclair. La Bible sacrée. Il l'ouvrit et la jeta sur le lit. En bougeant, les feuilles laissèrent se disperser plusieurs billets de cent dollars sur le lit.

« Une bible pour chacune. Alors, fais les comptes ! »

Leda ne pouvait pas descendre. Elle avait une indisposition passagère. Une chose qu'elle avait mangée lui avait fait mal. À nouveau le même refrain. Oui. Une chose qu'elle avait mangée. Ou bue. Oui, il faut qu'elle se soigne. Víctor Rumbo prit progressivement congé de tous les invités. Certains, ivres. Comme Chelín. Il était vraiment pénible, Chelín.

« Brinco, tu sais que je t'ai toujours, oui, toujours, porté chance.

— Oui, mon gars, oui.

— Toujours !

— Toujours. Presque toujours. »

Pablo Rocha lui demanda s'il avait invité Mariscal. Oui, bien entendu qu'il l'avait invité. Et pourquoi le Vieux n'était-il pas venu ?

Et c'est alors qu'il lui montra une montagne, au milieu de la nuit. Il dit :

« Regarde, Pablo. Mariscal doit être là-bas, en haut. En train de tout regarder. Aussi heureux et solitaire qu'un loup. »

XLI

Plusieurs messages de Mariscal arrivèrent. Aucun ne faisait allusion au cas de Flores. Si ce cher *Maître* ne sait pas bien se tenir, il n'a qu'à apprendre à le faire. Voilà quel était le message. Mais il y avait un autre problème. Un vrai problème. Mariscal voulait le voir. Et il se rendit à l'Ultramar. Il s'agissait d'une affaire qui commençait à sentir mauvais. Mais qu'est-ce qui sentait mauvais ? L'argent. Par rapport à l'argent, Víctor Rumbo savait que la mauvaise odeur signifiait toujours la même chose. Le manque d'argent.

« Ce versement a déjà eu lieu. Ou c'est en chemin. J'en suis sûr.

— Les deux tiers de Milton ? Ne sois pas si sûr de toi. Qui était le courrier ? »

Il sentit une transpiration inconnue envahir son front. Les gouttes glissaient le long de son nez. Il réfléchit rapidement. Il ne répondit pas à la dernière question de Mariscal. Il dit : « Je vais m'en assurer.

— Je préfère ça. »

Il parla avec Chelín. Il mit du temps à l'appeler, mais finalement il l'appela. Il avait eu un problème. Il était arrivé en retard au téléphone. Il savait que c'était à Benavente, mais il avait mal calculé le temps du trajet. Il avait perdu la

piste des émissaires. Mais Chelín semblait serein. Il contrôlait la situation. Parlait en étant sûr de lui. Ils étaient convenus d'un nouveau rendez-vous. Il avait déjà les coordonnées. Tout était arrangé, Brinco. Sois tranquille. Le paiement allait avoir lieu à Madrid. Pour compenser le dérangement.
Il passa le lendemain au Vaudevil. Il attendait l'appel de confirmation le soir même. C'est ce qui était convenu. Mais c'est Carburo qui appela. Personne ne s'était présenté au rendez-vous de Madrid. Brinco mit Inverno, Chumbo, tout le monde, en mouvement. Il décida même de s'entretenir avec Grimaldo. Il fallait localiser Chelín. Non, pas l'appeler au téléphone. Le conduire ici. Il devrait déjà être là. De gré ou de force. Attrapé par les couilles. N'importe comment.
Mais Chelín avait complètement disparu. Il s'était écoulé pas mal de temps. Trois jours, c'était trop de temps. Le monde entier peut perdre la raison en moins de trois jours. Et c'était ce qui était en train de se passer. Des signes de plus en plus tonitruants arrivaient. Des explosions. Et l'un des plus nerveux de tous les gars, cela le mit hors de lui, n'était autre qu'Óscar Mendoza.

Il avait bu plus qu'il ne faut. Ce soir et les soirées précédentes. Une gueule de bois en faisant passer une autre. Il sortait du Vaudevil avec Cora. Il s'était mis en tête une de ces stupides idées merveilleuses. L'emmener dans un endroit spécial.
Bon. Il n'avait pas bu tant que cela, non plus. Il allait bien. Oui, il allait mieux. Allons-y, ma belle. Ça va être une soirée spéciale. Alors qu'il s'apprêtait à ouvrir la portière de sa voiture, le coup de frein d'un autre véhicule arrivant à sa hauteur le fit sursauter. Inverno en descendit et ouvrit la portière arrière. Depuis l'intérieur, Chumbo poussa Chelín.

« Le voilà, dit Inverno. On l'a chopé à Porto. Il était sur le point d'embarquer dans un avion.

— C'est un ami de Pelucas qui nous a prévenus, dit Chumbo.

— Et où allais-tu, toi ? » demanda Brinco à Chelín. Ou plutôt à la moitié d'un homme nommé Chelín.

« En Grèce.

— En Grèce ? Et qu'est-ce que tu allais foutre en Grèce ?

— J'ai toujours voulu aller en Grèce, Brinco. Tu le sais parfaitement. »

Il ne lui restait plus que les os. Depuis la dernière fois qu'il l'avait vu, il avait progressivement perdu des tranches de corps. Il était aussi maigre que le Squelette. Mais le pire, c'était son visage. Un visage avec des yeux complètement enfoncés. Il valait mieux se calmer.

« Dis-moi, Chelín, où est le pognon ?

— Il n'y a pas de pognon. Ils m'ont joué le tour de l'avion. Ils me l'ont volé. Je pensais que c'étaient eux et c'en étaient d'autres. Un autre cartel.

— Qu'est-ce que tu racontes, Chelín ?

— Il faut que tu m'aides, Brinco, ils me courent après. Ils veulent me tuer ! »

Víctor lui retroussa violemment la manche de chemise du bras gauche.

« Mais tu... Putain de merde ! Le père qui t'a fait ! La chatte qui t'a mis au monde ! Tu n'avais pas arrêté, merdeux, tu n'avais pas dit que tu avais arrêté ?

— Non, ne m'abandonne pas ici, Brinco, ne m'abandonne pas ! »

Quelques lumières s'allumèrent dans la rue. Le gémissement des fenêtres. Les premières voix en train de se plaindre.

« Non, je ne vais pas t'abandonner. Ce n'est pas de ta faute. Fichons le camp d'ici ! Suivez-moi. »

Inverno manipula les leviers de la boîte électrique pour allumer les projecteurs du terrain de football. Le stade s'illumina. Chumbo lança un ballon depuis la ligne de touche. Víctor Rumbo tenait Chelín par les épaules. Sans violence, mais sans le lâcher. Ils marchaient vers la surface de réparation la plus proche. Il faisait froid dans le grand vide du terrain et Cora demeura en arrière enlacée par ses propres bras. Mais le chef la fit venir. Viens, ma belle ! Et elle obéit en marchant comme un funambule, ses talons s'enfonçant dans la pelouse.

« Fais pas chier, Brinco. Que faisons-nous ici ?
— Que veux-tu qu'on fasse ? On va jouer ! »
Il poussa Chelín dans les buts. Tout en parlant, il plaça le ballon au point de penalty.

« Nous avons gagné beaucoup de matchs ensemble, tu te souviens ? Tu étais un gardien de but fantastique. Bah ! Un bon gardien de but. Un type sur qui on pouvait compter, à l'époque. N'est-ce pas ? »

Au milieu des deux poteaux, Chelín avait une allure de naufragé, désorienté. Mais sa propre position détermine la silhouette de l'archer. Le corps du gardien de but rappelle également ce qu'il avait été. Et il se reprit. Un peu.

Brinco recula de quelques pas pour tirer le penalty. Soudain, il remarqua Cora.

« Vas-y, tire-le, ma belle.
— Moi ? Moi je ne sais pas tirer. »
Cora ôta ses chaussures à talons.
« Fais pas chier, Brinco ! Je ne veux pas que ce soit elle qui tire !
— Allez vas-y, ma poupée ! »

Cora prit son élan, pieds nus, et frappa le ballon de toutes ses forces. Chelín tenta de l'arrêter. Une détente brusque, à l'extrême, qui le détruisit complètement. Il demeura par terre, se plaignant. Il gémissait.

Les autres s'en allèrent. Il les vit partir depuis le sol. Lui tournant le dos. Les chaussures à talons de Cora. Elles se balançaient, suspendues à la main de la fille. La seule chose qui ressemblait à un adieu. Il tenta de se lever, mais son corps préféra rester couché sur la pelouse. Les yeux à présent captivés par la ligne souple et indifférente de l'herbe, sur les lieux de terreur du gardien de but.

«Je t'ai toujours porté chance, ne m'abandonne pas.»

Carburo composait un étrange personnage solitaire dans la nuit de la salle de l'Ultramar. Avec un tablier de travail blanc, statique comme du carton-pâte, les bras croisés, l'air fâché, planté devant le téléviseur. Devant la carte des isobares. Quelqu'un frappa à la porte. Autrefois, il aimait interpeller l'homme du temps. Qu'était donc devenu l'homme du temps? Peut-être se promenait-il par là, comme un fugitif, et c'était lui à présent, l'homme du temps, qui venait demander un hébergement.

On toqua à nouveau à la vitre. Un bruit de tambourin. Carburo tira le rideau et s'aperçut que c'était Brinco. En joyeuse compagnie. Il ne manquait plus que lui. Il ouvrit en silence. Il ne faisait fête à personne.

«Bonsoir, capitaine Carburo! Nous venons affronter la tempête.

— Quelle tempête?»

Brinco se mit à rire. La constante mauvaise humeur de Carburo l'avait toujours beaucoup amusé. Après avoir grimpé l'escalier, il attrapa Cora par-derrière et par la taille, dans le couloir. Ils progressèrent ainsi, avec un léger balancement, couverts et découverts par les rideaux que la tempête faisait flotter.

« Parfait, parfait, tu affrontes parfaitement le vent ! »

En apercevant la *Suite**, l'expression de Brinco changea brusquement. Son visage se tendit. Se durcit. Il regarda derrière lui.

« Putain de vent ! Pourquoi laissent-ils toujours les fenêtres ouvertes ? »

« Que regardes-tu ?
— La mer ! »

Cora avait l'air émue, à la façon d'une personne qui retrouverait l'image de quelque chose qu'elle a déjà rêvée.

« La mer ? Tu n'en as pas ras le bol de voir la mer ? »

Brinco s'approcha de la fenêtre.

« Et en plus, on ne voit rien. »

Elle savait qu'il était à moitié soûl. Elle commençait à bien le connaître. Son autre moitié se remplissait parfois d'une passion électrique, et d'autres fois d'une obscurité malsaine. À ce moment-là, il crachait les mots. Mais elle ne réagissait pas.

« Bien sûr qu'on la voit. Elle flambe.
— Elle flambe, hein ? Très bien, ma belle. Continue à la regarder. »

Et elle demeura là. Assise sur le lit. Envoûtée, en train de regarder par la fenêtre une mer qu'on voyait et qu'on ne voyait pas. Víctor Rumbo pénétra dans la salle de bains et alluma la lumière, en laissant la porte entrouverte. Il se regarda dans le miroir. La sueur. Cette sueur inconnue. Il s'aspergea le visage d'eau froide. Encore une fois. Il se regarda à nouveau, avec le visage trempé. Il leva le poing pour casser la figure à ce gars qui se trouvait dans le miroir. Mais finalement, il frappa contre le mur. Il respira, suffoqué, comme après un long et pénible combat. Le front appuyé au miroir. Quelle fraîcheur !

Cora s'approcha de la porte. Sans la pousser. Sans regarder. Juste un murmure.

« Ça va ?
— Ça va, ça va !
— Vraiment ?
— Tous les soirs, je brise un miroir d'un coup de poing. C'est une habitude. »

Il la regarda de travers et elle, experte en signification des timbres de voix, ne réussit pas cette fois à savoir si elle était témoin ou destinataire de cette hostilité. Inquiète, elle se dirigea vers le lit, du côté de la fenêtre, et commença à se déshabiller.

Brinco sortit de la salle de bains et se dirigea vers l'autre côté du lit, dans la pénombre. Il se coucha tout habillé, sur le dos.

Tout demeura dans un silence muet. Cora, dans un mouvement qui était en réalité défensif, s'approcha, nue, se blottit contre lui.

« Toi aussi, c'est la mer qui t'a ramenée, n'est-ce pas ?
— Je ne sais pas, je ne sais pas. »

« La clé !
— C'est lui qui l'a », dit calmement Carburo. Avec cette femme, il ne savait qu'obéir.

« L'autre clé ! »

Tout le vent entassé pendant de longues années dans le couloir, comme de l'herbe pressée dans un silo, explosait. Le cauchemar crevait instantanément devant ses yeux et ouvrait brusquement la porte.

Brinco et Cora étaient couchés dans le lit, nus tous les

deux. En entendant la serrure grincer, il passa la main sous l'oreiller à la recherche de l'arme.

Mais il s'aperçut qu'il s'agissait de Leda.

Leda qui tenait quelque chose dans ses mains. Une des bibles avec un étui en cuir fermé par une fermeture Éclair. Leda qui ouvre la bible et secoue les pages pour laisser tomber les dollars qu'elles renferment sur les corps nus.

« Que fais-tu ?

— Je l'achète. Elle est à moi. Elle est libre ! » hurla-t-elle.

Elle saisit Cora par le bras et l'obligea à se lever. Au milieu du scandale, Cora put voir ce qui restait de mer, sa couleur de cendre, l'ourlet huileux de l'écume. Pour le reste, des haillons de brume vagabonde.

Leda la tenait par les épaules. Elle hurlait. Lui parlait de liberté de façon violente. Pour elle, la liberté possédait un sens équivoque. On l'utilisait toujours comme une menace. Elle avait passé des frontières, en faisant la mule, avec des préservatifs pleins de billets dans le vagin ou de drogue dans l'intestin. À la limite de l'explosion. Pourquoi ne pas tenter d'acheter ce policier. La façon de la regarder. Elle fit bien de ne pas le tenter. Il était dans le coup. Heureusement qu'elle s'était aperçue à temps du geste qu'il avait fait, de la connexion axiale avec le type qui attendait de l'autre côté des cabines de contrôle aux frontières.

« Tu es libre, tu comprends ça ? Je ne veux plus te revoir dans le coin. Tu prends ce pognon et tu disparais. »

Leda lâcha la jeune femme et, depuis la porte, cria sur Víctor qui se rhabillait en feignant de rester calme. Patience. L'orage finira bien par passer.

« Et toi, connard, passe par le terrain de football si tu as encore des couilles ! »

Cora avait déjà disparu le long du couloir, évanouie parmi

les éternels rideaux ondulants, lorsqu'il prit conscience de ce qu'il venait d'entendre.

« Que veux-tu dire ? Leda, attends ! »

On pouvait voir des véhicules de police et des ambulances garés devant la porte principale du terrain de football, par conséquent il bifurqua au carrefour d'A de Meus et tourna sur la gauche, en suivant la route de la côte, jusqu'au point panoramique de Corveiro.

De là, on apercevait le terrain de football. Celui qui, pendant sa présidence, avait été baptisé du nom de Stadium, le jour où l'on avait inauguré la tribune couverte, dotée d'une loge pour les officiels. De loin, on aurait dit un baby-foot, avec des pantins qui se seraient détachés des tiges en fer et auraient pris vie. En réalité, les yeux refusaient de voir. Il saisit les jumelles, pas pour regarder la scène de plus près, mais pour mettre quelque chose au milieu, entre ses yeux et le reste.

Chelín était pendu à la barre transversale.

XLII

Ils s'arrêtèrent pour prendre un petit déjeuner chez África. Un petit bar-épicerie à l'angle de la route de la côte et de la piste qui menait au bâtiment frigorifique. À peine arrivés et avant de leur servir les cafés, Madame África avait fait signe à Brinco de s'approcher du comptoir.

« Tu as des clients qui sont arrivés très tôt, ce matin. Ils ont pris la piste avec une jeep.

— Toujours les deux mêmes ? demanda-t-il ironiquement.

— Non. Ce ne sont ni des policiers ni des gens d'ici. »

Brinco appréciait toujours ces renseignements sans faille. Et il savait les payer. Inverno conduisait la Land Rover et Chumbo les accompagnait assis derrière. Lorsqu'ils arrivèrent au virage ayant une vue sur le phare de Cons, et avant d'apercevoir l'usine de surgelés, construite sur un terre-plein, au bord de la mer, Brinco donna l'ordre de s'arrêter. Il demanda à Chumbo de descendre.

« Va jeter un coup d'œil au paysage. »

Il ne posa pas de question. Sans rien dire, il s'engagea dans un sentier, entre des ronces, en direction des rochers de la colline.

Lorsque c'était lui qui conduisait, Brinco aimait aller très lentement pour avoir le plaisir de contempler l'enseigne publicitaire où l'on pouvait voir l'emblème de l'entreprise. Un espadon croisé avec un narval. Et au-dessous la combinaison des deux initiales B&L Surgelés / Frozen Fish. Cette fois-là, Inverno conduisait également très lentement, mais Brinco avait fixé toute son attention sur l'esplanade du bâtiment, où l'on n'apercevait pas le moindre véhicule. Ils ont dû s'en aller, pensa-t-il. La vieille n'a pas dû s'en apercevoir.

Víctor descendit de la jeep et fit tinter les clés, comme un grelot. Soudain, il cessa de jouer et regarda Inverno.

« Et les chiens ? Pourquoi les chiens n'aboient-ils pas ? »

Ils les laissaient toujours en liberté, à l'intérieur du bâtiment. Et les animaux les recevaient toujours très excités, aboiements et gémissements rauques de joie derrière le grand portail métallique. Ils reconnaissaient de loin le bruit du moteur de leurs véhicules.

Il siffla. Les appela par leur nom. *Sil, Neil !* Et ce fut le signal involontaire. La porte latérale s'ouvrit soudain et des hommes sortirent avec les armes prêtes à tirer, des pistolets munis d'un silencieux, deux types costauds. Inverno avait pris une distance de sécurité, lui aussi empoigna son arme. Mais, depuis le coin droit du bâtiment, derrière la citerne de gaz, un autre baraqué fit son apparition et le mit en joue du bout de son canon scié.

C'étaient des gens du métier, bien entraînés. Le travail d'une *Agence*.

Brinco avait mal calculé les délais. Il pensait qu'il avait de la marge pour verser les deux tiers qui manquaient. Mais tandis qu'il envoyait des messages rassurants, l'Agence s'était déjà mise en branle.

On le poussa à l'intérieur. Le type au fusil resta en bas, dans le bâtiment, pour surveiller Inverno après l'avoir ligoté. Les deux chiens, le berger allemand et le doberman, gisaient par terre, morts. Il semblait y avoir bien peu de sang pour un si lourd silence.

Les deux autres montèrent avec Brinco, un devant et l'autre derrière, dans l'escalier menant au bureau. Ils examinèrent leur montre. Comme ils le lui avaient demandé, il composa un numéro de téléphone.

« Allô ? Ici *Milton*. »

Celui qui répondait souligna le nom tout à fait volontairement. Il ne faudrait pas que son interlocuteur le prît pour quelqu'un d'autre. C'était bien le nom qui résonnait dans la tête de Víctor Rumbo.

« Milton, ce ne sont pas des façons. »

Un des agresseurs, dans son dos, le saisit soudain par le cou à l'aide d'une espèce de fil de fer. Il sentit que celui-ci pénétrait dans la peau. Qu'il creusait un sillon. Sous l'effet de la douleur, Víctor eut un mouvement réflexe de résistance. Tout en balbutiant, il envoya des coups de coude, mais l'agresseur qui se trouvait en face de lui plaça le canon de son arme entre les deux sourcils. L'autre relâcha l'étranglement. Et celui qui le mettait en joue lui donna l'ordre de saisir à nouveau le téléphone.

« Ah, du matériel musical. Une corde de piano. Un cadeau de la maison. De la meilleure qualité pour l'accorder. Ce sont des professionnels. Toi aussi tu es un professionnel. Et voilà. »

Brinco se frotta le cou de sa main libre. La sensation que le filament invisible le serrait encore. La trace digitale du sang.

« Écoute, Milton. Nous avons eu des problèmes avec notre associé. L'homme qui devait effectuer le paiement était de toute confiance. Il n'était jamais rien arrivé de semblable. Il a perdu la tête.

— Bien sûr, bien sûr. C'est bien cela qu'on nous

reproche. Ils ne veulent pas que cela se répète. Nous traitons avec des gens sérieux, pas avec des délinquants à la gomme.

— Il avait un pet au casque. Hier, il s'est pendu. Tu peux le vérifier.

— Ne nous fais pas ton cinéma. C'est une histoire extrêmement triste. Il vaudrait mieux que tu ne la colportes pas davantage. Mets ton mouchoir par-dessus et n'en parlons plus. Tu as ce qu'il faut pour payer.

— D'accord, d'accord... Il s'est tué, tu le sais. Je crois que c'est de ma faute. Je lui ai un peu trop resserré les boulons et...

— Le monde est une vallée de larmes. Pourquoi se balader avec une pierre tombale autour du cou? Je vais te laisser. Ici, c'est un téléphone public. Et voilà des gens qui arrivent. Conduis-toi en homme, d'accord?»

Brinco lança un regard en coin sur l'horloge du bureau.

«Tu as raison, Milton. Il ne faut pas se noyer dans un verre d'eau. Je vais m'occuper de ces messieurs comme ils le méritent.»

Il raccrocha. Porta à nouveau la main à son cou. Respira profondément.

«Bien, nous allons régler cette dette, monsieur l'accordeur de piano. Vous avez tué les chiens, n'est-ce pas? Eh bien juste sous leur niche, il y a une cache avec du pognon.»

Ils sortirent du bureau. Le bâtiment était désert. Le portail électrique commença à se lever. Les deux tueurs n'eurent pas le temps de se demander ce qui était en train de se passer. Chumbo, Inverno et une bonne dizaine d'hommes armés de pistolets automatiques les encerclèrent, les désarmèrent et les projetèrent à terre pour les ligoter.

«Où est l'homme au canon scié?

— Là-dedans, en train de prendre le frais », dit Inverno en montrant une des chambres froides.

Brinco fouilla dans la poche de celui qui l'avait agressé. Il trouva ce qu'il cherchait.

Il tendit la corde de piano.

« Tu sais ? Tout à l'heure, j'ai ressenti un plaisir tout à fait particulier. Quelque chose que je n'avais jamais ressenti. »

Milton décida de passer un appel réservé pour les situations limites.

Si le bonheur est d'aller du froid vers le chaud, en ce qui le concerne, il avait voyagé en sens contraire. Il était passé d'une chaude transpiration, celle de l'atmosphère de la cuisine du restaurant d'un grand hôtel, et aussi celle de l'euphorie de quelqu'un qui possède un pouvoir d'intimidation et qui l'exerce, à la sueur froide de quelqu'un qui pressent un grave bouleversement de l'ordre au sein duquel il est en train de vivre. Lorsqu'il était gamin, il avait vécu à Moravia, dans un quartier construit sur une montagne de détritus. Il avait grandi sur les restes et les déchets des quartiers riches de Medellín. Là-bas, le sol de la maison exhalait une odeur poisseuse par ses fissures, celle du méthane qui émane de la décomposition. Là-bas, les sens apprennent. Ils écartent le parfum dominant pour percevoir le reste. Mais il arrive un jour où le méthane vient à bout de toutes les autres odeurs laborieusement construites. Et le quartier brûle. Moravia brûle.

Voilà pourquoi il prenait des décisions rapides, un « allons-y ! » lorsqu'il percevait une odeur de méthane. Comme à présent. Il y avait un téléphone à la cuisine, qu'il avait surveillé de près pendant ces dernières heures. Il décida de prendre toutes ses précautions. Il retira ses vêtements de chef de cuisine, boucla l'étui de son arme et passa une veste par-dessus. Il engagea le chargeur dans le pistolet automatique.

« Je reviens tout de suite. Surveillez le téléphone. N'allez surtout pas vous endormir. »

Il passa un coup de fil depuis une cabine publique, sur une petite place contiguë au Coronna Road Rest VI. Il ne savait pas qui était Çapicúa, mais savait que cela fonctionnait. Celui-ci répondit. Oui, monsieur. Ici Milton. Depuis Madrid, oui. C'était un cas d'extrême urgence. Il avait perdu la piste de plusieurs hommes envoyés en Galice. Ils étaient ses meilleurs anges gardiens, ça il ne l'avait pas dit. Ils étaient allés percevoir une dette. Un travail d'Agence. Ils étaient convenus d'appeler. Un délai maximum de douze heures. Mais voilà un jour et demi qu'ils ne s'étaient pas manifestés. Le débiteur ? Le groupe Brinco. À Noitía, oui.

À ce moment-là, il remarqua un silence. Il ne savait pas très bien à quoi sentait ce silence, car c'était l'odeur du méthane qui dominait à présent dans sa tête.

Bien reçu. Merci pour le renseignement. Avant tout, faire preuve de calme. Pas de bruit.

Dans le hall de l'hôtel, un réceptionniste lui fit signe d'approcher, il sortit de derrière le comptoir et se dirigea vers lui d'un air pressé.

« Chef ! Des gars ont appelé ici, à la réception. C'était un appel étrange. Ils ont dit qu'ils avaient laissé le piano devant la porte du magasin.

— Le piano ?

— C'est ce que le type a dit. Rien d'autre. Un piano pour Milton. »

Oui. Tout cela était si propre. Et cependant, ça sentait vraiment le méthane.

« Appelle la cuisine ! Que tous les hommes se rendent à l'entrée du magasin. Avec leurs outils ! »

L'accès au magasin se faisait par une ruelle qui ouvrait sur une cour à l'arrière de l'hôtel. Le groupe d'hommes de Milton prit position dans cet espace, et aussi à l'entrée de la ruelle. La seule chose qu'on pouvait voir, posée par terre, en plein milieu, était une caisse d'emballage. De l'eau coulait entre les jointures des planches. Deux mètres de long et cinquante centimètres de large, plus ou moins. Tout ce dont a besoin un homme congelé pour rendre une corde de piano.

Inverno communiquait avec Chumbo par l'intermédiaire d'un talkie-walkie. Il occupait une position d'ombre à la porte donnant sur la mer du manoir de Romance. Sentinelle protectrice de Leda et de Santiago. Le gamin nageait, ou jouait à nager avec un masque de plongée. De l'eau jusqu'à la taille. Chaque immersion était suivie de cris de joie et de gestes pour attirer l'attention de sa mère.

Leda l'observait. Elle lui répondait. Elle était toute seule, assise sur une serviette posée sur le sable, vêtue d'un tee-shirt imprimé qui semblait convoquer toute la brise de la plage.

Dans une barque amarrée à l'ancien embarcadère, vêtu de vêtements de marin, faisant semblant d'être un pêcheur en train de préparer ses casiers, Chumbo était à son poste. Avec une Winchester à portée de main, cachée sur le pont.

Il y avait deux autres personnes dissimulées, mais qui faisaient partie de la pièce en train de se dérouler. Mara et Malpica, sur une dune, derrière un écran d'oyats. Les nouvelles, encore imprécises, du règlement de comptes dans le cercle de Brinco les avaient conduits jusque-là, jusqu'à cette position oblique, dans l'espoir que le lieu idyllique du manoir de Romance devienne un aimant pour la trame de cette histoire. Mais le parrain était invisible.

Mara murmura ironiquement à l'oreille de Fins : « Tout le monde est attentif à la dame des naufrages. »

Et la dame des naufrages est attentive à tout ce qui se passe autour d'elle. L'incandescence du soleil sur l'eau l'aveugla un instant. Elle reconstruisit tout. D'abord, le gamin. Elle fut tranquillisée par son salut jovial depuis l'eau. Elle était ainsi depuis plusieurs jours. Avec un sixième sens intérieur activé, qui la maintenait sans cesse en alerte. Armée d'inquiétude. Vérifiant chaque recoin, tentant de traduire chaque bruit en rumeur, en renseignement.

Un plongeur émergea à bâbord de la barque où se trouvait Chumbo. En ce moment, il est de dos. Lorsqu'il se retourna, alarmé par les clapotis de l'eau, le plongeur lui décocha son harpon en pleine poitrine.

La réalité est une croûte. Il existe un monde caché. Et dans ce monde qu'on ne peut pas voir luttent des forces qui pour elle ont la forme de courants, d'anges sous-marins. Pendant des années, la mer lui avait envoyé de bons signaux. Y compris à l'époque de l'accident, lorsque l'explosion avait coulé la barque de Lucho Malpica ; son père, lui, avait eu la vie sauve. Son père qui savait à peine nager. Le courant qui l'avait porté dans ses bras, après qu'il s'était arraché la peau de rocher en rocher, l'avait finalement déposé sur la plage, là-bas, très au nord, dans l'anse de Trece.

Leda se leva, agitée. Parcourut le coupon en lamé de l'eau, les particules étincelantes, ce travail d'argenterie infinie et éphémère qu'une main de vent ouvrageait sur la mer ensoleillée. Nove Lúas se fraya un passage dans le corps ouvert de Leda. Et Nove Lúas sentit que tout cela était devenu un lieu de terreur. Leda était incapable de hurler. Elle courait et pouvait entendre un bruit malsain et poisseux. Le sifflement de sa noyade.

Enfin, Santiago sortit la tête de l'eau. Il ôta son masque de plongée et leva les bras pour saluer sa mère.
« Combien de temps tu tiens sans respirer ?
— Que dis-tu ?
— Combien de temps tu peux tenir sans respirer ? »
Leda entendit le bruit d'un hurlement violent. Elle l'identifia immédiatement. L'engin se frayait un passage sur l'horizon lacustre des plateformes à moules. C'était une vedette et elle s'approchait à toute vitesse de la crique du manoir de Romance. Inverno sortit de sa cachette de gardien et se planta devant la porte qui ouvrait sur la plage. Il tentait de joindre Chumbo à l'aide de son talkie-walkie, mais celui-ci ne répondait pas. Il entendait juste les protestations de la mer. Le plus étrange était que Chumbo se trouvait là, dans la barque. Il pouvait distinguer sa silhouette de loin. Il lui tournait le dos. Il devait être en train de vérifier la nature du bruit assourdissant qui se répandait dans toute la crique.

Il décida de s'exposer et de rejoindre Leda et le gamin, tout en tentant d'établir la communication.

« Chumbo, tu m'entends Chumbo ? À toi ! »
De l'autre côté, il n'y avait que le son d'une interférence semblable à un bourdonnement.

Une morsure de métal extrêmement brûlante lui casse l'épaule en mille morceaux. Un autre projectile pour la chasse au gros lui explose la tête.

Impossible que Chumbo tue Inverno ! Même avant de le tuer, il lui aurait demandé la permission.

Mais il était pourtant là, en train de tirer depuis la barque avec sa carabine. La couenne de Judas.

Au lieu de fuir, Leda fit quelque chose de surprenant. Elle saisit le pistolet automatique d'Inverno, protégea le gamin derrière elle, et visa le lieu de la traîtrise. Que ce salopard comprenne de quelle façon pourrie il était fait.

« Chumbo, fils de pute ! »

Mais le tireur répondit en visant avec une extrême parcimonie à l'aide de sa carabine de précision. Leda prit conscience que sa réaction était absurde et qu'elle ne pouvait pas lui échapper. Chumbo était dans le camp adverse. Le tireur n'allait pas attaquer la vedette qui assourdissait déjà l'atmosphère alentour.

Elle attrapa Santiago par le bras et ils se mirent à courir pieds nus sur le sable. Le sable qui l'avait tant aimée semblait à présent la retenir par les talons. Lorsque le gamin tomba à genoux et qu'elle tenta de le traîner, Leda reçut, incrédule, une aide depuis le monde invisible.

« Allongez-vous à plat ventre et ne bougez plus ! » cria Malpica.

Ils attendirent que la puissante vedette manœuvrât sur le bord. Il y avait trois passagers. Deux d'entre eux se préparèrent à sauter, tandis que le troisième maintenait le gouvernail de l'engin.

« Ils ne veulent pas vous tuer, ils veulent juste vous enlever », dit Mara.

Il était temps de tirer. Et que la mer donne un coup de main miraculeux. Qu'elle multiplie les explosions dissuasives. Comme elle le fait, parfois.

XLIII

Le carillonnement des cloches devait se frayer un passage parmi le vacarme des mouettes. Des cris de commères au-dessus du cimetière de Santa María de Noitía.

« Elles ne lâchent pas les gens d'une semelle, elles sont toujours en train de les surveiller et de les insulter. »

Le vieux marin examina le ciel d'un air réprobateur. C'était un des rares hommes qui ne portaient pas de cravate, tout comme son Compagnon. Le dernier bouton de la chemise lui serrait la gorge. Lorsqu'il leva la tête, les pointes blanches de sa chemise se tendirent. Ils étaient habillés presque pareil, costume noir et gilet, mais l'histoire du dernier bouton était une différence entre eux. Le Compagnon avait le col ouvert. Il y avait également une grande différence dans la coupe et la blancheur des cheveux. L'un portait une espèce de crête qui finissait en touffe pointue, semblable à une mèche de fil, sur le front. Il était raviné, mais sa vieillesse semblait bien plus intemporelle, tirée d'une autre époque. Les cheveux de l'autre étaient bien peignés, d'un blanc humide, peut-être un peu gominés et disposés de façon à couvrir des plaques de calvitie. Les deux avaient une allure gaillarde pour leur âge. La grosse différence résidait dans leur façon de marcher. Dans la position des bras. L'un d'eux semblait porter un poids. Un sac. Un corps. Le sien, amputé des mains.

« Les corbeaux ont mauvaise réputation, Edmundo, mais ils ont indéniablement un autre savoir-vivre.

— À cause de ma façon d'interpréter les oiseaux, un gars qui se trouvait sur le même bateau que moi, à Veracruz, a tenté de me cataloguer : "Eh bien, vous en savez long sur les oiseaux, vous !" »

Ils avançaient lentement, à un rythme de marée basse, attentifs aux manœuvres des automobiles, la plupart de puissante cylindrée, dans lesquelles arrivaient presque tous les participants à la cérémonie.

« Regarde, Compagnon ! Ils pètent plus haut que leur cul, murmura Edmundo.

— Ne t'en fais pas : ils pètent, ils pètent très bien, même ! »

Lorsqu'ils arrivèrent près des niches funéraires, ils restèrent un peu en retrait de l'endroit où la procession se regroupait.

« C'est un des endroits les plus sains du monde ! C'est pour cela que je suis revenu, dit Edmundo. La niche est déjà payée. Tout petit, en train de régler les traites du Déclin.

— En tout cas, c'est ensoleillé.

— Et la vue est imprenable ! »

Edmundo était prêt à réconforter le Compagnon comme il pouvait. Il fit un geste englobant panoramiquement tout le cimetière et le contraste avec les constructions urbaines nouvelles, qui cachaient la mer à cause de leurs hauteurs irrégulières et disparates : « Regarde le cimetière, quelle *skyline* ! »

Puis à l'oreille de son Compagnon :

« Pour ceux-là, ce n'était pas encore leur tour de coucher dehors.

— Ils ont aussi vécu. À cent à l'heure.
— Ou plus ! »

Les deux cercueils étaient enterrés sous les grandes couronnes de fleurs enrubannées.

Le curé célébrait le requiem, flanqué de deux autres prélats, vêtus de surplis et d'une étole noire.

« Donne-leur, Seigneur, le repos éternel, et que ta lumière les illumine... Et nous illumine tous afin qu'une autre malédiction telle que celle-ci ne retombe pas sur Noitía. »

La foule entourait les religieux dans une ambiance de commotion. Auprès des visages qui incarnaient le plus distinctement le deuil, on pouvait en voir d'autres sur lesquels prévalait une attitude tendue, préventive. Mariscal se trouvait dans l'axe de la cérémonie, en face du curé, don Marcelo. Avec le géant Carburo, faisant office de mât de misaine.

« Comme le *Miserere mei, Deus*, le psaume de la pénitence de David : Seigneur, ayez pitié de moi, lavez-moi de tous mes péchés... lavez-moi et je deviendrai blanc comme neige. »

Tandis qu'il officie, il s'arrange pour ne regarder personne. C'est une habitude. Mais aujourd'hui est un jour étrange pour lui. Il commence à percevoir les signes d'une guerre qu'il a voulu ignorer. L'espace d'un instant, il remarque Santiago, le garçon au bandeau, qui est en train de regarder avec un œil seulement. Un œil panoptique. Un œil qui voit tout. Qui enregistre tout. Et le curé remarque de quelle façon la mère, Leda, fait doucement des bouclettes dans les cheveux du gamin. Sira se trouve à côté. Depuis l'épisode de la plage de Romance, qui fut considéré comme une tentative d'enlèvement, le gamin et sa mère habitent la forteresse de l'Ultramar.

Il avait écrit ce qu'il allait dire pendant la nuit. Il avait médité chaque mot. Mais il n'est pas très sûr du scénario. Il a reçu une visite ce soir-là. Brinco. Il regrette de ne pas avoir été capable de dire non à l'idée échevelée du parrain. Il est honteux en réfléchissant que sans doute cette attitude compréhensive — pusillanime ? — possède quelque rapport avec le tarif de la cérémonie et la généreuse donation qu'il lui a faite. Et son regard s'est soudain posé sur un autre être panoptique, l'impression d'un œil unique muni de lunettes noires, derrière l'image de l'archange de marbre sur la dalle d'un sépulcre. Une autre vieille connaissance. Fins Malpica, qui assiste au rituel des adieux. Il se souvient de ce qu'il a dit lors de l'enterrement de son père : « La mer préfère les courageux. » Il a vraiment regretté cette mort. Il n'était pas croyant, lui avait-il dit, mais il ferait certainement un Christ de première. Et lorsque Malpica était mort à cause de la dynamite, il n'avait pas été capable de formuler la moindre question. Il avait accusé la mer. Puis il était intervenu, en rédigeant un rapport favorable, pour que le fils du défunt entre dans un collège d'orphelins de la mer. Il ne l'avait jamais vu à la messe. Sauf une fois, il n'y a pas si longtemps, où il était venu le saluer. Et où il s'était montré plutôt impertinent. En demandant pour qui était le mausolée. Quel mausolée ? C'est un panthéon ! Un peu plus grand que les autres, ça c'est vrai. Et il est pour qui ? Et pourquoi pose-t-il la question, puisqu'il le sait déjà ? La famille Brancana n'aurait-elle donc pas droit à son panthéon ? Un petit palais ! monsieur le curé, répondit-il. Un monument à l'argent sale. Vous devez savoir comment on considère ce luxe immobilier dans l'au-delà. Il me semble avoir entendu dire que les choses ont commencé différemment, avec une crèche à Jérusalem. Là, il s'était senti obligé de mettre le holà. Je ne vais certainement pas me laisser sermonner ! Et il l'avait tutoyé pour le remettre à sa place. Tu as fini ? Alors, tu sais où est la porte !

« Le jugement décisif n'est pas celui que les hommes partagent sur terre. Et il en sera ainsi pour nos voisins et nos frères dans la foi, Fernando Inverno et Carlos Chumbo. Ils devront comparaître devant la vraie justice. Et dans ce Jugement dernier, la balance de saint Michel pèsera la valeur des âmes pour Dieu. Nous connaîtrons le poids des leurs. Tout ce que nous savons pour l'instant, c'est qu'ils se sont montrés généreux avec les personnes qui les entouraient et aussi avec l'Église de Dieu. »

Le curé tourna son regard vers la façade du temple et fit un geste affirmatif à un fidèle qui se trouvait au pied du clocher.

« Tous les ans, Inverno et Chumbo faisaient leurs donations pour Notre-Dame de la Mer, la Vierge du Carmen. Et c'est Inverno qui a financé les nouvelles cloches. Il est donc juste qu'elles sonnent pour son requiem. »

Et les cloches sonnèrent à nouveau. Malpica aimait ce son. Il pensa que le prestige historique de celui-ci est dû au fait qu'il ne ment pas. Et il y a un autre son qui ne ment pas à Noitía. C'est la sirène du phare de Cons qui hurle lorsque la brume est si dense qu'elle avale la lumière de la lanterne.

Depuis sa position, à moitié dissimulé derrière l'archange, Fins retira ses lunettes. Il observa Leda. Se persuada que son attitude avait des conséquences. Elle aussi retira ses lunettes noires. Lentement. Et ses paupières suivaient le son des cloches.

« Je suis la résurrection et la vie ; celui qui croit en Moi, même s'il est mort, vivra ; et tous ceux qui croient en Moi ne mourront pas éternellement. Dieu est la lumière, il voit tout, il entend tout... »

La voix de don Marcelo chevrotait, on le sentait troublé, dépassé par les événements. On aurait dit qu'il allait rester échoué là, sur ce point final, sur ce silence. Mais soudain, il se transfigura. Il ne priait plus. À présent, il hurlait aussi fort que la sirène du phare.

« Il sait tout ! Ce qui se passe dans les endroits les plus cachés. Au fond des grottes de la mer et des puits de l'âme. Notre foi peut trébucher. Se demander un jour où es-tu Dieu, pourquoi ce silence ? Mais Dieu... Dieu est aussi silence ! Il ne se vante pas. Il agit en silence. Et le psaume dit :

> *Il frappa les premiers-nés d'Égypte*
> *depuis l'homme jusqu'au bétail ;*
> *il envoya signes et prodiges*
> *au milieu de toi, Égypte,*
> *sur Pharaon et tous ses serviteurs*[1]. »

Avec le psaume, comme un réservoir de vents, il recouvra sa voix avec une force inconnue :

> « *Leurs idoles, or et argent,*
> *une œuvre de main d'homme !*
>
> *Elles ont une bouche et ne parlent pas,*
> *elles ont des yeux et ne voient pas,*
>
> *elles ont des oreilles et n'entendent pas,*
> *elles ont un nez et ne sentent pas*[2]. »

---

1. Traduction tirée de *La Bible de Jérusalem*, Éditions du Cerf, Paris, 1991.
2. *Ibid.*

Il fit un bond. Voilà longtemps que cela ne lui était pas arrivé, entendre et comprendre les mots du Livre.

« Voilà comment parle Dieu. Sans perdre son temps ! Il nous donne le souffle, puis nous le reprend. Reposez en paix. »

Les opérateurs introduisirent les cercueils dans les niches. Les mots laissèrent place à la conversation des outils. L'officiant salua rapidement quelques connaissances. Puis il s'adressa à Mariscal.

« La cérémonie religieuse est terminée. À présent, vous pouvez accomplir votre volonté.

— Merci Marcelo. Sais-tu que c'est mon psaume préféré ? Dommage de ne pas l'avoir entendu en latin ! *Aures habent et non audient...*

— Víctor Rumbo est venu me voir, dit le curé, cinglant. Je n'apprécie guère la java que vous avez imaginée. Nous sommes sur un sol sacré, ici.

— Un simple hommage, Marcelo ! Inverno a joué cette musique toute sa vie. Il se rendait même à cheval à certaines fêtes. Los Mágicos de Noitía, tu te souviens ?

— En tout cas, à Noitía, les obsèques ont toujours été les obsèques et la fête, la fête.

— Il faut être tolérant, Marcelo. Souviens-toi qu'en Égypte ce sont les premiers-nés qui commandent.

— Je me sauve. Mon travail est terminé.

— Grâce à Dieu, ton travail ne s'achève jamais, Marcelo. Tu dois nous protéger. Nous sommes ton troupeau. *Agnus Dei, qui tollis peccata mundi, miserere nobis.* Un jour, il faudra qu'on se voie pour parler d'Unamuno. »

Ils étaient demeurés invisibles. À mesure que le curé s'éloignait, un quartet de mariachis s'était approché depuis le fond du cimetière. On entendait la mélodie de ce *corrido* : *Pero sigo siendo el rey.*

Un murmure de surprise se répandit à travers tout le cimetière. Quelques regards de réprobation. Une telle chose ne s'était jamais produite à Noitía. Tout au plus, et l'on avait déjà perdu le souvenir de cela, avait-on entendu un joueur de cornemuse jouer une marche solennelle. Mais, en même temps que le morceau progressait, les visages se recomposaient avec une émotion inédite.

« Si l'acoustique est bonne, dit Edmundo, il suffit de trois minutes pour renouer avec une tradition centenaire.

— C'est le privilège de la mort, dit le Compagnon. Elle profite de tout. »

XLIV

Se retrouver sur l'un des belvédères fréquentés par Mariscal et s'y retrouver non pas pour se cacher, pour guetter, mais pour partager la vue exceptionnelle était une sensation réparatrice. Mais ce qui était en train de lui arriver était on ne peut plus insolite. Il lui semblait que c'était un miracle. À cause du personnage qui l'accompagnait et à cause de la conversation. Grimaldo l'avait rejoint sur le parc de stationnement proche du commissariat. Il attendait qu'il grogne un salut grincheux à son adresse. Ou il n'attendait rien. En tout cas, cette fois-là il avait grommelé le texte d'un télégramme : « On se rejoint au sommet de Corveito. Dans quinze minutes. »

« Je sais que tu n'as pas confiance en moi, lui dit-il lorsqu'ils se retrouvèrent au belvédère. Et tu fais bien. Surtout, ne me fais jamais confiance. Mais aujourd'hui, je te demande de faire une exception. »

Haroldo *Micho* Grimaldo avait également quelque chose d'un dandy de banlieue, comme le Vieux. C'était un policier célibataire, qui habitait, comme seul hôte, dans une soi-disant pension où il était le roi pour la patronne, qui recevait tout autre candidat comme une fripouille qui n'aurait pas frappé à la bonne porte. Il n'avait pas bonne réputation, et encore moins au commissariat. Il se disait paradoxalement représenter le fouet du vice. Une de ses fonctions consistait à inspecter les « clubs à hôtesses », un euphémisme qu'il dénonçait lui-même.

« Des hôtesses ? Tu veux plutôt dire des putes. »

Pour ouvrir des dossiers, on ouvrait des dossiers, mais on ne fermait jamais un seul de ces bordels. Sauf lorsqu'il y avait eu un scandale, c'est-à-dire des bagarres avec des blessés et des morts, qui avait réussi à percer la croûte de la nuit. Ce contrôle était vital pour agir contre les réseaux de traite des femmes. Ainsi, *Micho* Grimaldo était un cynique. Ou plus encore. Et tout le monde avait une opinion sur lui. À partir de là, il était étrange qu'il ne se montrât pas plus hypocrite dans sa conduite, en donnant l'impression d'avoir une vie exemplaire. Il y avait des périodes où il le faisait. Des jours vertueux, disait-il. Des jours où sa langue s'affûtait davantage, comme un rasoir de barbier. Mais ensuite, il retombait dans la négligence. Il faisait sa tournée, disait-il, de club en club, cahin-caha, avec une haleine repoussante. Ses collègues le supportaient uniquement parce qu'il était sur le point de prendre sa retraite. Et parce qu'il savait beaucoup de choses. Ou du moins le supposait-on. Dans le temps, il avait fait partie de la Brigade politico-sociale, celle qui poursuivait les opposants à la dictature. Il avait sévi à Barcelone et à Madrid. Puis il était retourné dans sa région natale. Il avait hérité une ferme réhabilitée de ses parents, dans un village de Lugo, où il ne se rendait pratiquement jamais. Il avait trouvé une autre identité passionnante dans sa tâche anti-vice. Celle d'homme à putes.

« Tu me fais confiance ou pas ? Je n'aime pas les silences savants.

— Allons-y, Grimaldo », dit Malpica.

Au crépuscule, la baie avait une couleur de lave distillée par le soleil, qui brûlait à présent vers les profondeurs. Dans son dos, l'obscurité se glissait, méfiante, sur les feuilles des eucalyptus.

Grimaldo saisit un bout de bois et commença à dessiner un plan dans la terre. L'axe était le fleuve Miño. Il traça le pont de fer de Tui. Malgré les conditions, il y avait une volonté de précision topographique dans le croquis. Il représenta à l'aide de points les principales localités aux alentours de la frontière et les réunit entre elles à l'aide de lignes simulant les trajets.

« Dimanche prochain, il va y avoir une fête, dit-il. Une fête importante. Sous prétexte d'un mariage. Peu d'invités, mais des gens très sélects. Et la fête va avoir lieu ici, dans le nord du Portugal. L'endroit s'appelle Quinta da Velha Saudade. Pas très loin de là, on trouve une carrière. Pour l'atteindre, il existe un chemin d'accès qui comporte une déviation conduisant à un dépôt de matériel abandonné. C'est une bonne cachette pour la voiture. Il faut grimper un peu, puis traverser le bois, parallèlement à la route. De l'autre côté de la chaussée, juste après un virage, il y a un manoir. Avec de hauts murs. Son grand balcon est orienté côté fleuve. Les voitures doivent passer un grand portail métallique, à ouverture automatique. Lorsqu'elles sortent, elles doivent faire un arrêt au stop. À cause du virage. »

Il s'était penché pour dessiner sur le sol et il se redressa lentement, en s'appuyant sur sa hanche. Il fixa son regard sur Malpica :

« Il faut que tu te rendes là-bas ! Caché, bien entendu. Conserve bien tout dans ton appareil photo. Je ne t'en dis pas plus.

— Et toi, tu seras présent à cette fête ? »

— Bon. Je t'ai déjà dit qu'il s'agissait d'une fête importante », répondit-il sur un ton narquois.

Le gros homme, adipeux dirait Mara Doval, sembla maigrir, rongé par les ombres. Il effaça la carte avec ses semelles. Puis il chercha les dernières braises du coucher de soleil sur la mer.

« Aujourd'hui, j'ai eu deux nouvelles médicales. Une mauvaise m'annonçant que je souffre d'un cancer. Et une autre fantastique. La maladie progresse très, très rapidement. »

Il ouvrit la portière du Dodge. Avant de démarrer, il se tourna vers Fins. Lui dit en cessant à présent de le tutoyer :

« Il ne faut pas confondre confiance et compassion. Si je vous ai raconté ça, ce n'est pas pour sauver mon âme. C'est pour vous. Je constate que vous ne vous êtes jamais vendu. »

Il rejoignit la route en conduisant très lentement, puis il laissa aller la voiture dans la descente, au point mort. Il fit encore un bon bout de chemin avant d'allumer les phares.

Depuis sa cachette, Malpica avait photographié toutes les autos qui sortaient de la Quinta da Velha Saudade. Grâce à son téléobjectif, il avait réussi à distinguer Tonino. Ensuite Mariscal, avec Carburo à la place du chauffeur. Il y eut un long laps de temps où les occupants étaient des inconnus, la plupart jeunes, à l'allure festive, et vraisemblablement simples invités. Jusqu'à l'apparition d'un autre véhicule connu. L'Alfa Romeo qu'occupait, tout seul, l'avocat Óscar Mendoza. Il lui sembla qu'il demeurait trop longtemps au stop, alors qu'aucune autre automobile ne circulait sur la route. Puis il démarra enfin et roula en direction de la frontière.

Le soleil n'allait pas tarder à se coucher. Il ne le gênait plus. Au contraire, cette beauté émigrante était la meilleure invitée du jour.

Malpica consulta sa montre. Il pensa à s'en aller, mais quelque chose le retint. Cela n'avait rien à voir avec l'extérieur, mais avec son esprit, influencé par la longue attente devant une porte qui s'ouvre et se referme. Et ce qui se produisit dans son esprit n'eut rien à voir avec une de ces absences causées par son petit mal, mais plutôt avec le souvenir d'une absence. Avec ce qui se passait lorsque l'absence se produisait. Ces moments d'intemporalité qui, nonobstant, étaient très brefs. Il est en train de voir Leda, l'air très sérieux, en train de mesurer le temps avec le chronomètre des doigts de la main. Mais cette image se mélange à une autre où il a pour la première fois eu conscience de la voir. Il l'avait pourtant souvent vue depuis qu'elle était petite, bien entendu, mais la première fois que ses yeux avaient remarqué sa présence et que quelque chose les avait attirés au point de se désintéresser du reste de l'univers, c'est ce jour où elle se vernissait les ongles des orteils. Elle avait trouvé un flacon dans le sable, avec cette façon qu'elle avait de marcher en dévoilant le sol. Le flacon est petit, conique, en verre épais. Dans la paume de la main, et malgré la poussière du sable, sa trouvaille possède une allure d'animal, une immobilité attentive, d'ampoule rouge, qui s'accentue lorsqu'elle la mouille et l'essuie avec le pouce. Puis elle avait posé son pied droit sur le rocher, parmi les chapeaux chinois. C'était un pied trop grand pour elle. Peut-être avaient-ils grandi le jour même, les pieds. Elle était parvenue à ouvrir le flacon qu'avait vomi la mer et avec le pinceau du bouchon elle avait verni ses ongles avec un certain style.

« Ça a duré neuf secondes, madame Amparo », avait dit Leda à propos de l'absence.

En y repensant à présent, cette réticence de sa mère, la répulsion que lui provoquait la gamine, devait venir du renseignement que celle-ci possédait. Du fait que Leda était dans le secret. De cette intimité qui lui permettait de mesurer la durée des absences.

« Oublie tout ça, ma belle, avait alors dit Amparo à Leda, lorsqu'elle avait raconté l'absence que Fins avait eue à l'École des Indiens. Il ne faut pas que ça se sache. »

Et Nove Lúas avait répondu, avec cette façon d'un autre temps qu'elle avait de parler :

« Pour moi, c'est comme si un caillou était tombé au fond du puits, madame. Personne ne l'apprendra par ma bouche. »

Le portail de fer s'ouvrit à nouveau, activé depuis l'intérieur. Un véhicule qu'il ne connaissait pas sortit. Une voiture surprenante qui mit à l'épreuve son encyclopédisme automobilistique. Une BMW très spéciale. Il savait que Delmiro Oliveira avait une passion pour les classiques. De temps à autre, on pouvait le voir dans une Ford Falcon ou au volant d'une imposante Chrysler Imperial, avec ses jantes aux bandes blanches.

L'auto est là. Au stop.

Fins vise le conducteur avec son téléobjectif. Don Delmiro. Puis le passager aux lunettes noires. Il évita que toute idée, toute émotion, ne parvînt jusqu'à son doigt. Il déclencha. Oui. Dans son esprit, l'agrandisseur était en train de projeter l'image sur du papier argentique. Une œuvre d'art. Pour l'histoire.

Oui, il venait de photographier le lieutenant-colonel Humberto Alisal, en compagnie de Delmiro Oliveira, à bord d'une BMW 501, d'une *Barockengel,* l'Ange du Baroque.

Il y avait un véhicule accidenté sur la route. Il avait brûlé. Un policier portugais de la garde nationale républicaine, un extincteur à la main, semblait contempler le mouvement hébété de la fumée, calmé par la mousse autour de la catastrophe. Le garde se retourna et fit un signe à Fins Malpica, lui indiquant de poursuivre son chemin. Ce qui avait retenu son attention, c'était la couverture au bord de la route. Il avait approché sa voiture du fossé. Il voulait voir. Un deuxième *guardinha*, celui qui se trouvait le plus près de la couverture, écrivait quelque chose sur un carnet trop petit pour ses mains et pour le stylo. Fins n'eut pas besoin de soulever le tissu. La tête de l'avocat Óscar Mendoza, avec les yeux grands ouverts, semblait encore vouloir se libérer du reste du corps inerte. Il n'avait pas brûlé. L'impact avait dû être si violent que l'homme avait été projeté en avant, à travers le pare-brise. Le sang des blessures du visage commençait à prendre la densité des mouches. Fins Malpica jeta un regard en coin sur les graphies de l'asphalte. Il n'aperçut aucune trace de freinage. Il pensa que la moindre des choses aurait été de couvrir le visage de Mendoza, mais il ne prêta pas attention à la conscience. La nuit était en train de tomber. Il pensa à l'appareil photographique. À la voiture. À s'en aller le plus vite possible.

« Vous connaissiez cet homme ?

— Non. Pas la moindre idée.

— Alors je vous en prie. Laissez-nous travailler. »

XLV

Le Vieux perçut un rugissement sur l'asphalte, et une rafale de lumière perforatrice dans son dos. Il savait de qui il s'agissait. Il pouvait faire un portrait des individus rien qu'en entendant leur façon de conduire.

Et la façon de conduire de Brinco avait le visage de l'impatience. Ne pas être patient était quelque chose de bien. Mais l'impatience ne l'était pas. La patience de Job avait été rétribuée. Dommage que ces gars ne connaissent pas l'Ancien Testament. Yahvé l'avait récompensé en lui donnant le double de ce qu'il avait. Quatorze mille agneaux, six mille chameaux, mille ânes et mille paires de bœufs.

Oui, il pouvait reconnaître le pilote, simplement par sa façon de freiner et de refermer les portes. Tout n'était que vitesse, puissance de chevaux. Et puis cette mode d'ajouter toutes sortes d'accessoires. Beaucoup de clinquant, beaucoup de nickel. Le soir, les routes pleines d'extraterrestres, ça faisait peur. Si encore ç'avait été des collectionneurs, comme Oliveira! Ça c'est de l'amour pour l'art. Il possède des voitures d'une beauté à faire pleurer. Cette BMW-là, l'Ange du Baroque!

« Comment s'est passé l'enterrement ? demanda Brinco.

— J'en ai vu de meilleurs. Le curé et les mariachis n'ont pas été si mal. »

Il s'approcha du bord du précipice et, sans se retourner, dit :

« Ce matin, quelqu'un a renversé la femme de Mão-de-Morto. Le conducteur a pris la fuite. C'est lui qu'ils voulaient tuer, c'est sûr. Mais son épouse lui a servi de bouclier. Elle est tombée sur lui comme un poids mort.

— Pauvre femme ! »

Mariscal ignora le commentaire. Il dit :

« Bien trop de gens sont en train de mourir.

— Je pense que je devrais disparaître pour quelque temps. »

Mariscal accueillit la déclaration avec soulagement. Il caressa le petit Astra .38 Spécial, sur sa poitrine, pour qu'il dorme tranquille. Puis il se retourna.

« Va-t'en loin, mon gars.

— Où ça ? En enfer ?

— Un peu plus loin, si tu peux. »

La lumière de la lune projetait une lueur sur une partie de la carte couvrant le sol de l'École des Indiens. Le reste n'était que ténèbres vieillies. Leda et Fins se trouvaient dans le clair-obscur du bord.

« Pourquoi n'es-tu pas partie avec lui ? Tu devrais fuir d'ici avec ton fils. Il peut se passer n'importe quoi.

— Il ne me l'a pas proposé.

— À cette heure-ci, il doit certainement arriver à Rio. Nous allons le filer. Je pourrai te donner quelques renseignements. Rien que pour toi. »

Leda ignora la proposition. Elle était persuadée que Brinco n'avait pas pris ce vol depuis Porto. Il a dû envoyer quelqu'un d'autre avec son identité. Ou alors il s'est volatilisé sur la passerelle mobile, juste devant la porte de l'avion, vêtu d'une veste de garçon de piste, il l'avait déjà fait une fois.

C'était elle qui lui avait téléphoné pour lui donner rendez-vous à l'École des Indiens. Elle voulait voir si l'appât fonctionnait sur l'hameçon. Mais elle n'éprouvait aucun remords. Il lui restait un hommage à faire. Un hommage à l'appât. Et il était là. Elle demanda :

« C'est vrai que tu peux écrire à la machine sans regarder le clavier ?

— Et qu'est-ce que ça peut faire à présent ?

— Assieds-toi là ! J'aimerais que tu écrives une lettre pour moi. Tu sais qu'il y a des gens qui n'ont jamais reçu une seule lettre de leur vie ?

— Je n'ai même pas de papier.

— Ce n'est pas important. Tape, ça suffira. J'aime le son que ça fait. Je te dicte : "Chère amie, à présent que tout est *silense* muet..." Tu as écrit *silense* ou *silence* ?

— *Silense*.

— Bien. »

Leda avait du mal à poursuivre son jeu. Les pointes aiguisées de ses mots.

« C'était comment déjà ? "À présent que tout est solitude, douleur..." Non, ça, il vaut mieux ne pas l'écrire. »

Fins leva les mains au-dessus du clavier.

« Je n'avais pas l'intention de le faire. »

Le plafond grinça tragiquement dans la nuit. Une silhouette versa un jet de liquide par la lucarne, qui se répandit sur la mappemonde du sol, puis elle jeta une torche enflammée.

Mais elle n'amenait pas que du feu.

Le ricochet d'une balle arracha un sifflement à la machine à écrire. Malpica se jeta à terre, dégaina son revolver et sa tête chercha instinctivement à se protéger sous le petit bouclier de l'Underwood.

«Cache-toi dans l'ombre!» cria-t-il à Leda.

Depuis le toit, l'intrus tira un coup de feu dissuasif dans les ténèbres, mais il reprit vite pour cible le corps recroquevillé sous le bureau du maître. Une balle atteignit l'épaule de Malpica. Cela ne passa pas inaperçu, le pistolero du toit ne put que le savoir, car son visage demeura visible, douloureux, à la lueur de la lune, aux pieds du Squelette manchot et du Mannequin aveugle. Mais l'intrus aussi demeura visible, à travers l'ouverture du toit, presque le corps entier, empoignant fièrement le puissant profil de son Star. Ne fais jamais confiance à un pistolet automatique. L'océan s'enflamma à l'équateur. Fins tira avec son revolver et l'Ombre tomba comme un sac de sable dans le feu. La fumée épaisse d'un volcan somnambule se propagea au ras de la mappemonde.

«Leda? Où es-tu?»

Il cria plusieurs fois. Sans réponse. Il sortit en se traînant, convaincu qu'il allait la trouver dehors. Saine et sauve.

Carburo sortit devant la porte de l'Ultramar. Il vit la lueur dans la colline.

«Patron! La vieille école est en train de brûler!»

Mariscal l'écarta. Avança de plusieurs pas en s'aidant de sa canne.

«Elle brûle une nouvelle fois, chef!»

Il rouspéta sans se retourner:

«Je vois! Je vois ce qui est en train de brûler!»

Il commença à marcher en direction de la lueur. D'autres gens allaient vers elle.

Il a les yeux ouverts. On dirait qu'il contemple la tache de sang sur la mer. Brinco gît mort sur l'océan. Après les hautes flammes du début de l'incendie, c'est un feu au ras du sol qui domine, tranquille et mesquin, qui tente de ronger le bois noble. L'endroit où il brûle le plus se trouve du côté des ténèbres où sont entassés les vieux pupitres. Là, les flammes cherchent à atteindre le toit. La fumée étourdit les chauves-souris, qui se cognent contre les murs et les poutres, contre le corps du Squelette et celui du Mannequin. S'ils pouvaient encore voir, les yeux de Brinco croiseraient les yeux de Leda. Elle est un peu plus au sud. À hauteur du Cap-Vert. De cet endroit et en direction de l'Antarctique, un morceau de carte est disjoint. Leda soulève le plateau, fait levier avec une barre de fer et, dans le lit de l'océan, on peut voir une valise de cuir. Elle est pleine de liasses de billets, sauf dans un creux qui se trouve en son centre. C'est l'endroit du nid, avec tous les ustensiles de «pharmacie». Et le pistolet Llama. Et le pendule de Chelín.

Mariscal, avec Carburo à un mètre de son ombre, se présenta à l'extérieur de l'École des Indiens et une foule s'agglutina progressivement derrière lui.
«Éteignons ce feu, monsieur Mariscal!» demanda enfin une voix.
Il s'agita furieusement. Regarda les gens autour. La lueur des flammes se reflétait sur les visages. Et les yeux suivaient le mouvement des flammèches. Un miroir ancien dégoulinant de tain. Ce silence misérable où l'on entend la mastication du feu. Il pense que tout le monde lui doit quelque chose. Ils feront tout ce qu'il voudra. Mais un sentiment jusque-là inconnu le surprit. La peur que lui inspiraient ses propres gens.
«Et pourquoi me demandez-vous ça, à moi? hurla Mariscal. C'est aussi moi qui dois dire s'il faut éteindre le feu ou ne pas l'éteindre?»

Son compatriote ne sut que répondre. Il se sentait confus devant la réaction du Vieux. La rancœur de cette voix. Mais encore plus lorsque Mariscal s'adressa à toute la foule :
« Qui suis-je ? Qui ? »
Il parcourut tour à tour les visages. Les passant en revue. Certains le regardaient en coin, apeurés ou distants. Mais personne ne broncha. On n'entendait que le grignotage du feu dans les fentes, ses efforts pour venir à bout de la résistance ombilicale des lierres et des murs.

Leda sortit de l'École pieds nus, les jambes, les bras et le visage noircis. Sur un signe de Mariscal, Carburo s'approcha d'elle et récupéra la valise. Quelqu'un, enfin, vint secourir Malpica, appuyé contre un mur, en train de tamponner sa blessure. En passant devant lui, Leda le regarda. Juste un instant. Neuf doigts. Une absence.
« Il reste quelqu'un, là-dedans ? demande Mariscal.
— Personne. »
Mariscal traversa la barrière de l'attroupement. On aurait dit qu'il marchait avec difficulté, en s'appuyant sur sa canne, mais seulement au début. Lorsque Leda s'approcha, il lui passa la main sur sa joue noircie, avec un geste de portraitiste ému, puis enroula son bras autour de son cou, comme si elle était sa propriété.
« Allons-y, ma chérie, allons-y ! »
Carburo marchait derrière eux, la valise à la main. Mariscal observa son ombre du coin de l'œil.
« Qu'y a-t-il là-dedans ?
— Rien, répondit Leda. Des choses qui m'appartiennent. Juste des souvenirs. »
Et Mariscal murmura :
« Des souvenirs ? Alors ça doit être très lourd ! »

Composition I.G.S.-Charente Photogravure.
Achevé d'imprimer par CPI Firmin-Didot,
à Mesnil-sur-l'Estrée le 26 septembre 2014.
Dépôt légal : septembre 2014.
Numéro d'imprimeur : 124193.
ISBN 978-2-07-013585-1/Imprimé en France.

236885